古典文獻研究輯刊

九　編

潘美月・杜潔祥　主編

第 **12** 冊

慧琳《一切經音義》引《說文》考（上）

陳光憲　著

國家圖書館出版品預行編目資料

慧琳《一切經音義》引《說文》考（上）／陳光憲著 — 初版
— 台北縣永和市：花木蘭文化出版社，2009〔民 98〕
目 10+168 面；19×26 公分
（古典文獻研究輯刊 九編；第 12 冊）
ISBN：978-986-254-020-6（精裝）

1. 訓詁

802.17   98014519

ISBN - 978-986-2540-20-6

9 789862 540206

古典文獻研究輯刊
九　編　第十二冊　　　　　　　ISBN：978-986-254-020-6

慧琳《一切經音義》引《說文》考（上）

作　　　者　陳光憲
主　　　編　潘美月　杜潔祥
總 編 輯　杜潔祥
企劃出版　北京大學文化資源研究中心
出　　　版　花木蘭文化出版社
發 行 所　花木蘭文化出版社
發 行 人　高小娟
聯絡地址　台北縣永和市中正路五九五號七樓之三
　　　　　　電話：02-2923-1455／傳眞：02-2923-1452
網　　　址　http://www.huamulan.tw 信箱 sut81518@ms59.hinet.net
印　　　刷　普羅文化出版廣告事業
初　　　版　2009 年 9 月
定　　　價　九編 20 冊（精裝）新台幣 31,000 元

慧琳《一切經音義》引《說文》考（上）

陳光憲　著

作者簡介

陳光憲博士，1942 年生於台北市。台北市立教育大學博碩士生指導教授、專任德明財經科技大學講座教授，兼任文官培訓所專題講座教授。

曾任教育大學應用語言文學研究所所長、副校長，德明科技大學前校長、人間福報專欄寫作，1998 年榮獲教育學術貢獻木鐸獎。

主要著作有《范仲淹文學與北宋詩文革新》、《實用華語文閱讀寫作教學》、《神采飛揚》、《戰勝自己》、《絕無盲點》；編著《生活禮儀》、《現代孝經倫理》及有聲光碟《鄉土語言數位教學》、《盛唐三家詩的饗宴》、《唐詩宋詞的饗宴》等。

提　　要

古書說：「倉頡造字天雨粟，鬼夜哭。」事實上正是讚嘆文字發明的偉大與貢獻，因為語言文字是人類彼此溝通與傳承智慧結晶的重要工具，也影響著一個國家民族的智慧與競爭力，由此可見文字的重要。

自東漢許慎撰著《說文解字》以來，許書一直是中國學習語言文字最重要的字書，可惜許書原著，經李陽冰之竄改，後世傳抄，訛誤甚多，雖經二徐之苦心董理，已非許書之本來面目。

1964 年筆者負笈上庠，追隨高仲華教授治文字聲韻之學、魯實先教授治甲骨、金文之古文字學，常以復許書之本來面目為己任，承高師仲華之殷殷指導乃取慧琳書悉心校對，以求復許書之舊。

由本論文之研究，參之漢唐及後世相關文獻，可校正二徐本之誤者，如「祈」字，二徐本作「求福也」，慧琳所引作「求福祭也」，二徐本奪一「祭」字，考之王筠《說文句讀》亦有同樣之見解；又如「牙」，二徐本作「牡齒也」，段玉裁依石刻《九經字樣》正作「壯齒也」，後之駁段者有數家以為單文孤證，不可為憑，今考慧琳引作正作「壯齒也」，可見段氏考證之精確。

二徐本不同，前賢有《二徐箋異》之作，本論文之考證，有頗多可以校正大徐本、小徐本之訛誤者；有可以校正許書後世傳抄本之訛誤者，如「木」宜有「上象枝」三字，凡此皆可見慧琳一書價值。

目次

前　言

　　文字者，經藝之本，王政之始，前人之所以垂後，後人之所以識古者也。中國文字，相傳起自倉頡，依類象形謂之文，形聲相益謂之字，著於竹帛謂之書，故有指事、象形、形聲、會意、轉注、假借六書之別。

　　古者八歲入小學，學六甲五方書計之事，二十而冠，始習先王之道，故能成德而任事，文字之重要如此。自有文字以來，歷代研究者眾矣。周有《爾雅》之作，為集文字成書之最古者也。秦有李斯作《倉頡篇》，為整理中國文字之始祖。迨至漢代隸書通行，學者往往詭耍正文，鄉壁虛造不可知之書，如馬頭人為長，人持十為斗，屈中為虫，止句為苟，悉不合字例之條，東漢許君叔重乃刱為《說文解字》一書，推究六書之義，分部類從，趨於精密，自茲以降，治文字學者咸宗許氏。

　　中唐以後，小學浸衰，《說文》一書傳鈔譌誤既多，解釋之乖異又復叢出，幸經南唐二徐苦心董理，然竄亂增刪，已非許書全貌，後儒輒逞私智，又改二徐本。是故今日而欲求見許書之真面目，更難乎其難。

　　有清一季，漢學大昌，乾嘉大師求之經典引與二徐殊者以校之，零縑碎錦，視為至寶，金壇段氏搜羅最豐，其采有玄應書，尊崇備至，惟玄應書動多裁剪不錄全文，固不若慧琳之徵引詳博，余既獲是書，乃潛心細校，其是者從之，非者斥之，引同二徐本者存而不論，引從某從某或從某某聲者，則附二徐訓義於引文之下以茲參照，引文為二徐所未載者，則詳加考釋，務使許書古本昭然於今日，亦使慧琳《音義》之珍笈重現於人間。惟是學殖淺陋，錯謬之處，在所難免，當代深於許學者，幸辱教之。

緒　論

一、慧琳及其《一切經音義》

　　慧琳，唐京師西明寺僧，俗姓裴，疏勒國（今新疆南路喀什葛爾，漢疏勒國故地，唐時其國王姓裴）人。夙蘊儒術，弱冠歸於釋氏，師不空三藏，博學多才，勤於所業，印度音明之玄，中國聲韻之妙，靡不精奧。以前人所釋群經音義多所不備，乃博稽眾說，兼下己意，撰成《一切經音義》一百卷（一名《大藏音義》）。始於《大般若經》，終於小乘記傳，凡《開元錄》入藏之經典二千餘部，一一注釋，凡釋經若干部，都六十萬言。是書之撰，始事於貞元四年（西元 788 年），絕筆於元和五載（西元 810 年），歷春秋二十三年。

　　佛經音義之撰，始於北齊釋道慧撰《一切經音》，惟是書，久佚未見。至唐貞觀乃有玄應廣之為《一切經音義》（一名《大唐眾經音義》）二十五卷。次有慧苑撰《新譯華嚴經音義》二卷，復有沙門雲公撰《涅槃經音義》二卷，復有大慈恩寺窺基法師撰《法華經音訓》一卷。至貞元四年，慧琳乃披讀一切經，撰就《一切經音義》一百卷，貯之西明寺，大中中遂入內府大藏。唐季失政，五代興廢不常，中原沸騰，此書遂佚。後周顯德中，高麗遣使齎金詣吳越求慧琳書，時南中久無其本，遼統和五年，燕京崇仁寺沙門希麟獨得見之，因撰《續音義》十卷。《遼史·道宗紀》載咸雍八年賜高麗佛經一藏，慧琳、希麟書殆於是時至三韓，因得刻於《麗藏》中。明天順二年（西元 1458 年），流入日本。清乾隆二年（西元 1737 年，日本元文二年），日本始就《麗藏》覆刻之，此即日本元文二年之刊本，共分二十五冊，翌年雜東獅谷白蓮社又重刻之為五函五十冊，至此慧琳書乃復現於人間，後並刻入《大正藏》第五十四冊中。惟是時海禁森嚴，無緣流布，清末之際高麗及日本刊本始傳中土。今臺灣公立機構藏有是書者，據所知有二，一為故宮博物院所藏者之日本元文二年

刊本，一爲國防研究院所藏之日本元文三年白蓮社刊本。余所得而校之者爲白蓮社刊本，後以鈔閱不易，費時甚多，而所獲無幾，乃易之以《大正藏》。

二、由慧琳《音義》引《說文》可校定二徐本之譌誤

許君叔重《說文解字》一書，經李陽冰之竄改，後世傳鈔，譌誤既多，雖經二徐苦心董理，稍復舊觀，然已非許書本來面目，今得慧琳所引，可校正二徐本者頗多。

如「祈」，二徐本「求福也」，蔡邕《月令問答》云：「祈者，求之祭也。」王筠《說文句讀》云：「當作求福之祭也。」以上文「祓，除惡祭也」例之，亦宜有「祭」字，今慧琳《金光明最勝王經音義》「所祈」注引《說文》即作「求福祭也」，可證古本有「祭」字。

二徐本「玫，火齊玫瑰也」，《韻會》引小徐本作「火齊珠也」，識者多疑之，今慧琳《音義》卷二十七《妙法蓮華經》「玫瑰」注，玄應《音義‧摩訶般若經》「玫瑰」注皆引作「火齊珠也」，可證古本確作「火齊珠也」無疑。

蔦，二徐本訓「寄生也」，段氏依《韻會》、《毛詩音義》改爲「寄生艸也」，今慧琳《廣弘明集》「蘿蔦傍」注引《說文》即作「寄生艸也」，由此可見段氏之精審，亦可證慧琳所據確爲古本。

二徐本「牙，牡齒也」，段氏依石刻本《九經字樣》正作「壯齒也」，後之駁段者有數家，以爲單文孤證，不足爲憑，不知「牡」爲「壯」之別體，如後齊〈宇文長碑〉：「方期克牡」，隋〈張貴男墓誌〉：「牡武光其弼諧」、隋〈首山舍利塔銘〉：「華夏之牡麗」，凡「壯」字皆書作「牡」；虞書〈孔子廟堂碑〉亦書「壯」作「牡」；且爿偏旁亦多作牛，如漢〈楊淮表記〉、梁〈蕭憺碑〉、唐〈麓山寺碑〉，凡「將」字皆作「牨」，又有「牆」，《字書》作「牆」者，唐〈無憂王寺寶塔銘〉是也。蓋石刻《九經字樣》者深知「牡」即「壯」之別體，故徑作「壯」字，今慧琳《一字頂輪王經音義》「牙頷」注作：「壯齒也」，可以昭然無疑矣。

蕳，二徐本訓「菡蕳，芙蓉華，未發爲菡蕳，已發爲芙蓉。」段氏云：「各本作芙蓉誤。」玄應《音義》卷三、卷八正作「扶渠華未發者爲菡蕳，已發者爲芙蓉。」知二徐本「扶渠華」，誤作「芙蓉華」。

二徐本「牻，白黑雜毛牛」，《說文》牛部：「牛馬牢曰牿，閑養牛馬圈曰牢。」是從牛不專屬牛，今慧琳《毘奈耶大律》「牻色」注引《說文》即作：「白黑雜毛牛羊曰牻」，知二徐本並奪「羊」字非是，《說文》「犗，牛羊無子也」，尤爲牛羊並及之證。

—4—

二徐本「噎，飽食息也」，《玉篇》云：「飽出息也。」慧琳《音義》卷四十三、卷五十八、卷五十九、卷六十二凡四引皆作「飽出息也」，可知二徐本「食」字當是「出」字之誤。

二徐本「嘘，吹也」，《文選・七命》注引《說文》作「吹嘘也」，疑二徐刪「嘘」字，今慧琳卷八十六《辯正論》「虛氣」注引《說文》即作「吹嘘也」，可證古本如是。

二徐本「吃，言蹇難也」，慧琳《音義》卷六十三、玄應《音義》卷十五並引《說文》作「言難也」，知二徐本誤衍一「蹇」字。

二徐本「啁，啁嘐也」。段注「啁」下云：「此複舉字未刪者。」今慧琳《音義》卷七十四、卷九十五皆引《說文》作「嘐也」，段氏之說正得其證。

二徐本「咼，口戾不正也」，考《玉篇》、《廣韻》十三佳皆引《說文》作「口戾也」，言戾於義已明，何煩更言不正，其爲後竄改，至爲顯然，今慧琳卷二十七、卷二十四、卷六十六即引《說文》作「口戾也」，是其證也。

二徐本「局，促也。從口在尺下，復局之，一曰博棊，象形。」考慧琳卷五十《業成就論音義》「知局」注引《說文》：「促也。從口在尸下，復句（慧琳卷一百「偏局注」引《說文》「促也。從口在尸下，復勹之」，知此「句」當爲「勹」之譌）之，一曰：博局所以行棊，象形字也。」據此知二徐《說文》「尸」誤作「尺」，「勹」誤作「局」，博下脫「局」字。

二徐本「趫，善緣木走之才」，《文選・西京賦》注引《說文》：「善緣木之士也。」今慧琳卷五十六《正法念處經》「趫行」注引《說文》即作「善緣木之士」，可知二徐《說文》衍「走」字，「士」誤作「才」。

二徐本「迻，遷徙也」，考《廣韻》五支引《說文》：「遷也。」，今慧琳《音義》卷九十八、卷八十五凡兩引皆作「遷也」，知二徐本「徙」字誤衍。

二徐本遁：「遷也，一曰逃也。」「遁」古與「巡」通，〈過秦論〉：「遁巡而不敢進」，師古曰：「遁巡，謂疑懼而卻退也」。「遁」音千旬反，俗本「巡」誤作「逃」，讀者因以爲遁逃解，而遁巡之本義晦矣，王筠《釋例》云：「遁下云一曰逃也，此後人迻遜下說於此。」今慧琳卷八十七《破邪論》「肥遁」注引《說文》即作「遷也，一云巡也」，王氏之說正得其證。

逮，二徐本訓「唐逮及也」，《韻會》二引并無「唐逮」二字，二徐本此二字係涉唐棣而誤，《玉篇》訓「及也」，《毛詩鄭箋》、《爾雅》、《後漢書注》、《文選》五臣注皆并作「及也」，慧琳卷二十二《華嚴經》「逮十力地」注引《說文》即作「及也」，可證古本如是。

二徐本「循，行順也」，《書・泰誓正義》引《說文》：「循，行也。」段氏云：「各本作行順也，淺人妄增耳。」今慧琳卷七十七《釋迦略譜》「循行」注引《說文》：「行也。」可見段氏之精密，可證慧琳所據確為古本。

二徐本「齗，齒本也。」齒為斷骨，齗為齒肉，其義相屬，今慧琳卷二十《華嚴音義》「齗齗」注引《說文》即作「齒肉也」。玄應兩引亦同慧琳引作「齒肉也」。

二徐本諫訓「證也」，《楚辭》〈七諫序〉：「諫者正也。」，《周禮・地官・保氏》：「掌諫王惡」注：「以禮義以正之」，是「諫」訓「正」，古義甚明，今慧琳《音義》卷六《大般若經》「諫」注即作「正也」。

二徐本譌訓「譌言也」，段氏疑「譌」當作「偽」，今慧琳卷七十七《釋迦方志》即作「偽言也。」

二徐本譯：「傳譯四夷之言者。」今慧琳《音義》卷八十五《辯正論》「譯」注即作「譯，傳四夷之言也」，知二徐本「譯」、「傳」二字誤倒。

二徐本「弄，玩也」，慧琳卷十六《大方廣三戒經》「弄」注引《說文》：「玩也，戲也。」知二徐奪去一訓。

牧，二徐本訓「養牛人也」，牛馬牢曰牿，閑養牛馬圈曰牢，是從牛之字不專屬牛，今慧琳卷六《大般若經》「放牧」注即作「養牛馬人也」。

二徐本「翅，翼也」，今慧琳《音義》卷三、卷六、卷三十一凡三引皆作「鳥翼也」，是二徐皆奪一「鳥」字。

二徐本「髀，股也」，《文選》〈七命注〉，《爾雅・釋文》皆引作「股外也」，今慧琳《音義》卷四、卷九、卷十二、卷七十二、卷二十、卷三十四、卷三十七，希麟《續音義》卷六俱引《說文》作「股外也」，是二徐皆奪一「外」字。

二徐本「肺、金藏也，脾、土藏也，肝、木藏也。」錢宮詹云：「五經異義今文《尚書》歐陽說『肝、木也，心、火也，肺、金也，腎、水也。』」許氏用古文說，故心部云：「土藏也，博士以為火藏。」今本肺、脾、肝三篆皆校者所擅改，段氏注肺下云：「當云火藏也，博士說以為金藏。」今慧琳《音義》卷五、卷五十三、玄應《音義》卷四、卷二十即引作「火藏也」。段氏注脾下云：「當云木藏也，博士說以為土藏。」今慧琳《音義》卷五、卷七十五、卷七十七引《說文》即作「木藏也」。段注：「肝下當云金藏也，博士說以為木藏也」今慧琳《音義》卷五《大般若經》「肝」注引《說文》即作「金藏也」。

脬，二徐本訓「膀光也」，慧琳《音義》卷五、卷十三、卷二皆引作「膀胱水器也」，知二徐本奪「水器」二字。

二徐本「笛，七孔筩也」，《廣雅》云：「龠謂之笛有七孔。」《初學記》引《說

文》：「七孔龠也。」今慧琳《音義》卷六十四《沙彌尼離戒經音義》「笛」注即作「七孔龠也」，知二徐本「龠」誤作「箭」。

二徐本「筑，以竹曲，五弦之樂也」，「以竹曲」未成句，必有脫誤，考慧琳《音義》卷六十二《根本毗奈耶雜事律音義》引《說文》：「以竹擊之成曲，五弦之樂。」是二徐本脫「擊之成」三字，《急就篇》顏注：「筑形如小瑟而細頸，以竹擊之。」《史記・高帝紀》《正義》曰：「狀似瑟而大，頭安弦，以竹擊之故名曰筑。」是其證也。

二徐本「木，從屮，下象其根」，考許書之例，既有下象其根，必有上象某某之句，如耑云：「上象生理，下象其根。」嗌之籀文下云：「上象口，下象頸脈理。」是其例也，考希麟《續音義》卷八《根本毗奈耶藥事音義》「木」注引《說文》：「下象其根，上象枝。」可證二徐本奪「上象枝」三字。

二徐本「櫨，柱上柎也」，慧琳《音義》卷十四、卷十七、卷五十二、卷五十七凡四引皆作「薄櫨柱上枅也」，玄應《音義》卷一、卷七、卷十四、卷十五并《文選》〈甘泉賦〉、〈魯靈光殿賦〉、〈長門賦〉注皆引作「薄櫨柱上枅也」，可證古本如是。《說文》：「枅，屋櫨也」，小徐曰：「斗上橫木承棟者，橫之似笄。」此說甚明，可證《音義》確爲古本。

桎，二徐本訓「足械也」，梏，二徐本訓「手械也」，慧琳卷八十四《古今佛道論衡》「桎梏」注引《說文》：「桎，足械也，所以質地也。梏，手械也，所以告天也。」與莫刻《唐本說文》同，可證二徐本逸「所以質地」、「所以告天」二語。

枕，二徐本訓「臥所薦首者」，考慧琳《音義》卷七十五《道地經》「枕」注引《說文》：「臥頭薦也。」莫友芝《唐本說文》正作「臥頭薦」也，可證古本如是。

二徐本「枹，擊鼓杖也」，考莫刻唐本作「擊鼓柄也」，今慧琳《音義》卷三十一《大乘密嚴經》「枹」注引《說文》即作「擊鼓柄也」。

二徐本「糒，乾也」，考李賢明帝注，〈隗囂傳〉注、《文選》陸士衡〈弔魏武文〉注、《御覽》卷八百六十皆引作「乾飯也」，今慧琳《音義》卷五十八《十誦律》即作「乾飯也」，可證二徐本奪「飯」字。

二徐本「痼，病也」，今慧琳《音義》卷六、卷三十七，玄應《音義》卷十二皆引《說文》作「風病也」，是二徐本奪一「風」字。

二徐本「癭，頸瘤也」，《莊子・德充符・釋文》、《御覽》七百四十疾病部引《說文》：「瘤也。」《莊子・釋文》別引《字林》：「頸瘤也。」是今本乃以《字林》訓義誤入許書，考慧琳《音義》卷五十四《餓鬼報應經》「癭」注引《說文》作「瘤也，亦頸腫也」，是古有二訓，二徐誤以《字林》爲許書非是。

　　二徐本「仰，舉也」，考經傳皆俛、仰並稱，俛爲低首，則仰爲舉首矣，今慧琳《音義》卷八、卷二十八、玄應《音義》卷八即作「舉首也」。

　　二徐本「褊，衣小也」，《爾雅・釋文》云：「褊，小衣也。」以上文「襦，短衣也；裘，長衣也；襲，重衣也。」例之，當作「小衣」，今慧琳《音義》卷九十《高僧傳》褊注引《說文》即作「小也」，蓋以訓曰小，其義已明，故奪「衣」字。

　　製，二徐本訓「裁也」，《韻會》引小徐本作「裁衣也」，今慧琳《音義》卷六即作「裁衣也」，可證二徐本奪「衣」字。

　　二徐本「項，頭後也」，《說文句讀》即依《玉篇》、《文選注》訂正爲「頸後也」，今慧琳《音義》卷三十九《不空羂索經》「頸」注引《說文》即作「頸後也」，王氏若見慧琳書，當可又得一證矣。

　　二徐本「杖，持也」，考慧琳《音義》卷四《大般若經》「杖」注引《說文》「手持木也」，二徐皆奪「手」、「木」二字。

　　二徐本「岸，水厓而高者」，考慧琳《音義》卷六十六《集異門足論》「岸」注引《說文》：「水崖洒而高者也。」二徐《說文》脫「洒」字，《爾雅》釋邱「望厓洒而高岸」郭注：「厓、水邊，洒、深也，視厓峻而水深者曰岸。」是其證也。

　　二徐本「底，山居也」，《玉篇》云：「底，止也，下也。」《廣韻》：「底，下也，止也。」《左傳》服注、《晉語》韋注皆云：「底，止也。」段氏云：「山當作止，下文厓、礙止也，嬰、安止也，與此相連屬。」今慧琳《音義》卷三十八《阿難陁目佉尼阿離陁經》「厓底」注引《說文》即作「止居也」，段氏之精密由此可見。

　　獫，二徐本訓一曰「黑犬黃頭」，《初學記》注引《說文》：「黑犬黃頤」，今慧琳《音義》卷七十七《釋迦氏略譜》「獫」注引《說文》即作「黑犬黃頤」也，可證二徐本「頭」字確係「頤」之誤。

　　二徐本「燔，爇也」，《玉篇》：「燒也。」「爇，燒也」；「燒，爇也」；二字互訓，今慧琳卷四十五《文殊淨律經》「燔」注即作「燒也」。

　　二徐本「爓，火飛也」，《文選》〈琴賦〉、〈景福殿賦〉李善注、《初學記》引《說文》：「火光也。」今慧琳《音義》卷四十六、卷八十八、卷九十九，玄應《音義》卷八、卷九、卷十一皆引作「火光也」，可證古本如是。

　　二徐本「灰，死火餘㶳也」，火部「㶳，火餘也」，《音義》引作「火之餘木也」，火之餘木曰㶳，乃未成灰者，灰爲死火不得再有餘㶳，二徐本「餘㶳」二字其爲衍文無疑，今慧琳《音義》卷八《大般若經》「灰」注、《九經字樣》、《廣韻》十五灰皆引《說文》作「死火也」，是其證也。

　　二徐本「奄」訓：「覆也，大有餘也，又欠也。」朱氏《通訓定聲》疑「欠也」

係「久也」之誤，今慧琳《音義》卷九十五《弘明集》「弇」注即作：「覆也，大有餘也，一曰久也。」二徐本「欠」字確係「久」字之譌。

普，二徐本訓「廢一偏下也」，考慧琳《音義》卷一《大唐三藏聖教序》「普」注引《說文》：「廢也，並兩立，一偏下曰普。」案〈曲禮〉：「立毋跛」注云：「跛，偏任也。」疏云：「雙足並立不得偏也。」許君所謂「一偏下者」即有一偏不下，雙足不能並立也，今本脫漏多矣。

二徐本「蔑，輕易也」，段氏云：「易當作傷，人部曰傷輕也。」今慧琳《音義》卷二、卷十六、卷八十皆引作「輕傷也」。

態，二徐本訓「意也」，考慧琳《音義》卷十五《大寶積經》「態」注引《說文》作「恣也」，《說文》「姿、態也」，「態」字慧琳引《說文》訓「恣也」，正合許書互訓之例。

二徐本「恣，縱也」，考慧琳《音義》卷四十一《六波羅蜜多經》「恣」字引《說文》作「縱心也」，案縱恣屬心而言，後人以其義廣遂刪「心」字，如「快」慧琳卷二十五引作「心不服也」，「憾」字《音義》卷三十三引作「心服也」，今本皆奪失之，是其證也。

二徐本「易」下引「祕書說：日月為易」，段、玉、桂三家皆以「祕書」為「緯書」，考許書之例，凡引書當用「曰」字，如《詩》曰、《易》曰、《虞書》曰、《春秋傳》曰等，引各家之說當用「說」字，如孔子說、楚莊王說、韓非說、左氏說、淮南王說、司馬相如說等，此許書之通例也，慧琳書卷六《大般若經》「無易」注引《說文》：「賈祕書說日月為易」，是二徐本奪「賈」字，許君學從逵出，故引師說或稱「賈祕書」，或稱「賈侍中」而不名也。

二徐本「媒，謀合二姓」，考慧琳《音義》卷六十四《根本苾蒭尼戒經》「媒」注引《說文》：「謀合二姓為婚媾也。」知二徐《說文》脫「為婚媾也」四字。

二徐本「辮，交也」，考慧琳《音義》卷五十九《四分律》「辮」注、玄應《阿毗曇心論》「辮」注皆引作「交織也」，是二徐皆奪「織」字。

二徐本「綾，東齊謂布帛之細曰綾」，考慧琳《音義》卷六十六《集異門足論》「綾」注引《說文》：「東齊謂布帛之細者曰綾。」是二徐奪一「者」字。

鑛，二徐本訓「琢石也」，考慧琳《音義》卷六十三、卷八十、卷八十四、希麟《續音義》卷六、卷十皆引作「琢金石也」，二徐脫「金」字。

銜，二徐訓「馬勒口中」，考慧琳《音義》卷十一《大寶積經》銜注引《說文》：「馬口中勒也。」二徐《說文》誤倒。

慧琳《音義》卷九十二《續高僧傳》「饕餮」注引《說文》：「籀文從共作㒸。」

今二徐本奪，以「𩚛」誤作「飴」之籀文，考唐寫本《玉篇》饗下正作籀文「𩚛」，而「飴」下別有重文異，據此「𩚛」宜為「饗」之籀文，復補重文「饌」於「飴」下，許書原本當如此。

二徐本「贏，驢父馬母」，文義未完，各小學家亦無所論述，考《音義》卷十七《太子和休經》「驢」注引《說文》：「騾者、驢父馬母所生也。」二徐本奪「所生也」三字。

《說文解字》一字往往有連載數義者，如「孳，汲汲生也，即汲汲也，生也。晨、早昧爽也，即昧爽也、早也」，知舊本《說文》往往有二「也」字，為後人傳鈔節去前一義之「也」字，故讀之猝不易解，考卷四《大般若經》「尋」注引《說文》：「繹也，理也。」二徐《說文》作「繹理也」。卷四十二《大佛頂經》「裨」注引《說文》：「接也，益也。」二徐本作「接益也」。卷八十四《古今譯經圖記》「枳」注引《說文》：「木也，似橘。」二徐本作「木似橘」，蓋「木」下奪「也」字。

又二徐兄弟不明古音，每於《說文》諧聲之字疑為非聲，輒刪聲字。如「祟」字，慧琳《音義》卷三十一、卷五十七、卷七十八皆引《說文》「從示出聲」，大徐本作「從示從出」，小徐本作「從示出」，考經傳「出」字多讀如「吹」，應以「從示出聲」為是。二徐本「瑞、從玉𢃳」，慧琳《音義》卷二、卷四十五、卷八十三皆引《說文》：「從玉𢃳聲。」段注本亦作「從玉𢃳聲」，正合古本，鍇之所以刪聲字，乃因唐韻以「𢃳」為多官切與「瑞」不相近，其不知「𢃳」古有穿音也。

齔，大徐本：「毀齒也，男八月生齒，八歲而齔，女七月生齒，七齒而齔，從齒從七。」小徐本：「毀齒也，男八月生齒，八歲而齔，女七月生齒，七歲而齔，從齒七聲。」考慧琳《音義》卷一《大唐三藏聖教序》「齔」注引《說文》：「毀齒也，男八月齒生，八歲而齔，女七月齒生，七歲而齔，從齒匕聲。」段氏云：「今按其字從齒從匕，匕，變也，今音呼跨切，古音如貨本命曰：『陰以陽化，陽從陰變，故男以八月生齒，八歲而毀，女七月生齒，七歲而毀。』毀與化義同音近，玄應卷五齔舊音差貴切，卷十一舊音羌貴切，然則古讀如未韻之㪣蓋本從匕，匕亦聲，轉入真至韻也，自誤從七旁，玄應云初忍切，孫愐云初堇切，《廣韻》乃初覲切，《集韻》乃初問、恥問二切，其形唐宋人又譌齔從し，絕不可通矣。」此說極是，二徐以不黯聲韻，故字音字形並誤，段氏若得慧琳卷一所引「從齒匕聲」，當可得又一證。又「態」字，二徐本作「從心從能」，慧琳卷十五《大寶積經》「態」注引《說文》：「從心，能聲。」「能」音「耐」，是古本作「能聲」，不作「從能」，凡此皆可正二徐之譌誤。

三、慧琳引《說文》可校正大徐本之誤

今本《說文解字》最古者，惟大小徐之書而已，然鉉、鍇二本，復有不同，前人已有二徐箋異之作，今得慧琳所引《說文》亦有可校正大徐本之誤者：

如芟，大徐本：「從艸，從殳。」慧琳《音義》卷五十一引作「從艸，殳聲」與小徐本同，芟、殳古音同，木部胥字注云：「從木，胥聲，讀若芟刈之芟。」胥與芟同音，是芟古讀如殳，若依今音所銜切，則胥字不讀若芟也，徐鉉紐於今音，故以為非聲，而刪去聲字。

莫，慧琳卷五十三引《說文》：「日在茻中，茻亦聲。」與小徐本同，《九經字樣》亦有「茻亦聲」三字，大徐作「從日在茻」，削去「茻亦聲」三字。

喪，慧琳《音義》卷三引《說文》：「亡也。從哭，亡聲。」與小徐本同，大徐本竄改作「亡也。從哭從亡會意，亡亦聲。」

訥，小徐本「從言，內聲」，慧琳卷八十七引同，大徐本誤作「從言，從內」。

鞌，慧琳卷四十四引《說文》并小徐本皆作「從革，安聲」，大徐誤作「從革，從安」。

睎，慧琳卷五十一引《說文》同小徐本作「從目，希聲」，大徐作「從稀，省聲」非是。

瘍，慧琳《音義》卷三十七并小徐本皆訓作「頭瘡也」，大徐誤作「頭創也」。

且，慧琳卷二十九引《說文》、小徐本皆訓作「久癱也」，大徐本作「癱也」，奪一「久」字。

保，慧琳卷三十二引《說文》及小徐本皆作「從人，朵省聲」，大徐刪「聲」字，作「從人，朵省」。

黔，慧琳《音義》三十九引《說文》：「淺青黑色也。」小徐本同慧琳所引，大徐本作「淺青黑也」，奪一「色」字。

惰，慧琳卷十一、卷十二、卷十九、卷二十四皆引作「從心，隋聲」，小徐本亦同，大徐本誤作「隋省」。

沼，慧琳引《說文》同小徐本訓「池也」，大徐本作「池水也」，誤衍一「水」字。

軒，慧琳卷二十七引《說文》同小徐本作「曲舟輈也」，大徐本改作「曲舟藩車」。

四、慧琳引《說文》可校正小徐本之誤

槃，大徐本「傳信也」，慧琳卷九十八引同大徐本，小徐本誤作「傳書也」。

橃，大徐本：「海中大船。從木，發聲。」慧琳卷六十四引《說文》：「海中大船

也。」卷八、卷二十九、卷四十五、卷六十二引《說文》：「從木，發聲。」小徐本誤作「從木，撥省聲」。

負，慧琳卷六《大般若經》負注引《說文》有「一曰：受貸不償」六字，大徐本亦有之，小徐本誤奪。

贖，慧琳卷四十一《六波羅蜜多經》「贖」注引《說文》：「貿也。從貝，賣聲。」大徐本同，小徐本奪失「貿也」二字。

明，慧琳卷二十九《金光明經》「明」注引《說文》同大徐本作「從月，從囧」，小徐本誤作「从囧，月聲」，《韻會》引小徐本作「从月囧」，知小徐原本不誤，或係傳鈔譌誤也。

秔，大徐訓「稻屬」，慧琳卷八、卷十五、卷四十四、卷八十三引同大徐本，小徐本作「稻也」。

獄，大徐本「從㹜，從言」，慧琳《音義》卷七引《說文》即作「從㹜，從言」，小徐本誤作「從㹜，言聲」。

曦，慧琳《音義》卷四十三引同大徐本作「乞牾也」，小徐本誤作「气牾也」。

飆，慧琳《音義》卷八十三引《說文》同大徐本作「翔風也」，今小徐本誤作「朔風」。

五、慧琳引《說文》有二徐所未載者

慧琳引《說文》有二徐本所未載者，其見於大徐新附字有四十七，二徐本及新附皆未載者有九十二，計得文一百三十九，皆加考釋。

如「珮」，慧琳《音義》卷三十二「珮」注引《說文》：「珮所以象德也。從玉，凮聲。」卷九十四「珩珮」注：「《說文》：珩珮二字皆從玉，行凮亦聲。」今二徐本皆無此字。《文選·東京賦》：「珮爲行容。」薛注：「珮以制容。」正與慧琳所引義合。《初學記》引蔡講疑字義珮者玉器之名，是古本有從玉之「珮」字，自「佩」字通用，而「珮」字廢矣。

敋，慧琳《音義》卷三十八「打摑」注云：「《說文》正體作敋，從攴，從格省聲。」又引《廣雅》云：「敋擊也。」《埤蒼》云：「擊頰也。」顧野王云：「今俗語云摑耳是也。」慧琳又云：「正體本形聲字也，極有理，爲涉古時不多用，若能依行甚有憑據也。」是古有此字，後以罕用遂廢。

疚，慧琳《音義》卷八十三「疚」注、卷八十四「疚」注引《說文》：「從疒，久聲。」今二徐本皆無「疚」字，慧琳引《左傳》：「君子不爲利，不爲義疚。」《爾雅》云：「疚病也。」《韻會》云：「病也，一曰久病。」惜未著所出，或係小徐本文，

考《說文》女部「嬽」下引《春秋》：「嬽嬽在疚」，是說解尙存此字。

池，慧琳《音義》卷六《大般若經》「池」注引《說文》：「陂也。從水，從馳省聲。」今二徐本並無「池」字。考《初學記》引《說文》：「池者陂也。」與慧琳引同，是古本有「池」字之證，又《說文》陂下「一曰：池也」，衣部裨：「讀若池」，則「池」與「陂」爲轉注，段氏即依徐堅所引詳加考證補「池」篆。

濤，慧琳《音義》卷八十三、希麟《續音義》卷二「濤」注引《說文》：「潮水湧起也。從水，壽聲。」今二徐本無「濤」字，大徐本列入新附訓「大波也」。

圊，今本《說文》無「圊」字，慧琳《音義》卷五十三「圊」注引《說文》：「圂廁也。從口，青聲。」是許書原本有此文，今本佚失。

矚，慧琳《音義》卷五十三「矚」注引《說文》：「視也。從目，屬聲。」古本有此字。

幢幟，慧琳《音義》卷三十「幢幟」注：「《說文》並從巾，童哉皆聲。」今大徐本列於新附並訓旌旗之屬，慧琳引《考聲》云：「幢亦幡也。」《廣雅》云：「幟亦幡也。」《音義》引《說文》幡有旌旗總名一訓，今本奪失。《說文》於部㫃下云：「幢也。」是「幢」字尙存於說解中，可證古本確有「幢」字，又巾部帴下微下、系部㴩下皆有「幟」字，可證「幟」亦爲許書本有，今本佚失。

鏗鏘，慧琳《音義》卷八十九引《說文》：「二字並從金，堅將皆聲。」卷八十五「鏘鏘」注引《說文》：「磬聲也，形聲字。」今二徐本皆無「鏗鏘」二字，慧琳引《集訓》云：「金玉聲也。」引《禮記》子夏曰：「鐘聲鏗鏘撞擊之聲也。」《論語》孔注：「鏗爾投瑟之聲。」《說文》臤部：「堅也，讀若鏗鏘之鏗。」手部摼下、車部軯下皆曰：「讀若論語鏗爾，舍琴而作」。可證古本有「鏗鏘」二字，今皆奪失。凡此皆可補二徐本之佚失。

然慧琳引《說文》亦有許書本無，而誤以爲《說文》者。如矙，二徐本無「矙」字，慧琳卷九十一《高僧傳》「敢望」注引《說文》：「望也，人名。」考《說文》：「矙，望也。」慧琳此引云人名，當係「矙」字之誤。

皺，慧琳卷十五「皺」注云：「《說文》：闕也。」並先引《韻略》云：「皮聚也。從皮，芻聲。」可知許書本無「皺」字，慧琳卷四十一《六波羅蜜多經》「皺」注云：「《說文》、《玉篇》、《字統》、《文字音義》、《古今正字》、《桂苑》等並闕文無此字。」據此可知《音義》卷五十三「皺」注引《說文》：「從皮，芻聲。」係傳鈔者見《韻略》有此一訓，遂誤以爲《說文》。餘詳引《說文》考，不一一重述。

六、慧琳有誤以他書爲《說文》者

慧琳引《說文》有誤以他書爲許書者如下：

（一）誤以《字林》為《說文》

喁，《說文》：「魚口上見。」《淮南子》曰：「水濁則魚喁。」言魚在濁水不得安，潛而上見其口，喁之本義當以「魚口上見」爲是，所謂水濁則魚喁也。喁之義推而廣之即所謂喁喁然也，蓋言人眾口向上如魚口之上見耳。《晉書音義》引《字林》：「喁，眾口上見。」慧琳《音義》卷九十六、卷九十八、卷七十七凡三引皆作「眾口上見也」，是誤以《字林》爲《說文》。

紺，《說文》：「帛深青而揚赤色也。」慧琳卷四十引同今本，卷三引《字林》：「帛染青而揚赤色。」卷四、卷五十五、卷五十九凡三引皆同《字林》，是誤以《字林》爲許書之又一見也。

姱，見於《字林》，訓「大也」，今本《說文》無「姱」字，慧琳《音義》卷八十八「夸」注引《說文》：「從女，夸聲。」竊疑係以《字林》誤入《說文》者。

翫，習獸也，慧琳《音義》卷三十二引《說文》有「玩，弄也」一訓，《字林》此字正訓作「玩，弄也」，是慧琳誤以《字林》入《說文》。

（二）誤以《考聲》為《說文》

婁，《說文》：「無禮居也。」慧琳《音義》卷六十一引同今本，卷十四引作「貧無財以備禮曰婁。」慧琳《音義》屢引《考聲》正訓作「貧無財以備禮也」，知慧琳卷十四係誤以《考聲》爲《說文》。

逮，二徐本訓「唐逮及也」，慧琳屢引《考聲》訓「行及前也」，慧琳卷十一引《說文》作「行及前也」，是涉《考聲》而誤。

搏，《說文》訓「圜也」，慧琳《音義》卷五十三、卷三十六、卷六十七、卷六十八凡四引皆作「圜也」，獨卷六十五引《說文》作「握也」，《考聲》正作「握也」，是慧琳誤以《考聲》爲《說文》（案：《考聲》係張戩《考聲集訓》，其書隋唐志不載，僅見慧琳引用）。

（三）誤以《玉篇》為《說文》

《說文》：「惡，過也」。《玉篇》訓「不善也」，慧琳《音義》卷一引《說文》有「不善也」一訓，係誤以《玉篇》爲《說文》。

拔，《說文》訓「擢也」，慧琳《音義》卷十四、卷十八、卷二十四、卷八十、卷九十七皆引作「擢也」，惟卷四十引《說文》有「引而出之也」五字，考《玉篇》云：「拔猶引而出之也。」是慧琳卷四十引《說文》係涉《玉篇》而誤。

（四）誤以《字書》為《說文》

　　《說文》:「楷，木也」。慧琳卷八十楷注引《說文》作「楷即模也。」慧琳卷九十二引《字書》:「模也。」知卷八十係誤以《字書》為《說文》（案：隋唐志載有《字書》十卷，失著者姓名，黃奭《逸書考》、任大椿《小學鉤沈輯佚》皆載有是書，今僅見慧琳所引）。

（五）誤以《纂韻》為《說文》

　　植，《說文》訓「戶植也」，慧琳《音義》卷八「植」注即作「戶植也」，卷四植注引《說文》作「種也」，考慧琳屢引《纂韻》正作「種也」，是慧琳誤以《纂韻》為《說文》（案：《隋志》載有《纂韻鈔》十卷，失作者姓名，其書亡佚，今僅見慧琳所引）。

（六）有雜揉他書而出者

　　慘，《說文》訓「毒也」，慧琳《音義》卷十一、卷十八、卷二十四、卷五十七、卷八十二皆引《說文》作「毒也」，卷六十八獨引《說文》作「憂也，恨皃也」，考《爾雅》云:「憂也，慍也。」《韻會》云:「憂感也。」《集訓》云:「惱恨也。」是慧琳《音義》卷六十八係雜揉此三家訓義而以為《說文》者。

（七）誤以《毛傳》為《說文》

　　媚，《說文》訓「說也」《詩・大雅》《毛傳》云:「媚，愛也。」慧琳《音義》卷四十一引《說文》作「愛也」，是誤以《毛傳》為《說文》。

（八）誤以《說文》注語為本文

　　詮，《說文》訓「具也」，《韻會》引《說文》下有「具說事理也」一語，疑係古本《說文》原有注語，慧琳《音義》卷三十引《說文》作「具說事理也」，是誤以注語為本文。

七、慧琳《音義》有引同二徐本者

　　慧琳《一切經音義》一百卷，其引書幾七百種，引《說文解字》凡一萬一千餘見，引文計二千五百四十一，其引同二徐本者共九百五十三字，由此可見慧琳引《說文》之精確性，凡引同二徐本者，皆依《說文》之次第列於每部之末，存而不論。

八、慧琳引《說文》有未引訓義者

　　慧琳引《說文》有從某從某，或從某某聲，而未引訓義者，共三百九十三字，茲皆依《說文》之次第，附二徐本訓義於引文之下，以為參照。

《一切經音義》引《說文》考　第一

一　部（丕字引同二徐本，存而不論）

丕　卷十一《大寶積經》「丕構」注引《說文》：「大也。從一，不聲。」

二　部

帝　卷九十三《高僧傳》「帝系」注引《說文》：「帝者，王天下號。從古文上字，朿
　　聲也。」
　　大徐本：「諦也，王天下之號也。從上，朿聲。」
　　小徐「號」下奪「也」字。
　　案：《白虎通》云：「帝者何，帝者諦也，象可承也。」《獨斷》云：「帝者諦也，
　　能行天道，事天審諦。」《毛詩故訓傳》：「審諦如帝。」小徐通論云：「帝者審
　　諦於道也。」又云：「朿者刺也，審諦之物也。」慧琳未引「諦也」二字。

示　部

祜　卷三《大般若經》「加祜」注引《說文》：「從示，古聲。」
　　案：二徐此字並云「上諱」，蓋避漢安帝諱也。「上諱」下云：「從示，古聲。」
　　與慧琳引同。

福　卷五十七《佛說分別善惡所起經》「世福」注引《說文》：「從示，畐聲。」
　　案：二徐本訓「祐也」，慧琳未引訓義。

祐　卷三《大般若經》「加祐」注引《說文》：「從示，右聲。」
　　案：二徐本訓「助也」，慧琳未引訓義。

祺　卷三十五《佛頂最勝陀羅尼經》「延祺」注云：「《說文》：壽考如祺。從示，其

形聲之字。」

二徐本：「吉也。從示，其聲。」

案：《毛詩》：「壽考如祺。」《傳》曰：「祺，吉也。」慧琳此引恐係傳鈔誤入也，應以二徐本爲是。

禋　卷九十一《高僧傳》「郊禋」注引《說文》：「潔祀也。從示垔。」

二徐本：「潔祀也。一曰：精意以享爲禋。從示，垔聲。」

案：慧琳引《周禮》注：「禋，煙也，周人尙臭以享上帝。」可知禋爲會意字。又引《國語》：「精意以享曰禋。」是引之以釋《說文》者，二徐定爲又一義，實與潔祀無殊也，段注云：「《說文》多有淺人疑其不備而竄入者，〈周語〉內史過曰：精意以享禋也，潔祀二字已苞之，何必更端偁引乎，舉此可以隅反。」此說極是。

祀　卷五十七《佛說分別經》「禱祀」注引《說文》：「從示，巳聲。」

案：二徐本訓「祭無巳也」，慧琳未引訓義。

礿　卷九十五《弘明集》「礿祀」注引《說文》：「夏祭名也。從示，勺聲，亦作禴。」

二徐本：「夏祭也。從示，勺聲。」

案：《公羊‧桓八年》：「春曰祠，夏曰礿。」《釋文》云：「礿音予若反，本又作禴同。」《爾雅》：「夏祭曰礿。」《釋文》云：「本或作禴。」可證「禴」爲「礿」之或文。《爾雅‧釋文》云：「礿，夏祭名。」可證二徐本奪「名」字，應以慧琳所引爲是。

祠　卷十三《大寶積經》「法祠」注引《說文》：「春祭曰祠，從示，司聲。」

二徐本：「春祭曰祠，品物少，多文詞也。從示，司聲。」

案：慧琳未引全文。

禘　卷八十五《辯正論序》「禘郊」注引《說文》：「亦歲一祭也。從示，帝聲。」

二徐本：「諦祭也。從示，帝聲。《周禮》曰：五歲一禘。」

案：禘爲祭名，雖有諦義，直訓爲「諦祭」未協，《韻會》引小徐本云：「禘祭也。」重「禘」字，可證「諦」爲誤字。惟慧琳引：「亦歲一祭也」，無可考證。

祫　卷九十七《弘明集》「禘祫」注引《說文》：「從示，合聲。」

二徐本：「大合祭先祖親疏遠近也。從示，合聲。《周禮》曰：三歲一祫。」

案：慧琳未引訓義。大徐本作「从示，合」。

祈　卷三十九《金光明最勝王經》「所祈」注引《說文》：「求福祭也。從示，斤聲。」

二徐本：「求福也。從示，斤聲。」

案：《爾雅》郭注：「祈，祭者叫呼而請事也。」蔡邕《月令問答》：「祈者求之

祭也。」《說文句讀》云:「當作求福之祭也。」以上文「祓,除惡祭也」例之,亦宜有「祭」字。

祟　卷五十七《佛說分別經》引《說文》:「神爲禍也。從示,從出聲。」卷七十八《經律異相》「譴祟」注引《說文》:「神爲禍也。從示,出聲。」卷八十三《西域記》「祆祟」注引《說文》:「神禍也。從示,從出。」卷三十一《大灌頂經》玄應先撰,慧琳重撰「禍祟」注:「《說文》云神禍也,謂鬼神作災禍也。從示,出聲。」

大徐本:「神禍也。從示,從出。」

小徐本:「神禍也。從示出。」

案:卷三十一引有「謂鬼神作災禍也」一語,似《音義》以「神禍」二字意不明故申言之,據此則卷五十七、卷七十八引有「爲」字皆慧琳所增。以小徐本引《詩》曰:「匪舌是出,維躬是瘁。」故從出,觀之,是原本有「聲」字,小徐易爲會意字,故引〈洪範〉及鄭子產語以證之。「出」字經傳多讀如「吹」,應以「從示,出聲」爲是。

祲　卷八十五《辯正論》「氛祲」注引《說文》:「氣感不祥也。」卷九十四《高僧傳》「氛祲」注引《說文》:「氣感祥也。」

二徐本:「精氣感祥。」

案:《左傳·昭十五年》:「吾見赤黑之祲。」杜注:「祲,妖氛也。」祥,福也。妖氛者不祥也,與慧琳所據本合,卷九十四引奪「不」字。

祲　卷二十九《金光明最勝王經》「祆星」注引《說文》:「從示,芺聲。」卷八十九引同。

案:卷八十九慧琳別引《考聲》云:「地反物也。」與二徐本「地反物爲祆也」正合。

示部（禎、祉、祕、祖、祓、禱、禳、禦皆引與二徐同,茲存而不論）

禎　卷五十《攝大乘論》「是禎」注引《說文》:「祥也。從示,貞聲。」卷九十八引同,卷八十六未引訓義。

祉　卷八十五《辯正論》「多祉」注引《說文》:「福也。從示,止聲。」卷九十六、卷九十七未引訓義。

祕　卷五十《攝大乘論》「祕密」注引《說文》:「神也。從示,必聲。」卷一、卷三十皆未引訓義。

祖　卷八十六《大唐內典錄》「祖禰」注引《說文》:「始廟也。從示,且聲。」

祓　卷六十二《根本毗奈耶雜事律》「腋挾」注引《說文》：「除惡祭也。從示，友聲。」

禱　卷四十三《金剛恐怖觀自在菩薩最勝明王經》「厭禱」注引《說文》：「告事求福也。從示，壽聲。」卷一、卷六十一、卷八十九、卷九十五所與訓義同此，卷五十七、卷六十九未引訓義云：「從示，壽聲。」

禳　卷三十九《不空羂索經》「除禳」注引《說文》：「磔禳，祀除癘殃也，古者燧人禜子所造，從示，襄聲。」卷六十七引同，卷一百未引訓義。

禦　卷十二《大寶積經》「防禦」注引《說文》：「祀也。從示，御聲。」

王　部（王字引同二徐本，存而不論）

王　卷十八《大乘大集地藏十輪經》「踔王」注引《說文》：「天下所歸往也。」

玉　部

璧　卷一《大般若經》「璧玉」注引《說文》：「瑞玉也。從玉，辟聲。」
　　二徐本：「瑞玉圜也。從玉，辟聲。」
　　案：各本皆作「瑞玉圜也。」《周禮・春官》：「以蒼璧禮天。」注：「璧圜象天。」璧有圜義，疑慧琳所引奪一「圜」字。

琰　卷九十三《高僧傳》「琬琰」注引《說文》：「玉圭長九寸，執以為信，以征不義也。」
　　二徐本：「璧上起美色也。」
　　案：《周禮・考工記・玉人》：「琰圭九寸，判規，以除慝，以易行。」鄭注：「凡圭，琰上寸半，琰圭，琰半以上，又半為緣飾，諸侯有為不義，使者征之，執以為瑞節也。」慧琳所據本與《周禮》合，今本不得其解。

璜　卷九十八《廣弘明集》「璣璜」注引《說文》：「從玉，黃聲。」
　　案：二徐本：「半璧也。從玉，黃聲。」慧琳未引訓義。

琳　卷八十三《玄奘傳》「琳璆」注引《說文》：「從玉，林聲。」
　　二徐本：「美玉也。從玉，林聲。」
　　案：慧琳未引訓義。

璆　卷八十三《玄奘傳》「琳璆」注引《說文》：「從玉，翏聲。」
　　二徐本：「球，或從翏。」
　　案：「璆」為「球」之或文。《爾雅・釋器》：「璆、琳，玉也。」《釋文》：「璆，本或作球。」

珪　卷一《大唐三藏聖教序》「珪璋」注引《說文》：「瑞玉也，上圓下方，公侯伯所

執，從重土。」卷八十九引：「從重土，瑞玉也，上圓下方，古文從玉作珪。」
卷八十三未引訓義。

二徐、段注本「珪」字皆移於土部部末：「珪，古文圭，從玉。」

案：古文從玉，謂頒玉以命諸侯，守此土田培敦也。段玉裁云：「小篆重土而省
玉，蓋李斯之失與。今經典中圭、珪錯見。」又云：「圭、珪移於部末者，許書
例當如此也。」

璋　卷一《大唐三藏聖教序》「珪璋」注引《說文》：「半圭爲璋。從玉，章聲。」卷
八十三、卷八十九未引訓義。

二徐本：「剡上爲圭，半圭爲璋。從玉，章聲。《禮·六幣》：圭以馬，璋以皮，
璧以帛，琮以錦，琥以繡，璜以黼。」

案：慧琳卷一《音義》先引《字統》：「〈士殷禮〉封諸侯有三等，公、侯、伯皆
有重土，故執圭；子、男無重土，故無珪」以釋之，正與二徐本相發明，璋下
不及六幣，蓋《說文》原本不涉及「璋」字訓解以外，故並「剡上爲圭」一語
亦無之。

珽　卷八十一《三寶感通錄》「執珽」注引《說文》：「大圭也，長三尺，從玉，廷聲。」
卷九十八「執珽」注引《說文》：「大圭，長三尺也。從玉，廷聲。」

二徐本：「大圭，長三尺，抒上，終葵首。從玉，廷聲。」段注本同此。

案：《荀子·大略篇》：「天子御珽。」注：「珽，大珪，長三尺，抒上，終葵首，
謂剡上至其首而方也。」與二徐本、段注本合，慧琳《音義》卷八十一、卷九
十八引皆節去「抒上終葵首」五字。

珩　卷七十七《釋迦方志》「珠珩」注引《說文》：「佩玉上也，所以節行止也。從玉，
行聲。」卷九十八未引全文云：「所以節行止也。從玉、從行也。」

二徐本：「佩上玉也，所以節行止也。」段注本同此。

案：大徐本「從玉，行聲。」小徐本作「從玉行」。《韻會》引《說文》：「佩上
玉也，所以節行止也。從玉行」亦無「聲」字。從玉行，所以節行止，當從會
意，然此字「行」亦聲，乃會意兼形聲者也。慧琳引「佩玉上也」，疑係「佩上
玉也」之誤。

瑞　卷二十《寶星經》「瑞應」注引《說文》：「以玉爲信也。從玉，耑聲。」卷四十
五、卷八十三未引訓義云：「從玉，耑聲。」

二徐本：「以玉爲信也。從玉、耑。」

段注本：「以玉爲信也。從玉，耑聲。」

案：慧琳各卷皆注有「耑音端」，而用垂僞反，乃存聲字，段氏注作「從玉，耑

—21—

聲」正合古本。

珥　卷十六《無量清淨平等覺經》「寶珥」注引《說文》：「從玉，耳聲。」

　　大徐本：「瑱也。從玉、耳，耳亦聲。」

　　小徐本：「瑱者，從玉、耳，耳亦聲。」

　　案：慧琳未引訓義，段注本同大徐本，應以大徐本爲是。

璪　卷九十三《弘明集》「天璪」注引《說文》：「飾如水藻也。從玉，喿聲。」

　　二徐本：「玉飾，如水藻之文。從玉，喿聲。」段注本同此。

　　案：各本皆作「玉飾，如水藻之文。」慧琳所引似非全文。《禮·郊特牲》：「戴冕璪十有二旒。」孫希旦《集解》：「璪者用五采絲爲繩，垂之以爲冕之旒也。」

瑬　卷三十一《新翻密嚴經》「冕旒」注引《說文》：「冕之垂玉也。從玉，流聲。」

　　二徐本：「垂玉也，冕飾。從玉，流聲。」段注本同。

　　案：各本皆作「垂玉也冕飾」，《廣韻》引《說文》亦同，然未若慧琳所引之簡明通暢，竊疑慧琳所據爲《說文》古本。

瑕　卷三十二《藥師如來經》「瑕歲」注引《說文》：「玉之小赤色者也。從玉，叚聲。」卷三十九、卷四十引同，卷三十、卷六十、卷三十四、卷一、卷三十五、卷六十二皆未引全文。

　　二徐本：「玉小赤也。從玉，叚聲。」

　　案：《文選·海賦》：「瑕石詭暉」，李善注引《說文》：「瑕玉之小赤色者也。」與慧琳所據本同，二徐本當有奪字。

珍　卷七十七《釋迦譜》「珍奇」注引《說文》：「從玉，㐱聲。」

　　二徐本：「寶也。從玉，㐱聲。」

　　案：慧琳未引全文，應以二徐本爲是。

玩　卷二《大般若經》「寶玩」注引《說文》：「從玉，貦省聲也。」

　　二徐本：「弄也。從玉，元聲。」

　　案：慧琳先引孔注《尚書》：「玩，戲弄物也。」義與二徐本同。玩、貦古通，《易·繫辭上》：「所樂而玩者」，《釋文》正作「貦」，可證從貦省聲。

玼　卷八十《開元釋教錄》「玼瑣」注引《說文》：「新色鮮也。從玉，此聲。」

　　二徐本：「玉色鮮也。從玉，此聲。」

　　案：《詩·君子偕老》：「玼兮玼兮」，《傳云》：「鮮盛皃。」《釋文》云：「《說文》新色鮮也。」又《詩·新臺》：「新臺有玼。」《傳》云：「鮮明皃。」《釋文》引《說文》：「新色鮮也。」《釋文》兩引皆與慧琳同，可證許書古本作「新色鮮也」。

璂　卷九十五《弘明集》「玗琪」注引《說文》:「從玉,綦聲,亦作璂。」

案:慧琳未引訓義,二徐本:「弁飾,往往冒玉也。從玉,綦聲,璂或從基。」

碧　卷三《大般若經》「紅碧」注引《說文》:「石之美者。從玉、從石,白聲。」卷五引同。

二徐本:「石之青美者。從玉、石,白聲。」

案:慧琳兩引皆無「青」字,並引《廣雅》:「青白色也。」以證此石之美,是許書原作「石之美者」,後人因碧有青色遂沾入之。

瑤　卷九十八《廣弘明集》「珉瑤」注引《說文》:「石之美者。」

二徐本:「玉之美者。」

案:《詩·衛風》:「報之以瓊瑤。」《傳》曰:「瑤,美石。」〈禹貢〉「瑤琨」王肅注「美石,次玉者也。」謂之次玉,即石之美者,二徐本易為「玉」字非是。

玫瑰　卷二十七《妙法蓮花經》「玫瑰」注引《說文》:「火齊珠也,一曰:石之美好曰玫,圓好曰瑰。」卷五十四引:「火齊珠也。」

二徐本「玫」下:「火齊,玫瑰也,一曰:石之美者。從玉,文聲。」

二徐本「瑰」下:「玫瑰,從玉,鬼聲。一曰:圓好。」

案:玄應《音義》《摩訶般若波羅蜜經》「玫瑰」注引:「火齊珠也;石之美好曰玫,圓好曰瑰。」與慧琳引同,是所據本相同。慧琳引《蒼頡篇》:「火齊珠也。」《韻會》引小徐本:「火齊珠」,與慧琳、玄應同,可證慧琳所據本為《說文》古本。

璣　卷四十六《大智度論》「珠璣」注引《說文》:「珠之不圓者也。」卷七十七引同。

二徐本:「珠不圓也。」

案:玄應《音義》卷三、卷六、卷九、卷十二引皆與慧琳所引同,是所據本同也。

琀　卷二十五《魔王波旬獻佛陀羅尼經》「多琀」注引《說文》:「送終口中之玉也。」

二徐本:「送死口中玉也。」

案:《左傳·文公五年》:「王使榮權歸含且冒。」杜注:「《說文》作琀,云送終口中玉。」《玉篇》亦引作「終」,可證慧琳所據為《說文》古本。

珊瑚　卷二十五《涅槃經》「珊瑚」注引《說文》:「珊瑚,謂赤色寶,生於海底,或出山石中。」卷二十二《大方廣佛華嚴經》「珊瑚」注引:「珊瑚色赤,生之於海,或出山中也。」

大徐本:「珊瑚,色赤,生於海,或生於山。」

小徐本:「珊瑚,色赤,生於海,或於山。」

案：慧琳《音義‧華嚴經》「珊瑚」注引同卷二十二，是所據本同。慧琳卷二十五引句上有「謂」字，殆以己意屬之，非按原文引錄，應以卷二十二引爲是。

璫　卷十七《大乘顯識經》「寶璫」注引《說文》：「從玉，當聲。」卷二十、卷四十一引同。

大徐本列於新附字：「華飾也。從玉，當聲。」

小徐本無「璫」字。

案：慧琳引《釋名》：「穿耳施珠曰璫。」引《埤蒼》云：「耳飾也。」希麟《續一切經音義》卷六《佛說穰虞利童女經》「耳璫」注引《說文》：「穿耳施珠也。從玉，當聲。」卷十「珠璫」注引《說文》：「穿耳施珠曰璫。從玉，當聲。」兩引《說文》與慧琳引《釋名》合，大徐列於新附是所見本有此篆，校定未入正文耳。

玷　卷八十六〈辯正論〉「言玷」注引《說文》：「從玉，占聲。」二徐本無「玷」字。

案：慧琳先引《文字典說》：「玷，缺也。」次引《說文》：「《詩》：白圭之玷。」《毛傳》曰：「玷，缺也。」與慧琳引同。二徐本刀部「刮」下：「缺也。從刀占聲，《詩》曰：白圭之刮。」。玷爲玉病，許書古文當有此篆，後以刮下引《詩》作「刮」遂將此篆刪去。

珮　卷三十二《觀彌勒菩薩上生經》「荷珮」注引《說文》：「珮所以象德也。從玉，凧聲。」二徐本無「珮」字。

案：《文選‧東京賦》：「珮以制容，鑾以節塗。」薛綜注云：「珮爲行容，鑾爲車節。」李善注：「《禮記》曰：君子在車則聞鑾和之聲，行則鳴珮玉也。」《音義》卷七十七「珠珩」下引《說文》：「珩珮，玉上也。」亦作「珮」，是古本有從玉之「珮」字，自「佩」通用而「珮」字廢矣。

琦　卷四十五《文殊淨律經》「貴琦」注引《說文》：「從玉，奇聲也。」

二徐本無。

案：慧琳先引《埤蒼》：「琦瑋也，亦石之次玉也。」次引《說文》：「從玉，奇聲也。」是所據本有此字，後轉寫奪去。

環　卷四十一《大乘理趣六波羅蜜多經》「循環」注引《說文》：「肉好若一謂之環。從玉，睘聲。」

卷四十五《優婆塞戒經》「環釧」注引《說文》：「璧肉好如一謂之環。從玉，睘聲。」

卷六、卷四十、卷七十七、卷九十八未引訓義。

二徐本：「璧也，肉好若一謂之環。從玉，睘聲。」

案：《爾雅‧釋器》：「肉好若一謂之環」與卷四十一引同，疑《說文》古本如是也，後以環者璧屬。乃加一「璧」字，段注本：「璧，肉好若一謂之環。從玉，睘聲。」與卷四十五引正同。

玉　部（瓊、璿、瑩、瑣、玓、瓅引與二徐本同，存而不論）

瓊　卷十一《大寶積經》「瓊編」注引《說文》：「赤玉也。從玉，夐聲。」卷三十、卷一百引同。

璿　卷八十七《崇正錄》「璿毫」注引《說文》：「美玉也。從玉，睿聲。」卷九十八未引訓義。

瑩　卷三十四《入法界體性經》「磨瑩」注引《說文》：「玉色也。從玉，熒省聲。」卷九十一引同，卷三十未引訓義。

瑣　卷十三《大寶積經》「瑣骨」注引《說文》：「玉聲也。從玉，𧴪聲。」卷二、卷四十、卷八十、卷八十二、卷八十三、卷八十四未引訓義。

玓瓅　卷九十七《廣弘明集》「玓瓅」注引《說文》：「玓瓅，明珠色。」

气　部（氛字引同二徐本，存而不論）

氛　卷六《大般若經》「氛郁」注引《說文》：「祥氣也，或作雰。」卷七引無「或作雰」三字，卷五十三引：「從气，分聲。」
　　二徐本：「祥气也。從气，分聲。氛或從雨。」

士　部（壯引同二徐本，存而不論）

壯　卷四十九《攝大乘論》「駢壯思」注引《說文》：「大也。從士，爿聲。」

屮　部

毒　卷三《大般若經》「中毒」注引《說文》：「害人之艸，往往而生。從屮毒。」卷八《大般若經》「慘毒」注引《說文》：「害人之艸也。從屮，毒聲。」卷二十四、卷九十四引與八同。
　　大徐本：「厚也，害人之艸，往往而生。從屮，從毒。」
　　小徐本：「厚也，害人之艸，往往而生。從屮，毒聲。」
　　案：「害人之艸」當為毒之本義，往往而生，所以「厚也」其引申義也。慧琳四引皆未引「厚也」，疑此二字係後人所增之。

芬　卷八《大般若經》「芬馥」注引《說文》：「草初生，香氣分布。從屮，分聲。」

卷六引同，並云：「今或從艸，分聲也。」卷三十七引同，卷二十八、卷三十二未引訓義。

二徐本：「艸初生，其香分布。從屮，從分，分亦聲。芬或從艸。」

案：《文選》〈東京賦〉：「燔炙芬芬」薛綜注：「香氣盛也。」《荀子・正名篇》楊京注：「芬，花艸之香氣。」《考聲》云：「芬芬，香氣兒。」可證許書古本當作「香氣」，應以慧琳所引為是。

熏　卷八十六〈辯正論〉「獯胡」注引《說文》：「火煙上出也。」卷七十六引：「從屮，從黑。」

二徐本：「火煙上出也。從屮，從黑。」

案：引與二徐本同。

艸　部

莠　卷三十二《象腋經》「稗莠」注引《說文》：「禾粟下揚生者曰莠也。從艸，秀聲。」卷五十一引同。

大徐本：「禾粟下生莠，從艸，秀聲。」

小徐本：「禾粟下揚生莠，從艸，秀聲。」

案：禾粟簸揚之時，秕在下風謂之揚，取而種之輒化為莠，大徐本奪「揚者曰」三字，小徐奪「者曰」二字，宜據慧琳所引以補之。

荏　卷九十二《高僧傳》「荏苒」注引《說文》：「從艸，任聲。」

二徐本：「桂荏，蘇。從艸，任聲。」

案：慧琳未引訓義。

莧　卷八十四《集古今佛道論衡》「即莧」注引《說文》：「從艸，見聲。」

案：二徐本訓「莧菜也」，慧琳未引訓義。

蓼　卷九十六《弘明集》「蓼蘇」注引《說文》：「辛菜也。從艸，翏聲。」

二徐本：「辛菜，薔虞也。從艸，翏聲。」

案：《文選》張衡〈南都賦〉注引《說文》：「蓼，辛菜也。」與慧琳引同。皆節引《說文》，非完文也。二徐作「辛菜，薔虞也」，奪一「也」字。

芋　卷五十八《僧祇律》「芋根」注引《說文》：「大葉、實根，驚人者也，故謂之芋，蜀多此物可食，其本者謂之蹲鴟。」

二徐本：「大葉、實根，駭人，故謂之芋也。從艸，于聲。」

案：慧琳所引「其本者」當係「其大者」之誤，據慧琳所引知二徐本各有刪節宜補。

蘆　卷三十二《大威燈光仙人問疑經》「蘆葦町」注引《說文》:「從艸,盧聲。」
　　案:二徐本訓「蘆菔也。一曰:蕘根」,慧琳未引訓義。

菔　卷六十二《根本毗奈耶雜事律》「蘿菔」注引《說文》:「蘆菔也,似蕪菁也。從艸,服聲。」
　　二徐本:「蘆菔,似蕪菁,實如小尗者。從艸,服聲。」
　　案:慧琳未引全文,「也」字當爲衍文。

菅　卷九十七《廣弘明集》「菅蒯」注引《說文》:「從艸,官聲。」
　　案:二徐本訓「茅也」,慧琳未引訓義。

莞　卷九十七《廣弘明集》「莞席」注引《說文》:「艸也,可以爲席也。從艸,完聲。」
　　二徐本:「艸也,可以作席。從艸,完聲。」
　　案:《御覽》一千百卉部引作「爲席」,與慧琳引同,蓋古本如是也,「作」、「爲」義雖兩通,然本書多言「爲」,罕言「作」。

蔗　卷二十四《大悲經》「甘蔗」注引《說文》:「蔗藷也。從艸,庶聲。」
　　二徐本:「藷蔗也。從艸,庶聲。」
　　案:慧琳引「藷」、「蔗」二字誤倒。

猶　卷八十六〈辯正論〉「薰猶」注引《說文》:「從艸,猶聲。」
　　案:二徐本訓「水邊艸也」,慧琳未引訓義。

薁　卷九十九《廣弘明集》「蔓薁」注引《說文》:「從艸,奧聲。」
　　案:二徐本:「蔓薁也」,慧琳未引訓義。

艾　卷八十四《集古今佛道論衡》「亭艾」注引《說文》:「從艸,乂聲。」
　　案:二徐本訓「冰臺也」,慧琳未引訓義。

菡蕳　卷三十一《大乘密嚴經》「菡蕳」注引《說文》:「菡蕳,扶渠花也,未發曰芙蓉,已發曰菡蕳也。二字並從艸,圅閻皆聲。」
　　二徐本菡下:「菡蕳也。從艸,圅聲。」
　　二徐本蕳下:「菡蕳,芙蓉華未發爲菡蕳,已發爲芙蓉。從艸,閻聲。」
　　案:玄應《音義》卷三引《說文》:「扶渠花未發者爲菡蕳,已發開者爲芙蓉。」卷八引《說文》:「扶渠花未發爲菡蕳,已發者爲芙蓉。」可證今本作「扶蓉華」乃傳寫之誤。慧琳卷二十四、卷三十一皆引作「未發曰芙蓉,已發曰菡蕳。」乃傳鈔誤倒。段注本依玄應所引訂正作「菡蕳扶渠華,未發爲菡蕳,已發爲芙蓉。」與古本相合。

荷　卷九十八《廣弘明集》「荷儵」注引《說文》:「從艸,何聲。」
　　案:二徐本訓「芙渠葉」,慧琳未引訓義。

淩　卷九十九《廣弘明集》「行淩」注引《說文》：「從艸、淩，淩亦聲。」

　　案：二徐本訓作「芰也」，慧琳未引訓義。

菌　卷八十四《古今佛道論衡》「椿菌」注引《說文》：「從艸，困聲。」卷九十六「椿菌」注：「郭璞云：菌，地蕈也。……《說文》義與郭同。」

　　二徐本：「地蕈也。從艸，困聲。」

　　案：《說文》義與郭注同，無誤。

蓍　卷八十四《古今佛道論衡》「蓍龜」注引《說文》：「蒿屬也，生千歲三百莖。從艸，耆聲。」卷九十七引同。

　　大徐本：「蒿屬，生十歲百莖，《易》以爲數，天子蓍九尺，諸侯七尺，大夫五尺，士三尺。從艸，耆聲。」

　　小徐本：「蒿葉屬，生千歲三百莖，《易》以爲數，天子蓍九尺，諸侯七尺，大夫五尺，士三尺。從艸，耆聲。」

　　案：蒿屬，生千歲三百莖，《五音韻譜》、《繫傳》、《玉篇》、《廣韻》、《集韻》、《類篇》、《韻會》、《易·說卦·釋文》引並同，大徐本作「生十歲百莖」非是，小徐「蒿」下有「葉」亦非，段注《說文》作「蒿屬，生千歲三百莖，《易》以爲數，天子蓍九尺，諸侯七尺，大夫五尺，士三尺。」正與古本合。

莪　卷九十九《廣弘明集》「蓼莪」注引《說文》：「從艸，我聲。」

　　二徐本：「蘿莪，蒿屬。從艸，我聲。」

　　案：慧琳未引訓義。

葦　卷三十二《大威燈光仙人問疑經》「蘆葦町」注引《說文》：「從艸，韋聲。」

　　二徐本：「大葭也。從艸，韋聲。」

　　案：慧琳未引訓義。

荼　卷九十九《廣弘明集》「荼蓼」注引《說文》：「從艸，余聲。」

　　二徐本：「苦荼也。從艸，余聲。」

　　案：慧琳未引訓義。

蔣　卷四十五《菩薩內戒經》「蓍蔣」注引《說文》：「香艸也。從艸，姦聲。」卷七十八《經律異相》「蔣衣」注引《說文》：「出吳林山。」卷五十五引《說文》：「香艸也。」

　　二徐本：「艸，出吳林山。」

　　案：慧琳三引各有刪節，二徐本奪去「香也」二字，玄應卷八、卷十二引皆訓「香艸也。」可證古本當爲：「香艸也，出吳林山。從艸，姦聲。」

苣　卷九十八《廣弘明集》「蘭苣」注引《說文》：「楚謂之蘺，晉謂之虆。」

二徐本：「蘴也。從艸，臣聲。」

案：慧琳所引見於「薑」字下，是一物三名，易地而殊，莔字不能獨訓爲蘴也。

蘇　卷九十六《弘明集》「蓼蘇」注引《說文》：「桂荏也。從艸，穌聲。」

大徐本：「桂荏也。從艸，穌聲。」

小徐本：「桂蘇荏也。從艸，穌聲。」

案：慧琳引與大徐本同，小徐本衍「蘇」字宜刪。

葷　卷八十四《古今佛道論衡》「辛葷」注引《說文》：「從艸，軍聲。」

二徐本：「臭菜也。從艸，軍聲。」

案：慧琳未引訓義。

荵　卷七十二《顯宗論》「荵花」注引《說文》：「可以香口也。從艸，夋聲。」

大徐本作「葰」：「薑屬，可以香口，從艸，夋聲。」

小徐本「薑」誤作「畺」。

案：《韻會》云：「薑屬。」未引《說文》，慧琳引《考聲》：「荵者，胡荵，香菜名也。」慧琳此引奪「薑屬」二字，應以大徐本爲是。

蘪　卷九十八《廣弘明集》「蘪蕪」注：「《說文》並從草，靡、無皆聲。」

二徐本作蘪：「蘪蕪也。從艸，麋聲。」

案：《山海經·中山經》注：「蘪蕪，似蛇床而香也。」字作「蘪」，又〈西山經〉「蘪蕪香艸。」字作「蘪」，又《爾雅》「蘪」、「蘪」二字互見，是「蘪」、「蘪」本一字，慧琳所據本正作「蘪」。

蕕　卷九十七《廣弘明集》，「薰蕕」注引《說文》：「臭艸也。」

二徐本：「水邊艸也。從艸，猶聲。」

案：慧琳《音義》卷八十六引《左傳》杜注：「蕕，臭艸也，水邊細艸也。」考《韻會》引小徐本有「一曰臭艸也」五字，可證許書原有二訓，二徐本奪「臭艸也」句，宜補。

菀　卷九十九《廣弘明集》「菀將」注引《說文》：「藥也。從艸，宛聲。」

二徐本：「茈菀，出漢中房陵。從艸，宛聲。」

案：慧琳《音義》先引《本草》：「紫菀也，一名青菀。」次引《說文》僅作「藥也」二字，可證今本由後人據《本草》竄改。

蔣　卷九十九《廣弘明集》「菀蔣」注引《說文》：「苽也。從艸，將聲。」

二徐本：「苽蔣也。從艸，將聲。」

案：小徐曰：「苽艸也，青謂之苽蔣，枯謂之蒻荺。」後人遂將「苽」字竄入「蔣」字，《藝文類聚》引尚僅作「苽也」，是其證也。

葑　卷九十八《廣弘明集》「葑葵」注引《說文》：「從艸，封聲。」
　　案：二徐本「葑」下：「須從也。從艸，封聲。」慧琳未引訓義。

蒐　卷九十五《弘明集》「春蒐」注引《說文》：「從艸，鬼聲。」
　　二徐本：「茅蒐，茹藘，人血所生，可以梁絳。從艸，從鬼。」
　　案：蒐，從艸，鬼聲，《禮記・明堂位》：「脯鬼侯。」《正義》曰：「〈周本紀〉作九侯。」「九」與「鬼」聲相近，然則「鬼」字可讀爲「九」，故蒐從鬼聲，凡幽部之字，固有從脂部之聲者，《說文》「褎」字從衣采聲，即其例也。

茜　卷五十八《十誦律》「若茜」注引《說文》：「茅蒐也，人血所生，可以染絳。從艸，西聲。」
　　二徐本：「茅蒐也。從艸，西聲。」
　　案：玄應《音義》卷十五引《說文》：「茅蒐也，人血所生，可以染絳。」《玉篇》引《說文》：「茅蒐，可以染緋。」皆次於「茜」字下，今二徐本「人血所生」二句屬上文「蒐」字下，非許書原次第，宜改之。

莛　卷十一《大寶積經》「其莛」注引《說文》：「枝主也。從艸，巠聲。」卷十三引同。卷三十二、卷三十四、卷九十九引《說文》：「從艸，巠聲。」
　　二徐本：「枝柱也。從艸，莖聲。」
　　案：玄應《音義》引《字林》曰：「莛，枝生也。」「生」即「主」字之譌，二徐本作「枝柱也」，「柱」係「主」字之誤，宜據慧琳《音義》改之。

蕤　卷八十六〈辯正論〉「葳蕤」注引《說文》：「從艸，甤聲。」
　　案：二徐本訓「艸木華垂皃」，慧琳未引訓義。

蓮　卷九十三《高僧傳》「皆蓮」注引《說文》：「從艸，造聲。」
　　案：二徐本訓「艸皃」，慧琳未引訓義。

苛　卷九十七《廣弘明集》「苛察」注引《說文》：「從艸，可聲。」
　　案：二徐本訓「小艸也」，慧琳未引訓義。

蕪　卷五十一《唯識二十論》「蘊蕪」注引《說文》：「從艸，無聲。」
　　案：二徐本訓「薉也」，慧琳未引訓義。

蔽　卷十四《大寶積經》「蔽諸」注引《說文》：「小艸皃。從艸，敝聲。」卷一、卷四引同。卷四十一、卷八十六引《說文》：「從艸，敝聲。」
　　二徐本：「蔽蔽小艸也。從艸，敝聲。」
　　案：慧琳卷一、卷四、卷十四凡三引皆作「小艸皃。從艸，敝聲。」考《詩》：「蔽芾甘棠。」《毛傳》云：「蔽芾小皃。」據此知二徐本「蔽蔽」二字衍，「也」宜改「皃」。

落　卷六《大般若經》「凋落」注引《說文》：「艸木凋衰也。從艸，洛聲。」

二徐本：「凡艸曰零，木曰落。」

案：《禮記‧王制》、《爾雅‧釋詁‧釋文》皆引作「艸曰苓，木曰落。」蓋古本作「苓」不作「零」，又無「凡」字，餘皆與二徐同。慧琳作「艸木凋衰也」，不知究何所據，無從查考，存疑可也。

蘀　卷九十八《廣弘明集》「蓬蘀」注引《說文》：「從艸，擇聲。」

大徐本：「艸本凡皮葉落陊為蘀。從艸，擇聲。《詩》：十月隕蘀。」

小徐本：「艸木皮葉落墮地為蘀。從艸，擇聲。《詩》曰：十月殞蘀。」

案：慧琳未引訓義。小徐奪一「凡」字。陊，落也，小徐易為「墮」字，以陊字淺人多不識之故。自部「陊，從高下也」，歺部無「殞」字，「隕」、「殞」正俗字，應以大徐本為是。

蔡　卷八十《大唐內典錄》「蔡愔」注引《說文》：「艸也，可食。從艸，祭聲。」

二徐本：「艸也。從艸，祭聲。」

案：二徐本無「可食」二字，段注《說文》作「艸丰也。」並云：「丰艸，蔡也，此曰：蔡，艸丰也。是為轉注。」艸蔡即艸生之散亂也，與可食之義未合，《玉篇》：「蔡，艸芥也。」本部「芥，菜也」，芥者植物名，莖葉皆可食，種子可供香料及藥用。竊疑慧琳「可食」二字係涉芥義而有。

薄　卷八十四《古今佛道論衡》「淡薄」注引《說文》：「從艸，溥聲。」卷十七、卷十五引同。

案：二徐本訓「林薄也。一曰：蠶薄」，慧琳三引皆未訓義。

薙　卷八十八《集沙門不拜俗議》「芟薙」注引《說文》：「從艸，雉聲。」

二徐本：「除艸也。〈明堂令〉曰：季夏燒薙。從艸，雉聲。」

案：慧琳未引訓義。

芟　卷五十一《唯識二十論後序》「芟夷」注引《說文》：「刈艸也。從艸，殳聲。」

大徐本：「刈艸也。從艸，從殳。」

小徐本：「刈艸也。從艸，殳聲。」

案：芟，「從艸，殳聲」，慧琳卷五十一所引與《韻會》、《繫傳》同。「芟」、「殳」古音同，木部「楈」字注云：「從木，胥聲，讀若芟刈之芟。」「胥」與「芟」同音，是「芟」古讀如「殳」，若依今音所銜切，則「胥」字不讀若「芟」也，徐鉉紐於今音故以為非聲而刪去聲字。

荐　卷八十《大唐內典錄》「兵荐」注引《說文》：「從艸，存聲。」

案：二徐本訓「薦蓆也」，慧琳未引訓義。

藉　卷二《大般若經》「假藉」注引《說文》:「祭藉薦也。從艸,耤聲。」卷七十二引《說文》:「祭也。」卷五十四、卷八十八未引訓義。

　　二徐本:「祭藉也。一曰:艸不編狼藉。從艸,耤聲。」

　　案:慧琳卷二引《說文》:「祭,藉、薦也」,此顛倒之誤,宜作「藉,祭、薦也」,即祭也、薦也。卷七十二引作「祭也」止第一義,二徐本奪「也」字,「藉」亦「薦」之誤。

茨　卷九十七《廣弘明集》「茅茨」注引《說文》:「以茅覆屋也。從艸,次聲。」

　　二徐本:「以茅葦蓋屋。從艸,次聲。」

　　案:段注本刪「以葦」二字作「茅蓋屋。」並引《釋名》:「屋以艸蓋曰茨。」與慧琳所引正合,二徐本「葦」字當係誤衍。

荃　卷五十一《唯識二十論》「紕荃」注引《說文》:「從艸,全聲。」卷八十四引同。

　　案:二徐本訓「芥脆也」,慧琳未引訓義。

蕢　卷八十七《甄正論》「止蕢」注引《說文》:「從艸,貴聲。」

　　案:二徐本訓「艸器也」,慧琳未引訓義。

茵　卷九《摩訶般若波羅蜜經》「茵辱」注引《說文》:「車中重席也。」卷二十八引同。卷七十八引《說文》:「重席也。」卷九十引《說文》:「車上重席也。從艸,因聲。」卷八十三引《說文》:「從艸,因聲。」

　　二徐本:「車重席。從艸,因聲。司馬相如說,茵從革。」

　　案:玄應《音義》引《說文》亦作「車中重席也。」可證古本如是,二徐本奪「中」、「也」二字。《文選·西征賦》五臣注作「車中席」,奪一「重」字。慧琳卷九十所引「上」字當係「中」字之譌,卷七十八引節去「車中」二字。

茹　卷八十六《辯正論》「茹毛」注引《說文》:「從艸,如聲。」卷九十引同。

　　二徐本:「飲馬也。從艸,如聲。」

　　案:慧琳未引訓義。

薪　卷二十一《新翻密嚴經》「見薪」注引《說文》:「從艸,新聲。」

　　二徐本:「蕘也。從艸,新聲。」

　　案:慧琳未引訓義。

萍　卷三十二《大灌頂經》「萍薄」注引《說文》:「從艸,洴聲。」

　　二徐本:「苹也。從艸,洴聲。」

　　案:慧琳未引訓義。

菲　卷九十七《廣弘明集》「菲食」注引《說文》:「從艸,非聲。」卷九十六引同。

　　二徐本:「芴也。從艸,非聲。」

案：慧琳未引訓義。

蕈　卷九十四《高僧傳》「有蕈」注引《說文》：「桑菌也。從艸，覃聲。」
二徐本：「桑薁。從艸，覃聲。」
案：菌，地蕈也；薁，木耳也。慧琳先引《字書》云：「蕈，菌也，又地菌也。」
次引《說文》：「桑菌也。」可證許書古本如是，今本「蕈」字次於「菌」下，
亦其證也。

苔　卷三十一《新翻密嚴經》「苔衣」注引《說文》：「水衣也。從艸，台聲。亦作菭。」
二徐本作「菭」，菭下云：「水衣。從艸，治聲。」
案：苔生水旁，水土之潤氣所生故曰水衣也，字本作「苔」，因生水旁故又作「菭」。
《廣韻》、《韻會》引《說文》：「水衣也。」皆有「也」字，二徐本奪一「也」
字宜補。

蔦　卷九十九《廣弘明集》「蘿蔦徬」注引《說文》：「寄生艸也。從艸，鳥聲。」
二徐本：「寄生也。從艸，鳥聲。《詩》曰：蔦與女蘿。蔦或從木。」
案：《韻會》、《毛詩音義》皆作「寄生艸。」段注本即據此訂正爲「寄生艸也。」
與慧琳所引正同，可見段氏之精密，亦可證慧琳所據本確爲許書古本。《爾雅·
釋木·釋文》引《字林》：「寄生也。」可證今本乃二徐據《字林》妄刪「草」
字也。

稀　卷九十七《廣弘明集》「稀粮」注引《說文》：「從艸，稀聲。」
二徐本：「稀芺也。從艸，稀聲。」
案：慧琳未引訓義。

芿　卷九十九《廣弘明集》「蓁芿」注引《說文》：「艸密也。從艸，仍聲。」
二徐本作「芿」：「艸也。從艸，乃聲。」
案：慧琳先引《考聲》：「艸密不剪也。」次引《說文》曰：艸密，以證其義。
《玉篇》引曰：「舊艸不芟，新艸又生曰芿。」《廣韻》：「草名，謂陳草不芟，
新草又生，相因乃也，所謂燒火芿者也。」皆足證「艸密」古義。

藻　卷九十七《廣弘明集》「藻鏡」注引《說文》：「從艸澡，澡亦聲。」
大徐本：「水艸也。從艸，從水，巢聲。《詩》曰：于以采藻。又藻或從澡。」
小徐本：「水艸也。從艸水，巢聲。《詩》曰：于以采藻。藻或從澡。」
案：《詩·采蘋》作「藻」，「藻」即「藻」之重文也。

葳蕤　卷九十八《廣弘明集》「葳蕤」注引《說文》：「葳，艸木花盛皃；蕤，艸花心
也。並從艸，威蕤皆聲。」
二徐本無。

案：《韻會》有葳字注云：「艸木盛皃。」又引《廣韻》：「華外曰萼，華內曰蘂，《集韻》或作蘂。」可證《說文》本有此二字。

荻 卷三十一《新翻密嚴經》「華荻」注引《說文》：「從艸，狄聲。」
二徐本無。
案：《韻會》荻下云：「《說文》萑也本作藡。從艸，適聲。」《易》萑葦注：「藡也，今文作荻。」是小徐本原有「藡」字，後經奪去。「藡」爲古「荻」字，正合慧琳所據本。

苒 卷九十二《高僧傳》「荏苒」注引《說文》：「並從艸，任、冉皆聲。」
二徐本無。
案：《韻會》「苒」字下注云：「荏苒，艸盛皃。一曰：柔弱皃。」又荏苒猶侵尋也，又展轉也，通作荏染，《詩》：「荏染柔木」，可證《說文》舊有此字，借用「染」字而「苒」字遂廢矣。

蒺 卷八十四《古今佛道論衡》「蒺茨」注引《說文》：「並從艸，疾、次皆聲。」
二徐本無「蒺」字。
案：慧琳先引《爾雅》郭注：「蒺茨，布地蔓生，細葉，子有束，三角刺也。」次引《說文》，可證古有此字。

蕙 卷八十四《古今佛道論衡》「蕙蓀」注引《說文》：「並從艸，惠、孫皆聲。」
二徐本無「蕙」字。
案：《廣韻》：「蘭屬。」《本草》、《爾雅》皆有此字，自通用「惠」字而「蕙」篆遂亡矣。

葶 卷八十四《古今佛道論衡》「葶艾」注引《說文》：「並從艸，亭、乂皆聲。」
二徐本無。
案：慧琳先引《考聲》：「葶藶艸名也。」又引郭注《爾雅》：「實葉皆似芥。」可證舊有此字，否則慧琳僅引《考聲》、《爾雅》，不必引及《說文》從某聲也。

蕩 卷九十六《弘明集》「蕩花」注引《說文》：「從艸，碭聲。」
二徐本無。
案：《韻會》碭下注：「蘭蕩藥艸」《廣韻》：「毒藥或作蒻。」《說文》亦無蒻字。
慧琳先引《埤蒼》云：「蘭蕩艸名。」次引《說文》以定其音，是古有此字。

蘊 卷五十一《唯識二十論》「蘊蕪」注引《說文》：「從艸，縕聲。」
二徐本有「薀」無「蘊」字。
案：《韻會》十三「問蘊」字下引《廣韻》：「蘊習也，或作薀。」十二「吻薀」下：「《說文》本薀積字。」

慧琳引《左傳》云：「薀，藻聚也。」引《方言》郭注：「薀藉，茂盛也。」可
證「薀」、「蘊」本一字，今「薀」行而以「蘊」爲俗字矣。

著　卷七十五《道地經》「著喉」注引《說文》：「從艸，從者。」
　　二徐本有「箸」無「著」。
　　案：箸，飯攲也。《爾雅》云：「太歲在戊曰著。」竊疑古本當有「著」字。

艸 部（以下諸字引與二徐本同，存而不論）

蓏　卷七十五《道地經》「無有蓏」注引《說文》：「在木曰果，在地曰蓏。從艸，從
　　瓜。」

藷　卷八十一《西域求法高僧傳》「藷根」注引《說文》：「藷，蔗也。」

蔚　卷二十四《大方廣如來不思議境界經》「森蔚」注引《說文》：「牡蒿也。從艸，
　　尉聲。」

萌　卷五十四《長者子六過出家經》「萌芽」注引《說文》：「草芽也。從艸，明聲。」

芽　卷五十一《寶生經》「芽者」注引《說文》：「萌芽也。從艸，牙聲。」

葩　卷八十七《甄正論》「詞葩」注引《說文》：「華也。從艸，皅聲。」卷十九引同。

蔓　卷八十《開元釋教錄》「蔓延」注引《說文》：「葛屬也。從艸，曼聲。」卷五十
　　一引同。

蔕　卷八十七《甄正論》「蔕芙藥」注引《說文》：「瓜當也。從艸，帶聲。」

荄　卷八十三《玄奘傳》「陳荄」注引《說文》：「艸根也。從艸，亥聲。」

蔭　卷七十四《僧伽羅刹集》「蔭蓋」注引《說文》：「艸陰地也。從艸，陰聲。」

薰　卷九十七《廣弘明集》「薰猶」注引《說文》：「香艸也。從艸，薰聲。」卷八十
　　六未引訓義。

茅　卷六十三《根本說一切有部尼陀律》「茅蕝」注引《說文》：「菅也。從艸，矛聲。」
　　卷四十六引同。

蕝　卷六十三《根本說一切有部尼陀律》「茅蕝」注引《說文》：「艸也。從艸，叔聲。」

芰　卷五十九《四分律》「陵芰」注引《說文》：「淩也。」

薈　卷八十三《玄奘傳》「翳薈」注引《說文》：「艸多皃也。從艸，會聲。」

苗　卷二十七《妙法蓮花經》「苗稼」注引《說文》：「艸生於田。」

藪　卷九十三《高僧傳》「林藪」注引《說文》：「大澤也。從艸，數聲。」卷二十九、
　　卷三十引同。

茸　卷六十二《根本毘奈耶雜事律》「茸茸」注引《說文》：「茨也。從艸，耳聲。」

卉　卷十一《大寶積經》「卉木」注引《說文》：「艸之總名也。從屮從艸。」

蓐 部

蓐 卷九十二《高僧傳》「炎蓐」注引《說文》：「陳艸復生也。從艸，辱聲。」卷九十四引同。

案：引與大徐本同，小徐本奪一「也」字。

茠 卷五十二《中阿含經》「茠治」注引《說文》：「除田艸曰茠也。」

大徐本薅下：「拔去田艸也。薅或從休。」

小徐本薅下：「披田艸也。薅或從休。」

案：《玉篇》曰：「除田艸。」與慧琳引同。《爾雅·釋艸·釋文》：「《說文》休或作薅。」慧琳卷五十二「茠治」下注云：「或作薅。」與《釋文》同，皆以「茠」為正字，「薅」為或體。

茻 部

莫 卷五十三《起世因本經》「適莫」注引《說文》：「日且冥也，日在茻中，重艸曰莽。茻亦聲。」

大徐本：「日且冥也。從日在茻中。」

小徐本：「日且冥也。從日在茻中，茻亦聲。」

案：慧琳於亦聲下又注云：「茻音莽。」是「重艸曰莽」四字亦慧琳所加注語。《九經字樣》亦有「茻亦聲」三字，徐鉉削之，非是。

莽 卷八十三《玄奘傳》「莽莽」注引《說文》：「南昌謂犬善逐兔，艸中象莽。從犬，茻亦聲。」

大徐本：「南昌謂犬善逐菟，艸中為莽。從犬，從茻，茻亦聲。」

小徐本：「南昌謂犬善逐兔，艸中為莽。從犬，從茻，茻亦聲。」

案：慧琳引節去「從茻」二字，「象」字當係「為」之譌。又小徐、《玉篇》、《廣韻》、《韻會》引《說文》皆作「兔」，《說文》無「菟」字，大徐作「菟」當係傳寫譌誤。

《一切經音義》引《說文》考　第二

八　部

分　卷二十《寶星經》「分劑」注引《說文》:「別也。從八,從刀。」卷五十七《陰
持入經》「已分」注引《說文》:「從八,從刀,以別物也。」

大徐本:「別也。從八,從刀,以分別物也。」

小徐本:「別也。從八,從刀,以分別物。」

案:慧琳引「別也。從八,從刀,以別物也」,蓋古本如是,二徐本衍「分」字,
「分」字宜刪。

采　部

番　卷四十九《攝大乘論》「番禺」注引《說文》:「從采田,象形也。」卷八十九《高
僧傳》「爲番」注引《說文》:「從田,采聲。象獸掌文。」

二徐本:「獸足謂之番。從采。田象其掌。」

案:采、番二字音同義同,構字之形亦同,「采」爲獨體象形,「番」爲合體象
形,一爲初文,一爲後起字,慧琳兩引前後不同,一云:「象形也。」一云:「從
田,采聲。」;番字古文作🐾,正象獸掌文之形,小篆從田,即由🐾變化而出,
采、番雖音義、構形皆同,然謂爲形聲字非是,應以象形爲是,慧琳卷八十九
引作「從田,采聲。」「聲」字當係誤衍。

牛　部

牡牝　卷四十六《大智度論》「牡牝」注引《說文》:「牡,畜父也,雄也;牝,畜母
也,雌也。」

二徐本「牡」下：「畜父也。從牛，土聲。」「牝」下：「畜母也。從牛匕聲。」

案：《韻會》引小徐本有「飛曰雌雄，走曰牝牡」八字，是古本以雄也、雌也重申其義，小徐因禽獸之別分綴二語而詳爲之說，後人並此八字刪去，而小徐之說不得其由來矣。今以《詩》求之：「雄狐綏綏」，則走獸也；「雉鳴求其牡」，則飛禽也。「牡牝雌雄」四字自古通用，信如小徐所謂不可一概而不分，又不得偏滯而拘執也。

特　卷三十五《一字奇特佛頂經》「奇特」注引《說文》：「朴牛也。從牛，寺聲。」卷十二引同。卷十六《大方廣三戒經》「姝特」注引《說文》：「牛父也。」

大徐本：「朴特，牛父也。從牛，寺聲。」

小徐本：「特牛也。從牛，寺聲。」

案：《楚辭·天問》：「焉得夫朴牛」王注：「朴、大也。」洪氏注引《說文》：「特牛，牛父也。」可證「特牛」爲「朴牛」，即牛父也。

牻　卷六十《毘奈耶大律》「牻色」注引《說文》：「白黑雜毛牛羊皆曰牻。從牛，尨聲。」

二徐本：「白黑雜毛牛。從牛，尨聲。」

案：牛馬，牢曰牿，閑，養牛馬圈曰牢，是從牛不專屬牛，又犉，牛羊無子也，尤爲牛羊並及之證，慧琳所據本如此，非羼雜也。

牲　卷五十七《佛說分別善惡所起經》「畜牲」注引《說文》：「從牛，生聲。」

二徐本：「牛完全。從牛，生聲。」

案：慧琳未引訓義。

牽　卷五十五《越難經》「牽撲」注引《說文》：「引前也。從牛，象引牛之縻，玄聲。」卷三引《說文》奪「引」字，餘同上。

二徐本：「引前也。從牛，象引牛之縻也，玄聲。」

案：希麟《續音義》卷二引《說文》與慧琳同從冖，蓋古本如是，考《韻會》引小徐本：「引而前也。從牛冖，冖象引牛之縻也，玄聲。」所據與慧琳、希麟所引合，是小徐本尚不誤，今本爲淺人所刪改。

牢　卷八十三《玄奘法師傳》「牢籠」注引《說文》：「閑，養牛馬圈也。從冬省。凡取四周帀也。」卷十四《大寶積經》「牢獄」注引《說文》：「閑，養牛羊圈也。從牛，從舟省。舟取四周帀也。」卷十二《大寶積經》「牢固」注：「從牛，從舟省。《說文》：舟取四面周匝義也。《說文》云：閑養牛羊圈也。」

大徐本：「閑，養牛馬圈也。從牛，冬省。取其四周帀也。」

小徐本：「閑，養牛馬圈也。從牛，冬省聲。取其四周帀。」

案：⊕乃古多字，而曰從多省者，牛多乃入牢，若夏日有汗入牢則毛盡禿矣，故知從多省。卷十四，作從舟省，卷十二作舟省，皆隸變之誤也。

《詩》傳：「牛羊豕牲養曰牢」，又「牛曰大牢」、「羊曰少牢」，可證慧琳卷十二、卷十四引《說文》：「閑，養牛羊圈也。」乃有所本也。王筠《說文釋例》云：「牛於六畜中最畏冷，北方牛牢多以艸障蔽之，馬則不然。」竊疑許書古本當係作：「閑，養牛羊圈也。從牛，多省。」小徐作「從牛，多省聲」，不知多省者取其⊕也，小徐「聲」字大誤。又慧琳卷十四引「閉」字係爲「閑」字之譌，至爲顯明。

犀　卷十六《發覺淨心經》「犀牛」注引《說文》：「從牛，尾聲。」卷九十四引同。
　　卷八十六《辯正論》「犀首」注引《說文》：「犀牛出南海徼外。」
　　二徐本：「南徼外牛，一角在鼻，一角在頂，似豕。從牛，尾聲。」
　　案：《本艸》李時珍謂犀出西番，滇南、交州諸處，有山犀、水犀並有二角，與二徐本相合，《爾雅・釋地》：「南方之美者有梁山之犀象焉。」徼，猶塞也，東北謂之塞，西南謂之徼，竊疑慧琳卷八十六引「海」字係誤衍，應以二徐本爲是。

犛　部

犛　卷九十八《廣弘明集》「犛牛」注引《說文》：「西南夷長髦牛也。從牛，犛聲。」
　　卷六十二、卷五十九、卷四十一、卷二十七引同。
　　案：引與二徐本同。

告　部

嚳　卷六十八《阿毘達磨大毘婆沙論》「嚴酷」注引《說文》：「急也，苦之甚也。從告，從學省聲也。」
　　二徐本：「急告之甚也。從告，學省聲。」
　　案：唐寫本《玉篇》嚳注引《說文》：「急也，告之甚也。」與慧琳引同，蓋古本如是也，二徐本急下奪一「也」字，慧琳卷六十八引「苦」字當係「告」字之譌。又玄應《音義》屢引皆有「謂暴虐也」或「亦暴虐也」之語，與慧琳卷五十八引同，竊疑古本當有「一曰：暴虐也」之語，今本「急」下奪一「也」字，又刪去一解耳。

口　部

嗷　卷三十五《一字奇特佛頂經》「號叫」注引《說文》：「吼也，呼也。從口，敫聲。」

卷二十四「噭喚」注引《說文》：「吼也。從口，敫聲。」

二徐本：「吼也。從口，敫聲。一曰：噭呼也。」

案：《說文》無「吼」字，顧千里云：「當是噭，口孔也，二字并爲一耳。」然《玉篇》、慧琳引《說文》皆同作「吼也」，是古本即作「吼也」，顧說非是。

哆　卷六十《根本毘奈耶律》「哆脣」注引《說文》：「張口也。從口，從侈，省聲。」

二徐本：「張口也。從口，多聲。」

案：二徐本作多聲，此與辵部逐字引《說文》作移省聲同例。

暗　卷四十四《無所有菩薩經》「有音」注引《說文》：「齊宋之間謂兒泣不止曰暗。」

卷八十七引《說文》：「從口，音聲。」

大徐本：「宋齊謂兒泣不止曰暗。從口，音聲。」

小徐本：「宋齊謂兒泣下不止曰暗。從口，音聲。」

案：慧琳引與大徐本義合。《韻會》并慧琳引《說文》皆無「下」字，小徐「下」字宜刪。

嗛　卷九十五《弘明集》「欲嗛」注引《說文》：「從口，兼聲。」

二徐本：「口有所銜也。從口，兼聲。」

案：慧琳先引《淮南子》云：「至味不嗛。許叔重：嗛，銜也。口有所銜食也。」與二徐本義合。

嗕　卷五十八《僧祇律》「嗕嗕」注引《說文》：「嗕兒也。」

二徐本：「嗕也。從口，集聲。讀若集。」

案：慧琳、玄應《音義》皆引作「嗕貌也。」是古本多一「貌」字。

吮　卷二十四《方廣大莊嚴經》「飲吮」注引《說文》：「噍也。從口，允聲。」卷十三引同。卷五十三《起世因本經》「吮已」注引《說文》：「束也。從口，允聲。」卷六十九引同。

大徐本：「欶也。從口，允聲。」

小徐本：「噍也。從口，允聲。」

案：《說文》無「噍」字，「噍」即「欶」之別體，應以慧琳卷五十三、卷六十九所引及大徐本爲是。

嚼　卷二十《華嚴經》「嚼牙」注引《說文》：「嚼，嚼，從口，焦聲也。」

二徐本：「齧也。從口，焦聲。嚼，嚼或從爵。」

案：玄應《音義》引《說文》：「嚼，嚼也。」與慧琳同，疑古本「嚼」、「嚼」爲二字矣，然《爾雅·釋獸·釋文》云：「嚼字若反，《廣雅》云茹也，《字書》云咀也，《說文》以爲嚼字。」是元朗所見本與今本同，且屢引《廣雅》諸書，

明他書以「噍」、「嚼」爲二字，《說文》則以爲一字，慧琳《音義》卷三十二《藥師經》「嚼齧」注亦云：「《說文》云以爲噍字也。」是《說文》以爲一字也。《玉篇》云：「噍，嚼也。」恐玄應引《玉篇》，傳寫誤爲《說文》，而慧琳又沿玄應之誤也。

嚼　卷四十五《佛藏經》「嚼咽」注引《說文》：「噍也。從口，爵聲。」卷八十引同。卷五十一、卷六十八引《說文》：「從口，爵聲。」

二徐本「嚼」爲「噍」之或體。

案：慧琳《音義》卷三十二「嚼齒」注：「《說文》云以爲噍字也。」並引顧野王云：「嚼，即噍也。」據此「噍」、「嚼」確爲一字。

噬　卷二十四《大悲經》「吞噬」注引《說文》：「從口，筮聲。」

案：慧琳未引訓義。二徐本：「啗也，喙也。從口，筮聲。」

噫　卷五十九《四分律》「噫目」注引《說文》：「飽出息也。」卷六十二、卷五十八、卷四十三引同。

二徐本：「飽食息也。從口，意聲。」

案：慧琳屢引皆作「飽出息也」，《玉篇》亦同，二徐本「食」字當是「出」字之誤。

吸　卷四十《一切如來白毫水觀自在菩薩眞言經》「吸欲」注引《說文》：「內息也。從口，及聲。」卷四十三、卷五十四、卷八十三、卷八十七引同。

卷三十八《海龍王經》「吸氣」注引《說文》：「內息也，引也，謂引氣息入也。」

二徐本：「內息也。從口，及聲。」

案：《韻會》引小徐本有「氣息入也，亦引也」八字，與《音義》合，是《韻會》所據小徐本尙是古本。今二徐本奪「亦引也」，宜據《音義》補。

噓　卷八十六《辯正論》「噓氣」注引《說文》：「吹噓也。從口，虛聲。」卷七十六、卷七十七引《說文》：「從口，虛聲。」

二徐本：「吹也。從口，虛聲。」

案：《玉篇》云：「吹噓也。」《文選・七命》注引《說文》：「噓，吹噓也。」古本吹下尙有「噓」字。二徐本奪，宜補。

唫　卷八十七《十門辯惑論》「口唫」注引《說文》：「從口，金聲。」

二徐本：「口急也。從口，金聲。」

案：慧琳未引訓義。

咥　卷九十八《廣弘明集》「莫咥」注引《說文》：「從口至聲。」

二徐本：「大笑也。從口，至聲。《詩》曰：咥其笑矣。」

案：慧琳未引訓義。

唏　卷五十四《佛般泥洹經》「噓唏」注引《說文》：「從口，希聲。」

大徐本：「笑也。從口，稀省聲。一曰：哀痛不泣曰唏。」

小徐本：「笑也。從口，希聲。一曰：哀痛不泣曰唏。」

案：《韻會》、《繫傳》皆同慧琳所引作「從口，希聲」。大徐作「稀省聲」非是，段注本即依《韻會》訂「從口，希聲」。

咄　卷七十二《顯宗論》「咄哉」注引《說文》：「舉言相謂也。從口，出聲。」

卷二十七《妙法蓮花經》「咄」下注引《說文》：「相謂也。」卷七十八、卷九十四、卷九十六引同。

二徐本：「相謂也。從口，出聲。」

案：慧琳卷二十七、卷七十八、卷九十四、卷九十六皆引與二徐本同，惟卷七十二引作「舉言相謂也」與他卷所引獨異，「舉言」二字必有所本，惜不得其證。

哉　卷十二《大寶積經》「訾哉」注引《說文》：「從口，𢦏聲。」

案：二徐本訓「言之閒也」，慧琳未引訓義。

命　卷六《大般若經》「殞命」注引《說文》：「從口，令聲。」

大徐本：「使也。從口，從令。」

小徐本：「使也。從口、令。」

案：命，古音在十二部，「命」、「令」二字古通用，故從其聲。段氏注云：「令亦聲」，可證二徐刪去「聲」字。

喟　卷十《濡首菩薩清淨分衛經》「喟然」注引《說文》：「大息也。」卷八十八《十門辨惑論》「喟然」注引《說文》：「太息也。從口，胃聲。」

大徐本：「大息也。從口，胃聲。」

小徐本：「大息。從口，胃聲。」

案：小徐本息下奪「也」字，慧琳卷八十八引作「太息也。」「太」當「大」字之誤。

唉　卷五十五《生經》「唉瘂」注引《說文》：「鷹聲也。」

大徐本：「鷹也。從口，矣聲，讀若埃。」

小徐本：「應也。從口，矣聲，讀若塵埃。」

案：小徐本「應」字當為「鷹」字之譌，「塵」字誤衍宜刪。《韻會》引小徐本作「鷹」，「鷹」係「鷹」字之譌，《玉篇》、《集韻》皆云：「唉，鷹聲也。」可證二徐并奪一「聲」字。

啻　卷七十九《經律異相》「不啻」注引《說文》：「語時啻也。」
　　二徐本：「語時不啻也。從口，帝聲。一曰：啻，諟也，讀若鞮。」
　　案：慧琳奪一「不」字。

噎　卷九十四《高僧傳》「充噎」注引《說文》：「飯窒也。從口，壹聲。」卷八十四、
　　卷八十、卷七十九、卷七十五、卷十八引同。
　　卷四十一《六波羅蜜多經》「哽噎」注引《說文》：「食在喉不下也。」卷八十「如
　　噎」注引同，又云：「飯窒也。從口，壹聲。」
　　卷七十八《經律異相》「食噎」注引《說文》：「飯窒也，食在胸不下也。」
　　大徐本：「飯窒也。從口，壹聲。」
　　小徐本：「飲窒也。從口，壹聲。」
　　案：慧琳卷十八、卷七十五、卷七十九、卷八十、卷八十四、卷九十四皆引與
　　大徐本同作「飯窒也」，小徐本「飲」係「飯」字形近之誤。卷四十一「哽噎」
　　注，卷八十「如噎」注引《說文》有「食在喉不下也。」是古本又有此一解，
　　二徐本并奪，慧琳卷七十八引「胸」字當係「喉」字之譌。

嘔　卷九十九《廣弘明集》「嘔噱」注引《說文》：「從口，區聲。」
　　案：二徐本訓「咽也」。慧琳未引訓義。

嚘　卷八十六《辯正論》「漢嚘」注引《說文》：「從口，憂聲。」
　　案：二徐本訓「語未定貌」。慧琳未引訓義。

噦　卷四十三《護諸童子陀羅尼咒經》「數噦」注引《說文》：「气牾也。從口，歲聲。」
　　卷八十九引作「猶气牾也。」卷七十七引作「忤氣也。」
　　大徐本：「气牾也。從口，歲聲。」
　　小徐本：「气牾也。從口，歲聲。」
　　案：小徐本作「牾」，誤作牛旁，由於「牾」字久廢不用，慧琳卷七十七引
　　《集訓》云：「逆氣也。」又《通俗文》曰：「氣逆曰噦。」即釋「牾」字之義
　　也。慧琳卷七十七、卷八十九皆傳寫譌誤，應以卷四十三引爲是。

吃　卷六十三《根本律攝》「語吃」注引《說文》：「言難也。從口，乞聲。」卷五十
　　七《佛說分別善惡經》「謇吃」注引《說文》：「語難也。從口，乞聲。」
　　大徐本：「言蹇難也。從口，乞聲。」
　　小徐本：「言蹇難。從口，乞聲。」
　　案：玄應《音義》卷十五引《說文》：「言難也。」與慧琳卷六十三引同皆無
　　「蹇」字，二徐本「蹇」字當係誤衍。慧琳卷五十七引「語」字係「言」字之
　　譌。又玄應引《說文》「言難也」下并有「重言也」三字，非古本所有，慧琳卷

五十七先引《聲類》云:「吃,重言也。」可證玄應誤以《聲類》入《說文》。

噉 卷五十七《佛說弟子死復生經》「噉食」注引《說文》:「嚼也。從口,敢聲。」

卷七《大般若經》「螫噉」注引《說文》:「嚼也,或作啖。」

卷五十七《佛說分別善惡所起經》「啖圂蟲」注引《說文》:「啖亦嚼也。從口,炎聲。」

二徐本「啖」下:「嚼啖也。從口,炎聲。一曰噉。」

案:慧琳屢引皆訓爲「嚼也」,二徐「啖」字當係誤衍。慧琳《音義》引《說文》:「嚼也。從口,敢聲。或作啖。」竊疑古本「啖」爲「噉」之或體,爲傳寫者誤倒耳。《說文句讀》云:「一曰噉,此後人校篆文語也,《玉篇》『噉』亦作『啖』,其序在吮下啗上,乃飲食之類,蓋《說文》挩誤在此也,《釋艸·釋文》『啗』本亦作『啖』,又作『噉』,案《說文》『啗』、『噉』非一字。」《釋例》云:「《玉篇》、《廣韻》皆『噉』爲正文,『啖』爲重文,或即本之《說文》,似傳寫《說文》者,或挩噉字,或挩啖字,校者見其異而記於篆文之旁,寫者誤入說解中,遂以本字爲說解,蓋一曰之謬,莫謬于此矣。」

哽 卷十八《十輪經》「哽噎」注引《說文》:「語塞爲舌所介礙也。從口,更聲。」卷三十四未引訓義。

大徐本:「語爲舌所介也。從口,更聲。」

小徐本:「語爲舌所介礙也。從口,更聲。」

案:慧琳卷十八引《說文》:「語塞爲舌所介礙也。」蓋古本如是,大徐奪「塞礙」二字,小徐奪「塞」字。又慧琳《音義》卷二十三「哽噎」注引《說文》:「哽,謂食肉亭骨在喉內也。悲憂咽塞者,似其亭骨在喉,故借喻言耳。」《說文》骨部「骾」下:「食骨留咽中也。」則此乃慧琳誤引「骾」字之訓,非今本有脫誤也,「悲憂」以下十六字當是慧琳引釋之詞。

啁 卷九十五《弘明集》「啁嚼」注引《說文》:「嘐也。從口,周聲。」卷七十四引《說文》:「嘐也。」

二徐本:「啁,嘐也。從口,周聲。」

案:慧琳兩引皆作「嘐也」,段注啁下云:「此複舉字未刪者」,此說極是。

呰 卷五《大般若經》「呰毀」注引《說文》:「呵也。從口,此聲。」卷二十五、卷十六、卷二十七、卷五十三、卷五十九引同。

卷四十八《瑜伽師地論》「訶呰」注引《說文》:「訶也。」

二徐本:「苛也。從口,此聲。」

案:古本當作「訶也」。「呵」即「訶」之別體,今二徐作「苛」,雖「訶」、「苛」

假借字，然作「訶」於義爲是。

呶　卷九十《廣弘明集》「讙呶」注引《說文》：「從口，奴聲。」

　　二徐本：「讙聲也。從口，奴聲。《詩》曰：載號載呶。」

　　案：慧琳未引訓義。

吒　卷六十四《大比丘三千威儀》「吒嘖」注引《說文》：「噴也。」卷七十四引同。

　　卷九十九引《說文》：「從口，乇聲。」

　　二徐本：「噴也，叱怒也。從口，乇聲。」

　　案：慧琳未引全文。

吟　卷六十二《根本毘奈耶雜事律》「呻吟」注引《說文》：「從口，今聲。」

　　案：二徐本訓「呻也」。慧琳未引訓義。

喝　卷九十八《廣弘明集》「喝咽」注引《說文》：「從口，曷聲。」

　　大徐本：「㵣也。從口，曷聲。」

　　小徐本：「渴也。從口，曷聲。」

　　案：慧琳未引訓義，許書飢渴字作㵣，雖「㵣」、「渴」古字通用，當以大徐本作「㵣也」爲是。

嘈　卷五十四《治禪病祕要經》「嘈食」注引《說文》：「銜也。」卷六十九《大毘婆沙論》「啑食」下注引《說文》：「銜也。從口，妾聲。或作呫，正作嘈也。」卷七十九「蟲啑」下注引《說文》：「銜也。從口，妾聲。亦作呫。」卷十三「呫食」注：「《說文》作嘈，銜也。經文作啑。」

　　大徐本：「嗛也。從口，朁聲。」

　　小徐本：「從也。從口，潛省聲。」

　　案：「嗛」、「銜」音義皆同，慧琳屢引皆作「銜也」蓋古本如是，小徐本「從」字當係「銜」字之譌。慧琳引有「作啑」、「作呫」之語，殆一時習用之字，故慧琳有「正作嘈」之語。而「從口，妾聲」或引用時涉筆所加不可爲據。又小徐作「潛省聲」，嘈之聲在朁，省水不得謂之省聲，此字說解當以「銜也。從口，朁聲。」爲是。

吝　卷七《大般若經》「顧吝」注引《說文》：「恨也。從口，文聲。」卷十六、卷二十四引《說文》：「從口，文聲。」

　　二徐本：「恨惜也。從口，文聲。《易》曰：以往吝。」

　　案：《易·屯卦》：「往吝」《釋文》注：「恨也。」《廣雅·釋詁》「恡，恨也。」「恡」即「吝」之俗字，是吝之訓恨，古義可徵，經籍注疏亦有訓惜者。《尚書》孔注：「吝，惜也。」，《方言》郭注：「慳吝，多惜也。」然無「恨惜」二字連

文。據慧琳《音義》則知古本有二義,即恨也、惜也,今本爲後人刪去「也」字。

咼　卷二十四《方廣大莊嚴經》「咼斜」注引《說文》:「口戾也。從口,冎聲。」卷二十七、卷六十六引同。

二徐本:「口戾不正也。從口,冎聲。」

案:慧琳屢引皆作「口戾也」,考《玉篇》、《廣韻》十三佳亦引同。言戾於義已明,何煩更言不正,今本爲後人竄改,至爲顯然。

唁　卷七十五《阿育王經》「唁語」注引《說文》:「從口,言聲。」

二徐本:「弔生也。從口,言聲。《詩》曰:歸唁衛侯。」

案:慧琳未引訓義。

吠　卷十四《大寶積經》「崖柴嘷吠」注引《說文》:「犬鳴也。從口,從犬聲。」

卷五十四《佛說兜調經》「吠佛」注引《說文》:「犬鳴也。從口,從犬。」

大徐本:「犬鳴也。從犬、口。」

小徐本:「犬鳴。從口,犬。」

案:《韻會》引小徐本作「從犬,從口」與慧琳卷五十四引合。卷十四引「聲」字當係誤衍。

喈　卷九十八《廣弘明集》「天喈」注引《說文》:「從口,皆聲。」

二徐本:「鳥鳴聲也。從口,皆聲。一曰:鳳皇鳴聲喈喈。」

案:慧琳未引訓義。

唬　卷九十六《弘明集》「怒唬」注引《說文》:「從口,虎聲。」

大徐本:「唬聲也。一曰:虎聲。從口,從虎。讀若暠。」

小徐本:「虎聲也。從口、虎。一曰:虎聲。讀若暠。」

案:唬,虎聲也,小徐作虎不作虎蓋傳寫譌,鉉本改爲「唬聲」誤甚,本部自「吠」篆以下皆言鳥獸矣。《通俗文》曰:「虎聲謂之哮。」「唬」當讀呼去聲,亦讀如罅,從虎、口,虎亦聲。「一曰虎聲」四字,鉉本此四字在「從口」之上,皆淺人誤增。

喁　卷九十六《弘明集》「喁喁」注引《說文》:「眾口上見也。從口,禺聲。」卷九十八、卷七十七引同。

二徐本:「魚口上見。從口,禺聲。」

案:《淮南子》曰:「水濁則魚喁」,言魚在濁水不得安,潛而上見其口,「喁」之本義當以「魚口上見」爲是,所謂水濁則魚喁也。喁字之義推廣之即所謂喁喁然也,「喁」言人眾口向上如魚口之上見耳,許氏當說本義,且以次求之,

自吠以下類說鳥獸及魚，可證二徐本「魚」字不誤。《晉書音義》引《字林》：「喎，眾口上見。」竊疑慧琳此三引係誤以《字林》爲《說文》者。

局　卷五十《業成就論》「知局」注引《說文》：「促也。從口在尸下，復句之。一曰：博局所以行棊，象形字也。」

卷一百《安樂集》「偏局」注引《說文》：「促也。從口在尸下，復勹之。」

二徐本：「促也。從口在尺下，復局之。一曰：博所以行棊，象形。」

案：慧琳引《說文》作「促也。從口在尸下，復勹（卷五十「句」字當爲「勹」之譌，由卷一百引可證）之。一曰：博局所以行棊，象形字也。」蓋古本如是，今二徐本「尸」誤作「尺」，「復勹」之「勹」誤作「局」，博下奪「局」字。

哮　卷七十七《釋迦譜序》「哮呼」注引《說文》：「豕驚散聲也。從口，孝聲。」卷九十三引《說文》：「從口，孝聲。」

二徐本：「豕驚聲也。從口，孝聲。」

案：玄應《音義》卷二十三「哮吽」注作：「古文𧧗，同。《說文》：虎鳴也，大怒聲也。」據玄應所引則古本「哮」、「𧧗」爲一字，「哮」乃「𧧗」之重文。慧琳引《說文》作「豕驚散聲也」，二徐本無「散」字。「豕驚散聲」之訓，不見他傳注，慧琳或有所本，惜不得其證。

鳴　卷九十《高僧傳》「鳴噎」注引《說文》：「或從欠，作歍。」

二徐本有「歍」無「鳴」，欠部「歍」：「心有所惡若吐也。從欠，烏聲。一曰：口相就。」

案：慧琳所據本「歍」爲「鳴」之或體字，而其訓義不合，惟《集韻》「烏」或作「鳴」亦以「鳴」、「烏」爲一字。《淮南》、《山海經》亦皆以「歍」爲「鳴」，又《文選》〈拜中軍記室辭隋王牋〉：「或以烏喌」李善注：「歍與鳴同。」亦其一證，是《說文》原本有「鳴」而「歍」爲或體，猶「嘯」之有「歗」，「歔哇」之有「欨」也。

唳　卷七十九《經律異相》「啼唳」注引《說文》：「聲也。從口，戾聲。」

大徐本列於新附：「鶴鳴也。從口，戾聲。」

案：慧琳先引《韻略》云：「鶴鳴也。」次引《說文》：「聲也。從口，戾聲。」可證「唳」本聲也，鶴鳴其聲之一耳。

口　部（以下諸字引同二徐本，存而不論）

喙　卷五十三《佛說鐵城泥犁經》「喙柴」注引《說文》：「口也。從口，彖聲。」卷九十五引同，卷八十三未引訓義。

吻　卷八十七《甄正論》「恩吻」注引《說文》：「口邊也。從口，勿聲。」

吞　卷二十四《大悲經》「吞噬」注引《說文》：「咽也。從口，夭聲。」

咽　卷九十二《高僧傳》「咽頷」注引《說文》：「益也。從口，因聲。」

嗌　卷二十四《方廣大莊嚴經》「嗌痺」注引《說文》：「咽也。從口，益聲。」

嶷　卷九十二《高僧傳》「歧嶷」注引《說文》：「小兒有知也。從口，疑聲。」

咳　卷四十六《大智度論》「嬰咳」注引《說文》：「小兒笑也。」

啜　卷六十八《大毘婆沙論》「嘗啜」注引《說文》：「嘗也。從口，叕聲。」

咀　卷七十二《顯宗論》「咀嚼」注引《說文》：「含味也。從口，且聲。」

啗　卷十五《大寶積經》「食啗」注引《說文》：「食也。從口，臽聲。」

哺　卷八十九《高僧傳》「輟哺」注引《說文》：「哺咀也。從口，甫聲。」

唾　卷九十《高僧傳》「延唾」注引《說文》：「口液也。從口，垂聲。」

喘　卷三十《緣生經》「上氣喘」注引《說文》：「疾息也。從口，耑聲。」

嚏　卷六十二《根本毘奈耶雜事律》「嚏噴」注引《說文》：「悟解气也。從口，疐聲。」

哲　卷九十五《弘明集》「聖哲」注引《說文》：「知也。從口，折聲。」

咨　卷十八《地藏十輪經》「疇咨」注引《說文》：「謀事曰咨。」

唯　卷十《金剛般若蜜多經》「唯然」注引《說文》：「諾也。從口，隹聲。」

噱　卷八十七《甄正論》「大噱」注引《說文》：「大笑也。從口，豦聲。」

听　卷九十九《廣弘明集》「听然」注引《說文》：「笑皃也。從口，斤聲。」

哯　卷五十九《四分律》「哯出」注引《說文》：「不歐而吐也。」

嗜　卷六十七《阿毘達磨品類足論》「耽嗜」注引《說文》：「嗜欲喜之也。從口，耆聲。」卷六十八引「喜」下奪一「之」字。卷六十九引「嗜」上衍一「人」字。卷八十引同卷六十七。

哇　卷八十四《古今佛道論衡》「淫哇」注引《說文》：「諂聲也。從口，圭聲。」

噴　卷七十七《釋迦譜序》「噴鳴」注引《說文》：「吒也，一云鼓鼻也。從口，賁聲。」

嘖　卷三十三《佛說九色鹿經》「嘖數」注引《說文》：「大呼也。從口，責聲。」

呻　卷七十九《經律異相》「呻吟」注引《說文》：「吟也」卷九十四引《說文》：「從口，申聲。」

嘑　卷七十六《龍樹菩薩勸戒王頌》「號嘑」注引《說文》：「號也。從口，虖聲。」

咆　卷八十七《崇正論》「咆勃」注引《說文》：「嘷也。從口，包聲。」卷九十三、卷九十四引同。

嘷　卷十三《大寶積經》「嘷叫」注引《說文》：「咆也。從口，皋聲。」卷十五、卷二十、卷六十九引同。

啄　卷二《大般若經》「或啄」注引《說文》：「鳥食也。從口，豕聲。」卷五、卷四
　　十一、卷六十二、卷六十七、卷七十五、卷七十六引同（玄應引作「啄齧也」，
　　係誤以《廣雅》入《說文》者，非古本如是）。

吅　部（嚴字引同二徐本，存而不論）

嚴　卷三十五《一字奇特佛頂經》「嚴潔」注引《說文》：「教命急也。從吅，厰聲。」

哭　部

喪　卷三《大般若經》「喪失」注引《說文》：「亾也。從哭，亾聲。」卷十、卷四十
　　一引同。
　　大徐本：「亾也。從哭，從亾，會意。亾亦聲。」小徐本：「亾也。從哭，亾聲。」
　　案：小徐本正與慧琳所據本合未加竄改。

走　部

趫　卷五十六《正法念處經》「趫行」注引《說文》：「善緣木之士也。」
　　二徐本：「善緣木走之才。從走，喬聲。讀若王子趫。」
　　案：《文選》〈西京賦〉注引與慧琳同，蓋古本如是也。今二徐本衍「走」字，「士」
　　誤作「才」。

趑趄　卷八十五《辯正論》「趑趄」注引《說文》：「不進也。」卷八十九引《說文》：
　　「不進皃也。」
　　二徐本：「行不進也。」二徐本趄下：「趑趄。從走，且聲。」
　　案：慧琳引《廣雅》：「難行也。」次引《說文》：「不進也。」不進即難行也，
　　慧琳兩引皆無「行」字，是所據本無「行」字也，卷八十九引「皃」字當係誤
　　衍。

趞　卷七十五《道地經》「趞風」注引《說文》：「從走，豦聲。」
　　二徐本無。
　　案：慧琳卷七十五先引賈注《國語》：「速疾也。」次引《說文》。同卷「趞驚」
　　注未引《說文》，引《考聲》云：「有所持而走曰趞。《韻詮》云：忽也。《字書》
　　云：畏懼也。」慧琳既引群籍以釋其義，而於「趞風」下專引《說文》以釋其
　　音，可證許書原本必有此文。

趀　卷四十一《六波羅蜜多經》「影透」注：「俗用字也，《說文》：正體作趀。」
　　二徐本無「趀」字。

案：大徐列「透」字於新附中：「跳也，過也。」訓與趒字近，《韻會》引小徐本有「透」字，訓同大徐新附。

走　部 （走、超、趠、趩、趒，引與二徐本同，存而不論）

歪　卷五十五《萍沙王五願經》「犇歪」注引《說文》：「趨也。從夭，從止。」

超　卷十二《大寶積經》「超挺」注引《說文》：「跳也。從走，召聲。」

趠　卷六十八《大毘婆沙論》「趠蹙」注引《說文》：「走頓也。從走，眞聲。」

趩　卷九十八《廣弘明集》「駐趩」注引《說文》：「止行也。從走，畢聲。」

趒　卷六十三《根本有部律攝》「趒坑」注引《說文》：「雀行也。從走，兆聲。」

止　部

峙　卷七十四《佛本行讚傳》「峙立」注引《說文》：「行步不前也。」同卷《僧伽羅剎集》「峙立」下引作「行步不前也。或作跱。從足，寺聲。」卷八十一引《說文》：「從止，寺聲。」
卷四十九、卷八十引《說文》：「躇也。」
大徐本：「躇也。從止，寺聲。」
小徐本：「躇也。從止，寺聲。」
案：《說文》有「躇」無「躇」，躇、躇正俗字也。《說文》足部曰：「躇者，峙躇不前也。」慧琳卷七十四引當爲「躇」字說解，惟今本「峙躇」下奪「行步」二字。「峙」、「躇」爲雙聲字，此以「躇」釋「峙」者雙聲互訓。

壁　卷四十《如意輪陀羅尼經》「躃地」注引《說文》：「壁，人不能行也。從止，辟聲。」
卷二十五《大般若經》「拘壁」注引《說文》：「不能行也。從止，辟聲。」卷三十二、卷七十九引同。
二徐本：「人不能行也。從止，辟聲。」
案：慧琳卷四十引與二徐本同，卷二十五、卷三十二、卷七十九引皆奪一「人」字。

止　部 （辵、歰引與二徐本同，存而不論）

辵　卷四十二《大佛頂經》「辵來」注引《說文》：「疾也。從又從止，屮聲。」

歰　卷五十《攝大乘論》「麁歰」注引《說文》：「不滑也。從四止。」卷六十七、卷七十二引同。

步　部

歲　卷二十五《大般若經》「歲星」注引《說文》：「萬物之精，上爲列宿。其歲星越歷二十八宿，宣徧陰陽，十二月一次也。」

二徐本：「木星也，越歷二十八宿，宣徧陰陽，十二月一次。從步，戌聲。律歷書名五星爲五步。」

案：慧琳引《說文》之上有「此東方木星也」句，引《說文》後又曰：「《玉篇》云：律曆書名五星爲五步，所以歲字從步，戌爲聲也。」小徐本有「木星爲歲星」數語，是許書原本「歲」下並未注「木星」二字，故小徐特注其說，慧琳引《說文》上特加一語更可證明係後人竄入注語。「律曆書名爲五步」出自《玉篇》，尤非許書所有，亦是注語掍爲正文也。

此　部

柴　卷六十七《阿毗達磨集異門足論》「蠹柴」注引《說文》：「識之也。從此，朿聲。」卷八十四引同。卷三十九、卷四十三、卷六十二、卷六十四、卷九十七引《說文》：「從此，朿聲。」

大徐本：「識也。從此，朿聲。一曰：藏也。」

小徐本：「職也。從此，朿聲。一曰：藏也。」

案：小徐本「職」爲「識」字之譌，段注云：「《廣雅》石鍼謂之柴，與「識」訓相近。」慧琳所據本有「之」字義尤完足。

是　部

尟　卷三《般若經》「乏尟」注引《說文》：「從是，作尟，少聲。」卷八十九引同。

二徐本：「是少也，尟，俱存也。從是少，賈侍中說。」

案：從「少」得聲之字如「抄」、「眇」皆兼會意/ 「尟」舊不可考，慧琳引讀息淺反，大徐用穌典切，小徐用恩典反，自非從少得聲，慧琳卷八十九綴有會意字一語，是於少聲有疑義也。

辵　部

延　卷九十六《弘明集》「退延」注引《說文》：「行也。從辵，正聲。」

二徐本：「正行也。從辵，正聲。延或從彳。」

案：《爾雅·釋言》，《詩》毛傳、鄭箋皆與慧琳所引同，訓「行也」，二徐本作「正行也」，「正行」非連文，考經典多用「延」或體作「征」，〈書序〉作「成

王政」，馬本改作「征」，注云：「征，正也。」《孟子》曰：「征之爲言正也。」核各說證之，古本當作「延，正也、行也。」今本奪「也」字宜補，而小徐謂「從正道行也」，未免近鑿矣。

遵　卷五十七《恐怖世經》「遵令」注引《說文》：「從辵，尊聲。」
案：二徐本「循也。」慧琳未引訓義。

造　卷八十四《古今佛道論衡》「造父」注引《說文》：「從辵，告聲。」
二徐本：「就也。從辵，告聲。長說，造，上士也。」
案：慧琳未引訓義。

逾　卷二十九《金光明經》「逾於」注引《說文》：「進也。從辵，俞聲。」卷十《仁王經》「逾遠」注引同。
二徐本：「越進也。從辵，俞聲。《周書》曰：無敢昏逾。」
案：考《韻會》引小徐本作「越也，進也」，是古本有二訓，大徐本傳寫「越」下奪「也」字，淺人又據以竄改小徐本，遂混越、進爲一訓。

遝　卷八十八《釋法琳法師傳》「雜遝」注引《說文》：「及也。從辵，眔聲。」
二徐本：「迨也。從辵，眔聲。」
案：《方言》：「迨遝及也，東齊曰迨，關之東西曰遝或曰及。」本部迨，遝也，是迨、遝疊韵的轉注字，《說文》當以作「迨也」爲是。

遣　卷六十九《大毘婆沙論》「錯謬」注引《說文》：「这也。從辵，昔聲。」
大徐本：「迹遣也。從辵，昔聲。」
小徐本：「迹道也。從辵，昔聲。」
案：《廣雅》云：「遣，这也」，《玉篇》曰：「这今作交，遣今作錯。」《詩·楚茨》「獻酬交錯」《傳》：「東西爲交，衺行爲錯。」《廣韻》十九鐸引作：「这，遣也。」可證今本係傳寫譌誤。

迮　卷六十七《集異門足論》「迫迮」注引《說文》：「從辵，乍聲。」卷六十八、卷九十二引同。
二徐本：「迮迮，起也。從辵，作省聲。」
案：「作」字小徐「乍」聲，大徐不知改爲從乍，鐘鼎文皆以「乍」爲「作」，可知「乍」爲形聲字矣，乃乍下作省聲，小徐本亦同。蓋前乎二徐者所改，大徐特不察而依之耳。段注本正作「乍聲」，是所見同也。

迅　卷一《大般若經》「奮迅」注引《說文》：「從辵，卂聲。」卷二十四、卷四十引同。
案：二徐本訓「疾也」。慧琳未引訓義。

迻　卷九十八《廣弘明集》「迻在」注引《說文》：「遷也」，卷八十五引同。

二徐本：「遷徙也。從辵，多聲。」

案：慧琳兩引皆作「遷也」，考《廣韻》五支引《說文》亦作「遷也」，可證古本正作「遷也」，二徐「徙」字誤衍。

遁　卷八十七《破邪論》「肥遁」注引《說文》：「遷也，一云巡也。從辵，盾聲。」

二徐本：「遷也，一曰逃也。從辵，盾聲。」

案：「遁」古與「巡」通。〈過秦論〉「遁巡而不敢進」，師古曰：「遁巡，謂疑懼而却退也。」「遁」音千旬反，俗本「巡」誤作「逃」，讀者因以為遁逃解，而遁巡之本義晦矣。王筠《釋例》云：「遁下云一曰逃也，此後人迻遯下說於此也。」此說極是。

逮　卷二十二《華嚴經》「逮十力地」注引《說文》：「及也。」

卷十一《大寶積經》「逮得」注引《說文》：「行及前也。」

卷十六、卷十七、卷二十九、卷三十四、卷四十一、卷六十九引《說文》：「從辵，隶聲。」

二徐本：「唐逮也。從辵，隶聲。」

案：《韻會》兩引并無「唐逮」二字，二徐本此二字當係涉「唐棣」而誤。《玉篇》：「及也」，《毛詩鄭箋》、《爾雅》、《後漢書注》、《文選》五臣注皆并作「及也」，皆與卷二十二引同，是古本作「及也」無疑。《考聲》云：「行及前也。」慧琳卷十一引或係涉《考聲》而譌。

逶迤　卷十五《大寶積經》「逶迤」注：「《說文》二字並從辵，形聲字。」

二徐本逶下：「逶迤，袤去之皃。從辵，委聲。」

二徐本迤下：「袤行也。從辵，也聲。〈夏書〉曰：東迤北會于匯。」

案：慧琳此二字皆未引訓義。

遺　卷五十四《舍衛國王夢見十事經》「饋遺」注引《說文》：「從辵，貴聲。」卷五十五、卷六十引同。

案：二徐本訓「亡也」。慧琳未引訓義。

逐　卷十三《大寶積經》「搏逐」注引《說文》：「走也。從辵，豕聲。」

二徐本：「追也。從辵，從豚省。」

案：小徐曰：「遯者走也，逐者追也，豚走而豕追之，此會意也。」其詳說如此，大徐亦從小徐說曰：「豚走而豕追之，會意。」可證慧琳所據確為原本。

遒　卷三十一《密嚴經》「遒麗」注「《說文》亦作遒。從辵，酉聲。」卷八十三、卷八十八引《說文》：「從辵酋。」

二徐本逎下：「迫也。從辵，酉聲。」逎下：「酉或從酋。」

案：「逎」爲「逎」之或體，慧琳未引訓義。

迭　卷八十九《高僧傳》「迭相」注引《說文》：「更也。從辵，失聲。」

卷七十七《釋迦譜序》「迭代」注引《說文》：「一曰达也。從辵，失聲。」

二徐本：「更迭也。從辵，失聲。一曰：达。」（小徐「大」字誤作「迭」）

案：慧琳引《說文》作「更也。一曰：达也。」蓋古本如是，慧琳卷七十七引杜注《左傳》云：「迭，更也。」竊疑二徐本「更」下「迭」字當係誤衍。

遏　卷三十四《私訶昧經》「有遏」注引《說文》：「從辵，曷聲。」

大徐本：「微止也。從辵，曷聲。讀若桑蟲之蝎。」（小徐本「微」譌作「徵」）

案：慧琳未引訓義。

遽　卷十三《大寶積經》「忿遽」注引《說文》：「傳也，窘也。從辵，豦聲。」

大徐本：「傳也。一曰：窘也。從辵，豦聲。」（小徐本同《韻會》，「從辵，豦聲」在「一曰」句上）

案：慧琳奪「一曰」二字。

邂逅　卷八十四《古今佛道論衡》「邂逅」注：「《說文》二字並從辵，解、后皆聲。」

大徐新附邂下：「邂逅，不期而遇也。從辵，解聲。」

大徐新附逅下：「邂逅也。從辵，后聲。」

案：《韻會》十卦引小徐本「邂逅，不期而遇也。從辵解聲。」二十六宥引作「邂逅，相遇也。」兩韻所引訓義雖大同小異，然知《韻會》所見小徐本尚有「邂逅」二字，大徐補入新附誤矣。

逼　卷二《大般若經》「逼切」注引《說文》：「近也。從辵，畐聲。」

大徐新附：「近也。從辵，畐聲。」

案：慧琳二引《說文》下有「或作偪」三字，考《漢書·賈誼傳》：「或制大權以偪天子。」師古曰：「偪古逼字。」《集韻》亦言或作「偪」，《左傳》杜注：「逼，近也。」可證慧琳所據古本如是，大徐新附亦訓「近也」，是所見本尚有此字，校定時未入於正文耳。

邀　卷四十一《六波羅蜜多經》「邀名」注引《說文》：「抄也。從辵，敫聲。」卷五十四引同。

二徐本無。

案：慧琳云：「或作徼。」引《考聲》：「徼，求也、要也。」《字書》云：「遮也。」次引《說文》，是所據本確有邀字，後以通作「徼」，遂刪去。

进　卷三十三《佛說大乘造像功德經》「进石」注引《說文》：「散也。從辵，并聲。」

大徐新附:「散走也。從辵,并聲。」

案:《韻會》引小徐本作「散走也。從辵,并聲。」足證古本確有「迸」字,迸有二義,即散也、走也。《音義》卷二十九引《埤蒼》云:「迸,走也。」可證慧琳節引第一義非全文。

辵　部 (邁、遄、逆、遭、遷、遜、避、逃、迫、迾、逞引與二徐本同存而不論)

邁　卷二十七《妙法蓮花經》「衰邁」注引《說文》:「遠行也。」

遄　卷七十八《經律異相》「遄邀」注引《說文》:「往來數也。從辵,耑聲。」

逆　卷十三《大寶積經》「逆旅」注引《說文》:「迎也。從辵,屰聲。」

遭　卷六《大般若經》「備遭」注引《說文》:「遇也。從辵,曹聲。」

遷　卷九十三《高僧傳》「遷貿」注引《說文》:「登也。從辵,䙴聲。」

遜　卷七《大般若經》「遜謝」注引《說文》:「遁也。從辵,孫聲。」

避　卷四十六《大智度論》「避隈」注引《說文》:「回也。從辵,辟聲。」

逃　卷六十二《根本毘奈耶律》「逃避」注引《說文》:「亡也。從辵,兆聲。」

迫　卷六十七《集異門足論》「迫乍」注引《說文》:「近也。從辵,白聲。」

迾　卷八十三《玄奘法師傳》「迾道」注引《說文》:「遮也。從辵,列聲。」

逞　卷九十四《高僧傳》「逞衒」注引《說文》:「通也。從辵,呈聲。」

彳　部

復　卷三十三《轉女身經》「倍復」注引《說文》:「從彳,复聲。」

案:二徐本訓「往來也。」慧琳未引訓義。

循　卷七十七《釋迦氏略譜》「循行」注引《說文》:「行也。從彳,盾聲。」卷六引同。

二徐本:「行順也。從彳,盾聲。」

案:《書·泰誓·正義》引《說文》:「循,行也。」與慧琳兩引同,古本如是也,二徐本作「行順也」,段氏云:「各本作行順也,淺人妄增耳。」此說極是。

彶　卷十九《大哀經》「彶彶」注引《說文》:「急行皃也。從彳,及聲。」

二徐本:「急行也。從彳,及聲。」

案:玄應屢引同二徐本皆無「皃」字,是慧琳「皃」字誤衍。

徇　卷六《大般若經》「不徇」注:「《說文》正體作狥,從彳,勻聲,或作徇,亦通。」

卷五十五、卷七十三徇下引《說文》:「行示也。」

二徐本徇下:「行示也。從彳,勻聲。」

案：二徐本無作「徇」之重文，考《韻會》引小徐說有「今文作徇」一語，可證小徐所見本有或體「徇」字也。

種　卷九十四《高僧傳》「接種」注引《說文》：「相繼迹也。從彳，從重聲。」
二徐本：「相迹也。從彳，重聲。」
案：慧琳引《說文》作「相繼迹也」，蓋古本如是，二徐本奪「繼」字宜補。「相迹」二字於義已通，古本有「繼」字更爲瞭然，段氏所謂後迹相繼也。

彳　部（徑、徼、徬、徯、徧，引與二徐本同，存而不論）

徑　卷一百《安樂集》「險徑」注引《說文》：「步道也。從彳，巠聲。」
徼　卷九十五《弘明集》「徼於」注引《說文》：「循也。從彳，敫聲。」
徬　卷九十九《廣弘明集》「蘿蔦徬」注引《說文》：「附行也。從彳，旁聲。」
徯　卷七十六《迦丁比丘說當來變經》「徯戀」注引《說文》：「待也。從彳，奚聲。」
徧　卷四十五《菩薩心地戒品經》「徧劃」注引《說文》：「帀也。從彳，扁聲。」

延　部

延　卷十二《大寶積經》「延裔」注引《說文》：「長行也。從乀，從延，延亦聲。」
二徐本：「長行也。從延，乀聲。」
案：段氏說厬、曳皆以乀爲聲，以證延從乀得聲，惟慧琳所引「從延，延亦聲」，聲義皆合，當是古本如是。

行　部

衢　卷八《大般若經》「如衢」注引《說文》：「交通四出也。從行，童聲。」
二徐本：「通道也。從行，童聲。《春秋傳》曰：及衢，以戈擊之。」
案：小徐曰：「謂南北東西各有道相衢。」此即釋交道四出之義，然小徐奚爲詞費若此，可證古本不作通道也。

衞　卷六《大般若經》「擁衞」注引《說文》：「宿衞也。從行。行，列也。從韋、從帀，守衞也。」卷四十一引《說文》：「宿衞也。從韋、從帀、從行。行列匍帀曰衞。」
二徐本：「宿衞也。從韋、帀，從行。行，列衞也。」
案：《韻會》引小徐本作「宿衞也。從韋、帀也。從行。行，列也，會意」，今本小徐有：「韋，周圍也」之注語，可證此字釋語甚多，竊疑慧琳卷四十一「行列匍帀曰衞也」皆爲注語，惟《韻會》引小徐「從行行列也」無「衞」字，與

卷六引同，「嘀」字確爲衍文。

行　部（引同二徐本存而不論）

術　卷十五《大寶積經》「射術」注引《說文》：「邑中道也。從行，朮聲。」

街　卷三十二《彌勒下生成佛經》「衢街」注引《說文》：「四通道也。從行，圭聲。」

衙　卷六十二《根本毘奈耶雜事律》「衒色」注：「《說文》正作衙，云：行且賣也。從行、從言。」

齒　部

齗　卷二十《華嚴經》「齗齔」注引《說文》：「齒肉也。」卷六十三《根本律攝》「齗牙」注引《說文》：「齒肉也。從齒，斤聲。」

二徐本：「齒本也。從齒，斤聲。」

案：齒爲齗骨，齗爲齒肉，其義相屬，應從慧琳所引。慧琳引《文字典說》云：「齒根也」，可證字書有訓齒根者，二徐因之改爲齒本，惟許書原本碻作齒肉，故慧琳又引《說文》以證。

齔　卷一《大唐三藏聖教序》「齠齔」注引《說文》：「毀齒也。男八月齒生，八歲而齔。女七月齒生，七歲而齔。從齒，七聲。」

大徐本：「毀齒也。男八月生齒，八歲而齔，女七月生齒，七歲而齔。從齒，從七。」

小徐本：「毀齒也。男八月生齒，八歲而齔，女七月生齒，七歲而齔。從齒，七聲。」

案：各本「從齒從七」，初忍、初覲二音，殆傅會七聲爲之。段氏云：「今按其字從齒七。七，變也，今音呼跨切，古音如貨。《本命》云：『陰以陽化，陽以陰變，故男以八月生齒，八歲而毀，女七月生齒，七歲而毀。』毀與化義同音近。玄應卷五『齔』舊音差貴切，卷十一舊音羌貴切，然則古讀如未韻之綮，蓋本從七，七亦聲，轉入實至韻也，自誤從七旁，玄應云初忍切、孫愐云初菫切、《廣韻》乃初覲切、《集韻》乃初問、恥問二切，其形唐宋人又譌『齓』，從乚絕不可通矣。」此說極是，段氏若得慧琳卷一所引從齒，七聲，當又可得一證矣。

齜　卷七十六《讚世音菩薩頌經》「齜齖」注引《說文》：「齒相齗也。一曰：開口見齒。從齒，此聲。」

二徐本：「齒相齗也。一曰：開口見齒之皃。從齒，柴省聲。讀若柴。」

案：段注本正作「從齒此聲。」與慧琳引合，段氏並云：「各本作柴省聲，淺人改耳。」此說極是，二徐本「之皃」二字當係誤衍宜刪。

齘　卷五十八《十誦律》「齘齒」注引《說文》：「齒相切也。」卷七十五引同。
　　卷七十六《勸發諸王要偈》「齘齒」注引《說文》：「齒相切怒也。從齒，介聲。」
　　二徐本：「齒相切也。從齒，介聲。」
　　案：慧琳卷五十八、卷七十五兩引皆與二徐本合，卷七十六作「齒相切怒也」，竊疑「怒」字係衍文，非古本如是也。

齬　卷三十五《佛頂最勝陀羅尼經序》「齒齬」注：「《說文》：齒齬，齒不相順值也。」
　　二徐本：「齒不相值也。從齒，吾聲。」
　　案：各本皆無「順」字，竊疑「順」字當係衍文。

齡　卷八十九《高僧傳》「齊齡」注引《說文》：「從齒，令聲。」
　　大徐新附：「年也。從齒，令聲。」
　　案：慧琳先引《廣雅》云：「齡，年也。」又引鄭注《禮記》：「齡齒，人壽之數也。」次引《說文》以定其讀，可證許書本有此字。

齒　部（齒、齹、齰、䶩、齚，引與二徐本同，存而不論）

齒　卷二《大般若經》「爪齒」注引《說文》：「口齒骨也，象口齒之形，止聲。」
齹　卷三十五《一字奇特佛頂經》「耳齹」注引《說文》：「齒參差也。從齒，差聲。」
齰　卷二十四《方廣大莊嚴經》「齰齒」注引《說文》：「齒堅聲也。從齒，吉聲。」
䶩　卷五十七《佛說處處經》「吐而䶩。從齒，台聲。」
齚　卷六十《根本有部毘奈耶律》「蟲齚」注引《說文》：「噬也。從齒，㓨聲。」

牙　部

牙　卷三十五《一字頂輪王經》「牙頷」注引《說文》：「壯齒也，象上下相錯之形。」
　　二徐本：「牡齒也，象上下相錯之形。」
　　案：慧琳引《說文》：「壯齒也。」蓋古本如是，今二徐本作「牡齒也」，段氏依石刻本《九經字樣》改爲「壯齒」是也。後之駁段者有數家，皆以爲單文孤證不足爲憑，是不知「牡」即「壯」之別體，如後齊〈宇文長碑〉、隋〈張貴男墓誌〉、隋〈首山舍利塔銘〉，凡「壯」字皆書作「牡」，虞書〈孔子廟堂碑〉亦書「壯」作「牡」，且「爿」偏旁亦多作「牛」，如漢〈楊淮表記〉、梁〈蕭憺碑〉、唐〈麓山寺碑〉凡「將」字皆作「𢪘」，又有「犓」字書作「高」者，唐〈無憂王寺寶塔銘〉是也，蓋石刻《九經字樣》者深知「牡」即「壯」之別體，故逕

作「壯」字。今得《音義》證之，可昭然無疑矣。

齲　卷二十四《方廣大莊嚴經》「齒齲」注引《說文》：「齒蠹也。從牙，禹聲。」卷八十八引《說文》：「齒病也。從齒，禹聲。」

二徐本：「齒蠹也。從牙，禹聲。」禹下：「禹或從齒。」

案：卷二十四引與二徐本合，齒蠹即齒病也，慧琳引《考聲》云：「齲爲本字，從牙爲或體。」今列牙部自與慧琳所據殊也。

足　部

踞　卷九十五《弘明集》「踞筌」注引《說文》：「從足，虎聲。」卷八十引同。

案：二徐本訓「足也」。慧琳未引訓義。

踖　卷九十九《廣弘明集》「跛踖」注引《說文》：「從足，昔聲。」卷八十九引同。

二徐本：「長脛行也。從足，昔聲。一曰跛踖。」

案：慧琳未引訓義。

蹻　卷六十九《大毗婆沙論》「蹻足」注引《說文》：「舉足高皃。從足，喬聲。或作趫。」

二徐本：「舉足行高也。從足，喬聲。《詩》曰：小子蹻蹻。」

案：《廣韻》云：「走皃。」《左傳》曰：「舉趾高心不固矣。」正以其皃言之也。「舉足行高」四字不詞，宜從慧琳所引。又或體從走，走部、足部多相類也，如「踴」字亦曰「趰」，今本走部有此文。

蹴　卷七十八《經律異相》「蹴彌山」注引《說文》：「蹋也。從足，就聲。」卷五十一引同。卷五十五未引訓義。

二徐本：「躡也。從足，就聲。」

案：慧琳兩引《說文》皆作「蹋也。」《玉篇》、《廣雅釋詁》亦云：「蹴，蹋也。」《韻會》引小徐本作「躡也，蹋也，逐也。」是古本原有三訓，慧琳亦止引其第二訓，然則今本脫漏多矣。

躍　卷三十一《新翻密嚴經》「騰躍」注引《說文》：「從足，翟聲。」卷三十三、卷四十一、卷四十七、卷六十九引同。

案：二徐本訓「迅也。」慧琳未引訓義。

躔　卷九十八《廣弘明集》「無躔」注引《說文》：「從足、塵，塵亦聲。」

案：二徐本作「踐也。從足塵聲。」慧琳未引訓義。

蹠　卷七十九《經律異相》「非蹠」注引《說文》：「行也。從足，庶聲。」

二徐本：「楚人謂跳躍曰蹠。從足，庶聲。」

案：慧琳引《楚辭》：「踐也。」《廣雅》：「履也。」皆庶字本訓，《說文》訓行與踐也，義皆相合，二徐本語見《方言》，爲別一義也。

蟄　卷九十五《弘明集》「蹀躞」注引《說文》：「蟄，從足，執聲。」

　　案：二徐本訓「蟄足也」。慧琳未引訓義。

蹶　卷六十八《大毘婆沙論》「趦蹶」注引《說文》：「僵也。從足，厥聲。」卷五十一、卷四十六、卷五十九、卷七十九引同。

　　二徐本：「僵也。從足，厥聲。一曰：跳也。亦讀若橜。」

　　案：慧琳引與二徐本合，惟未引一曰又一義。

跟　卷五十八《僧祇律》「狼跟」注引《說文》：「步也。」

　　二徐本：「步行獵跋也。從足，貝聲。」

　　案：慧琳引作「步也」乃傳寫誤奪三字，非古本如是，《玉篇》亦云：「步行獵跋也。」

跌　卷五十三《阿那律八念經》「差跌」注引《說文》：「足踢也。一云：越也。從足，失聲。」

　　二徐本：「踢也。從足，失聲。一曰：越也。」

　　案：各本皆作「踢也」，無「足」字，竊疑慧琳引「足踢也」，「足」字係爲衍文。《聲類》云：「踢，跌也」是二字爲轉注，應以作「踢也」爲是。

踢　卷四十六《大智度論》「踢突」注引《說文》：「搶也。」

　　二徐本：「跌踢也。從足，易聲。一曰：搶也。」

　　案：慧琳未引全文僅引一曰之義。

跣　卷四十《觀自在多羅菩薩念誦法》「跣足」注引《說文》：「以足親地也。從足，先聲。」卷七十六、卷八十一引同。

　　大徐本：「足親地也。從足，先聲。」

　　小徐本：「足親地。從足，先聲。」

　　案：慧琳引《說文》「以足親地也」蓋古本如是，二徐本奪「以」字，小徐本並奪「也」字，宜補。

距　卷四十六《大智度論》「紫距」注引《說文》：「雞足距也。」

　　二徐本：「雞距也。」

　　案：慧琳引《說文》「雞足距也」蓋古本如是，二徐本奪「足」字。

躧　卷九十二《高僧傳》「脫躧」注引《說文》：「履也。從足，麗聲也。」卷九十八、卷八十九引同。

　　二徐本：「舞履也。從足，麗聲。」

案：慧琳三引皆無「舞」字，引《考聲》云：「履屬，不攝跟者也。」亦未涉及「舞」字。小徐曰：「躟履，謂足根不正納履也。」與慧琳所引《考聲》合。小徐又引《史記》：「邯鄲女子跕躟，履舞者足騰不正納也。」竊疑二徐據此故衍「舞」字。

感　卷十六《大方廣三戒經》「嚬感」注引《說文》：「從戚，足聲。」

大徐新附：「迫也。從足，戚聲。」

案：感，從足，戚聲，慧琳作「從戚足聲」，蓋傳寫誤倒。

躊躇　卷十《濡首菩薩分衛經》「躇步」注引《說文》：「猶豫也，躑躅也。」卷六十九引《說文》：「二字並從足，壽、著皆聲。」

二徐本止部有「峙」，足部有「躇」，無此二字。

案：慧琳先引《廣雅》云：「躊躇，猶豫也。」顧野王云：「謂奄留而躊躇也。」次引《說文》以定其讀，卷十引有「躑躅也」三字，可證「躊躇」有二訓，《韓詩》作「搔首躊躇」，更可證二字有所據也。

跬　卷八十七《破邪論》「跬步」注引《說文》：「從足，圭聲。」

二徐本無。

案：慧琳先引《方言》：「半步曰跬」，次引《說文》以定其讀。《說文》走部有「趌」，訓「半步也。從走，圭聲，讀若跬同。」《韻會》引小徐曰：「今文作跬。」是古有二文，後人刪趌存跬。

跕　卷九十九《廣弘明集》「跕屣」注引《說文》：「從足，占聲。」

二徐本無。

案：慧琳引《考聲》云：「徐行曳屣也。」《韻會》十六葉有「一曰徐行也」，又「行曳履也」二解，可證古有此字，慧琳云：「添叶反」可證爲叶韻字。

跗　卷九十八《廣弘明集》「緣跗」注引《說文》：「從足，付聲。」卷六《大般若經》「與趺」注：「《說文》：正體從付作跗。經從夫作趺，俗字通用。」

二徐本無。

案：慧琳引《古今正字》云：「足上也。」《韻會》有付亦訓足上也，《莊子》：「沒足濡付」其字僅見，蓋逸之久矣。

踔　卷九十八《廣弘明集》「駐踔」注：「《說文》：正行也。或從足作踔。」

二徐本有「趩」無「踔」。

案：《周禮》：「隸僕掌踔宮中之事。」《春秋左傳》曰：「不踔。」字皆從足。《漢書》通作「趩」，慧琳所據《說文》當有「踔」字。走、足二部字多相通，如趨、躋，趯、躁，趌、跬，趣、蹶，趌、跬等皆是。

足　部（以下諸字引與二徐本同，存而不論）

跟　卷六十二《根本毘奈耶雜事律》「足跟」注引《說文》：「足踵也。從足，艮聲。」

踝　卷六十四《根本大苾蒭戒經》「內踝」注引《說文》：「足踝也。從足，果聲。」

跖　卷八十五〈辯正論〉「盜跖」注引《說文》：「足下也。從足，石聲。」

踦　卷四十五《文殊淨律》「踦𨂁」注引《說文》：「一足也。從足，奇聲。」

跪　卷四十三《僧伽吒經》「互跪」注引《說文》：「拜也。從足，危聲。」

跽　卷五十五《佛說長者音悅經》「長跽」注引《說文》：「長跪也。從足，忌聲。」

踧　卷八十九《高僧傳》「踧踖」注引《說文》：「行平易也。從足，叔聲。」

踰　卷十七《大乘方等要慧經》「踰於」注引《說文》：「越也。從足，俞聲。」

踊　卷四十三《僧伽吒經》「踊身」注引《說文》：「跳也。從足，甬聲。」

躡　卷六十九《大毘婆沙論》「登躡」注引《說文》：「蹈也。從足，聶聲。」

跨　卷四十九《攝大乘論序》「遊跨」注引《說文》：「渡也。從足，夸聲。」

躍　卷六十三《根本律攝》「若躍」注引《說文》：「踐也。從足，昜聲。」

踵　卷二十《寶星經》「治踵」注引《說文》：「追也，一云往來皃。從足，重聲。」

跳　卷七十六《法句譬喻無常品經》「逆傲跳之」注引《說文》：「蹶也。從足，兆聲。」卷七十四引《說文》：「躍也。」（二徐本：「蹶也。從足，兆聲，一曰：躍也。」慧琳引合）

躓　卷八十七《甄正論》「躓蹎」注引《說文》：「跲也。從足，質聲。」

蹎　卷八十七《甄正論》「躓蹎」注引《說文》：「跋也。從足，眞聲。」

蹲　卷五十四《治禪病祕要法經》「蹲踞」注引《說文》：「踞也。從足，尊聲。」

踞　卷八十九《高僧傳》「虎踞」注引《說文》：「蹲也。從足，居聲。」

跛　卷五十三《起世因本經》「跛跂」注引《說文》：「行不正也。一曰：足排之也。從足，皮聲。」

跂　卷五十三《起世因本經》「跛跂」注引《說文》：「足多指也。從足，支聲。」

蹈　卷三十三《佛說孝子經》「蹈也」注引《說文》：「踐也。從足，舀聲。」

蹐　卷八十三《玄奘法師傳》「局蹐」注引《說文》：「少步也。從足，脊聲。」

疋　部

疏　卷五十九《四分律》「疏向」注云：「《說文》作𤴓。𤴓，窗也。從疋，從囪，象其形也。」

　　大徐本：「門戶疏窗也。從疋，疋亦聲，囪象𤴓形，讀若疏。」

　　小徐本：「門戶疏窗也。從疋囪，囪象𤴓形，讀若疏。」

案：慧琳引作「窻也」，蓋傳寫誤脫非古本如是，《玉篇》云：「門戶青疏窻也。」

冊　部

冊　卷八十七《甄正論》「簡冊」注引《說文》：「符命也，諸侯進受於王，象其札，一長一短，中有二編也。古文從竹作笧也。」

案：引與二徐本合。

《一切經音義》引《說文》考　第三

䖒　部

䪃　卷六《大般若經》「䪃動」注引《說文》：「動不安靜也，器出頭也。從頁，頁頭也。從器省聲也，故云器出頭也。」

卷六十二《根本毘奈耶雜事律》「䪃聲」注引《說文》：「聲氣出頭上也。從䖒，從頁。頁，首也。」卷六十八引同。

卷六十七《阿毘達磨界身足論》「䪃舉」注引《說文》：「聲也。器出頭上也。從䖒，從頁。頁，音首也。」

卷七十二《顯宗論》「䖒謗」注引《說文》：「氣出頭上也。」卷九十三引同。卷六十、卷五十二皆引作「氣出頭也。」

二徐本：「聲也。气出頭上。從䖒，從頁。頁，首也。」

案：應以二徐本為是，慧琳各引皆有譌奪之處，卷六十二、卷六十八「聲」下皆奪「也」字，卷六十七「器」字當為「气」之譌，「音」為衍字。卷六各語蓋慧琳所綴，非許書原本至為顯然。

䗊　卷六十九《大毘婆沙論》「嘷䗊」注引《說文》：「高聲也。從䖒，丩聲。」

二徐本：「高聲也。從䖒，丩聲。一曰：大呼也。」

案：慧琳未引又一義。

䖒　卷九十五《弘明集》「頑䖒」注引《說文》：「語聲也。從䖒，臣聲。」

案：引與二徐本同。

舌　部

舌　卷十六《佛說胞胎經》「舌舐」注引《說文》：「舌在口中，所以言也。從千，從口，千亦聲。」

二徐本：「在口，所以言也，別味也。從千，從口，千亦聲。」

案：慧琳引《說文》奪「別味也」三字。

舌 卷八十九《高僧傳》「舐脣」注引《說文》：「以舌取物也。從舌，易聲。」

二徐本：「以舌取食也。從舌，易聲。」

案：《玉篇》引作「以舌取物也。」與慧琳引同，蓋古本如是也，以舌取物皆謂之舐，不必專言取食也。

干 部（干字引同二徐本，存而不論）

干 卷十一《大寶積經》「干戈」注引《說文》：「犯也。從反入從一。」

谷 部

谷 卷六十七《阿毘達磨集異門足論》「著礫」注引《說文》：「口上阿也。從口，上，象其理也。」

案：引與二徐本合。

句 部

拘 卷三《大般若經》「拘礙」注引《說文》：「止也。從手，句聲。」卷二十九、卷三十九引同。

卷八十五《辯正論序》「拘羑」注引《說文》：「執也。從手，句聲。」

二徐本：「止也。從句，從手，句亦聲。」

案：慧琳卷三、卷二十九、卷三十九引與二徐本合，卷八十五引作「執也」與《廣韻》引同。是古有二訓，今本奪失宜補。

古 部

嘏 卷八十九《高僧傳》「父嘏」注引《說文》：「遠也。從古，叚聲。」

二徐本：「大遠也。從古，叚聲。」

案：《爾雅·釋詁》云：「嘏，大也。」《方言》：「宋魯陳衛之間謂大曰嘏，秦晉之間凡物壯大者謂之嘏。」，慧琳引《說文》：「遠也。」是嘏字有二義即大也、遠也，慧琳止引其第二義。

十 部

博 卷八十九《高僧傳》「博綜」注引《說文》：「大通也。從十，從尃。尃，猶布也。」

大徐本：「大通也。從十，從尃。尃，布也。」

小徐本：「大通也。從十、尃。尃，布也，亦聲。」

案：慧琳引與二徐本合，「博」會意兼形聲。

言　部

諒　卷十三《大寶積經》「諒難」注引《說文》：「信也。從言，從涼，省聲。」

　　卷二十四引《說文》：「從言，京聲。」

　　二徐本：「信也。從言，京聲。」

　　案：慧琳卷二十四引作「從言，京聲。」與二徐本合，二徐本不誤。

諾　卷五十四《佛說聖法印經》「唯諾」注引《說文》：「從言若聲。」

　　案：二徐本訓「䚯也」。慧琳未引訓義。

詖　卷八十二《西域記》「險詖」注引《說文》：「辯諭。從言，皮聲。」卷十四引《說文》：「辯諭。」

　　二徐本：「辯論也，古文以爲頗字。從言，皮聲。」

　　案：慧琳兩引「諭」當爲「論」字之誤，蓋形近而譌也。卷九十一引《考聲》云：「辯而不正也。」可證以「論」爲是，無不正之諭也。

諦　卷五十《方便心論》「摠諦」注引《說文》：「從言，帝聲。」

　　案：二徐本訓「審也」。慧琳未引訓義。

誠　卷二十七《妙法蓮華經》「誠如」注引《說文》：「信也，諦也。從言，成聲。」

　　二徐本：「信也。從言，成聲。」

　　案：《禮記》經解注云：「誠，猶審也。」《廣韻》十四清亦有「審也」一訓。諦者，審也，可證慧琳所據本確有二解。

諫　卷六《大般若經》「呵諫」注引《說文》：「正也。從言，柬聲。」

　　二徐本：「證也。從言，柬聲。」

　　案：《楚辭·七諫序》：「諫者，正也。」《周禮·地官·保氏》：「當諫王惡。」注：「以禮義正之。」又慧琳引《周禮》鄭注：「諫，正也。」是「諫」訓「正」古義甚明，今本作「證也」，蓋以「諫」次「証」，淺人以爲互訓遂竄改之。

詮　卷八十一《三寶感通錄》「詮而」注引《說文》：「具也。從言，全聲。」卷三十《緣生經》「詮窮」注引《說文》：「具說事理也。從言，全聲。」

　　二徐本：「具也。從言，全聲。」

　　案：卷八十一引與二徐本同。慧琳卷三十引《說文》係《說文》注語，非古本如是。《韻會》引《說文》下直錄晉書詮論謂：「具說事理也。一曰：擇言也。

一曰：解喻也。」似為古本《說文》原有注語，小徐曰：「具記言也。」可證卷三十引《說文》當係注語無疑。

調　卷八十《開元釋教錄》「調戲」注引《說文》：「從言，周聲。」卷四十四引同。

案：二徐本訓「和也」。慧琳兩引皆未引訓義。

話　卷十五《大寶積經》「世語」注引《說文》：「會善言也。從言，昏聲。」

二徐本：「合會善言也。從言，昏聲。」

案：慧琳引《說文》奪一「合」字，李善《文選注》、二徐本皆有「合」字。

諈　卷八十四《古今佛道論衡》「諈諉」注引《說文》：「從言，垂聲。」

案：二徐本訓「諈諉，纍也」。慧琳未引訓義。

諉　卷八十四《古今佛道論衡》「諈諉」注引《說文》：「從言，委聲。」

案：二徐本訓「纍也」。慧琳未引訓義。

謐　卷八十三《玄奘傳》「靜謐」注引《說文》：「從言，�聲。」卷三十引同。

二徐本：「靜語也。從言，�聲。一曰：無聲也。」

案：慧琳兩引皆未引訓義。

詡　卷九十二《高僧傳》「詡法」注引《說文》：「從言，羽聲。」

案：二徐本訓「大言也」。慧琳未引訓義。

謝　卷三《大般若經》「謝法」注引《說文》：「辭也。從言，躲聲。」

二徐本：「辭去也。從言，躲聲。」

案：《玉篇》作「辭也、去也」，蓋古有二訓，慧琳僅引其一，二徐并奪一「也」字。

諍　卷七十二《顯宗論》「誼諍」注引《說文》：「爭止也。從言，爭聲。」

卷一《大般若經》「誼諍」注引《說文》：「止也。從言，爭聲。」

二徐本：「止也。從言，爭聲。」

案：慧琳卷一引與二徐本同，卷七十二引「爭」字係涉「諍」字而譌，非原本如是。

訥　卷八十七《甄正論》「謇訥」注引《說文》：「言難也。從言，內聲。」

大徐本：「言難也。從言，從內。」

小徐本：「言難也。從言，內聲。」

案：小徐本及《韻會》引《說文》「從言，內聲」與慧琳引《說文》同，蓋古本如是也，訥「從言，內聲」猶「汭」字「從水，內聲」也。

諆　卷六十四《沙彌威儀經》「調諆」注引《說文》：「欺調也。」卷十七引《說文》：「從言，疑聲。」

二徐本：「騃也。從言，疑聲。」

案：慧琳引《蒼頡篇》：「欺也」。《廣雅》：「調也」。玄應引《通俗文》曰：「大調曰疑。」又引《字林》：「欺調也。」凡此皆「譺」訓「欺調」之證，二徐訓「騃」，義無可取。沈濤《古本考》云：「案《音義》（玄應本）卷二引《字林》『譺』欺調也，或謂卷十六所引亦是《字林》傳寫誤爲《說文》，不知《字林》率本《說文》，往往同訓，『譺』之訓『騃』，義無可取，不必曲護二徐也。」此說極是。

誣　卷七十八《經律異相》「誣黃」注引《說文》：「加言也。從言，巫聲。」卷八十九引同。

二徐本：「加也。從言，巫聲。」

案：玄應《音義》卷十一、卷十五、卷十七、卷二十一凡四引皆作「加言也」，慧琳兩引亦作「加言也」，可證所據本確有「言」字。

譸　卷八十四《古今佛道論衡》「譸張」注引《說文》：「從言，壽聲。」

二徐本：「訓也。從言，壽聲，讀若籌。《周書》曰：無或譸。」

案：慧琳未引訓義。

詶詛　卷八十六《辯正論》「詶詛」注：「《說文》云：詶，詛也。詛亦詶也。二字並從言，州、且皆聲。」

二徐本詶下：「譸也。從言，州聲。」二徐本詛下：「詶也。從言，且聲。」

案：慧琳引《說文》「詶，詛也」、「詛，詶也」二字互訓，玄應卷六、卷十四、卷二十五凡三引亦皆作「詶、詛也，授之反」，《玉篇》云：「《說文》職又切詛也。」可證古本如是，此即「詛咒」正字，今本乃淺人妄改，音市流切亦誤，下文「詛、詶也」，正許書互訓之例。

詿　卷八十《大唐內典錄》「詿誤」注引《說文》：「從言，圭聲。」

案：二徐本訓「誤也」，慧琳未引訓義。

誂　卷三十五《一字頂輪王經》「朝誂」注引《說文》：「相呼也。從言，兆聲。」

二徐本：「相呼誘也。從言，兆聲。」

案：慧琳引《廣雅》：「誘也。」又引《考聲》云：「以言先試曰誂。」此即誘之意也，《音義》傳寫奪一「誘」字。

誕　卷九十五《弘明集》「誕于」注引《說文》：「從言，延聲。」卷八十六引同。

案：二徐本訓「詞誕也」。慧琳兩引皆未引訓義。

讙　卷八十一《南海寄歸內法傳》「讙囂」注引《說文》：「諠讙也。從言，雚聲。」

二徐本：「譁也。從言，雚聲。」

— 69 —

案：下文「譁，讙也」，二字互訓，竊疑慧琳卷八十一引《說文》誤衍「誼」字。

譁　卷十九《般舟三昧經》「譁說」注引《說文》：「從言，華聲。」卷八十引同。
　　案：二徐本訓「讙也」。慧琳未引訓義。

譌　卷七十七《釋迦方志》「譌言」注引《說文》：「偽言也。從言，爲聲。」
　　二徐本：「譌言也。從言，爲聲。《詩》曰：民之譌言。」
　　案：〈唐風〉「人之爲言」，定本作「僞言」；〈小雅〉「民之訛言」，箋云：「訛，偽也。」《尚書》「南譌」，《周禮》注、《漢書》皆作「南僞」，段氏疑「譌」當作「僞」，得慧琳所引是其證也。

譎　卷一百《肇論》「譎怪」注引《說文》：「權詐。梁益曰：謬天下曰譎。從言，矞聲。」卷九十七引作「謬也，欺天曰譎。」
　　二徐本：「權詐也，益梁曰謬。欺天下曰譎。從言，矞聲。」
　　案：慧琳「譎」字兩引皆有奪失之處，卷一百引奪「也」、「欺」二字，卷九十七引脫誤甚多，應以二徐本爲是。

讒　卷三十《證契大乘經》「讒構」注引《說文》：「猶譖己。從言、從毚，毚亦聲。」
　　二徐本：「譖也。從言，毚聲。」
　　案：毚爲狡兔，從毚得聲應兼會意。譖愬也，讒者從言毀人猶之譖己，與愬相似，故曰猶，與直愬者不同，今本刪改於義稍遜。

譙誚　卷六十一《根本有部苾芻尼律》「譏誚」注：「《說文》：嬈也。從言，焦聲，律從肖，亦通。」
　　卷十八《十輪經》「輕誚」注引《說文》：「嬈也。從言，肖聲。」卷四十、卷五、卷六引同。
　　二徐本：「嬈譊也。從言，焦聲，讀若嚼。古文譙。從肖。《周書》曰：王亦未敢誚公。」
　　案：嬈，擾戲弄也；譊，恚呼也，二義不貫，古無連文，竊疑二徐本「嬈」下奪一「也」字，「譊」字當爲「讓」字之誤，《史記‧朝鮮傳》《索隱》引作「讓也」，《方言》云：「譙，讓也」，慧琳屢引皆作「嬈也。」可證古有二訓。

謏　卷八十八《集沙門不拜俗議》「謏聞」注引《說文》：「流言也，又語不實也。從言，夐聲。」
　　二徐本：「流言也。從言，夐聲。」
　　案：流言、語不實，其義正同，竊疑「又語不實也」五字，係慧琳所加注語。

詆　卷八十三《玄奘傳》「詆訶」注引《說文》：「訶也。從言，氐聲。」卷九十、卷九十六、卷九十七引同。

二徐本：「苛也。一曰訶也。從言，氏聲。」

案：《韻會》八齊引《說文》：「訶也」，無「苛也一曰」四字，並引小徐曰：「今人結難之爲呧呵。」「呧呵」即「詆訶」也，可證慧琳所引碻爲古本。

詬　卷九十五《弘明集》「以詬」注引《說文》：「從言，后聲。」

案：二徐本訓「謑詬，恥也」。慧琳未引訓義。

諳　卷八十六《辯正論》「諳經籍」注引《說文》：「從言，音聲。」

案：二徐本訓「悉也」。慧琳未引訓義。

譯　卷八十五《辯正論》「鞮譯」注引《說文》：「譯，傳四夷之言也。從言，睪聲。」

二徐本：「傳譯四夷之言者。從言，睪聲。」

案：《方言》：「譯，傳也」，慧琳引《說文》「傳」下亦無「譯」字，竊疑二徐本「傳譯」二字誤倒。

該　卷九十《高僧傳》「該涉」注引《說文》：「兼備也。從言，亥聲。」

卷二十四《方廣大莊嚴經》、《三藏聖教序》「該綜」注引《說文》：「以兼備之也。從言，亥聲。」卷三十引同。

卷八十《開元釋教錄》「竝該」注引《說文》：「約也。從言，亥聲。」

二徐本：「軍中約也。從言，亥聲，讀若心中滿該。」

案：小徐曰：「字書又備也。」是兼備之訓小徐以爲非《說文》所有，而慧琳引賈逵云：「該備也」以證之。至「約」字之訓則別無可考，「軍中」二字亦未見於他書。

詎　卷八十四《道氤定三教論衡》「詎容」注引《說文》：「從言，巨聲。」

大徐列入新附：「詎猶豈也。從言，巨聲。」

案：《韻會》引《說文》與大徐新附同，或小徐眞本原有此文，慧琳引《考聲》云：「未也。」是亦「詎」字古訓也。

讜　卷四十五《文殊悔過經》「讜聞」注引《說文》：「從言，黨聲。」

大徐新附：「直言也。從言，黨聲。」

案：慧琳先引顧野王云：「讜，直言也。」次引《說文》，可證古有此字，大徐校定未入正文。

諮　卷五十四《佛說鴦掘摩經》「諮諏」注引《說文》：「從言，咨聲。」

二徐本無。

案：口部，謀事曰咨，《韻會》引或作「諮」，是「諮」即「咨」，不當重出，慧琳引《考聲》云：「諮，問於善也。」《廣雅》：「白也。」義與「咨」字略殊，可並存也。

言　部（以下諸字引與二徐本同，存而不論）

譓　卷五十一《唯識論》「譓也」注引《說文》：「恚也。從言，眞聲。」

診　卷二十五《大般涅槃經》「診之」注引《說文》：「視也。從言，㐱聲。」

謦　卷七十八《經律異相》「謦欬」注引《說文》：「欬也。從言，殸聲。」

讖　卷八十三《玄奘傳》「讖什」注引《說文》：「驗也。從言，韱聲。」

諷　卷八十《開元釋教錄》「諷習」注引《說文》：「誦也。從言，風聲。」

誦　卷六《大般若經》「諷誦」注引《說文》：「諷也。從言，甬聲。」

諭　卷八《大般若經》「發諭」注引《說文》：「告也。從言，俞聲。」

諄　卷五十四《晉法義經》「評諄」注引《說文》：「告曉之孰也。從言，享聲。」

諏　卷五十四《佛說鴦掘摩經》「諮諏」注引《說文》：「聚謀也。從言，取聲。」

詳　卷二十七《妙法蓮華經》「詳」下引《說文》：「審議也。」卷八十九《高僧傳》「詳覈」注引《說文》：「從言，羊聲。」

訊　卷二十《寶星經》「問訊」注引《說文》：「問也。從言，卂聲。」

訢　卷十二《大寶積經》「訢逮」注引《說文》：「喜也。」

謙　卷十二《大寶積經》「謙恪」注引《說文》：「敬也。從言，兼聲。」

誼　卷八十七《甄正論》「言誼」注引《說文》：「人所宜也。從言，宜聲。」

諺　卷九十八《廣弘明集》「斯諺」注引《說文》：「傳言也。從言，彥聲。」

詣　卷四十《大吉祥天女十二契一百八名無垢大乘經》「詣世尊所」注引《說文》：「候至也。從言，旨聲。」

訒　卷八十七《十門辯惑論》「訒分」注引《說文》：「頓也。從言，刃聲。」

譊　卷十六《無量清淨平等覺經》「世事譊譊」注引《說文》：「恚呼也。從言，堯聲。」

詑　卷十一《大寶積經》「匿詑」注引《說文》：「兗州謂欺曰詑。」

諛　卷八十八《集沙門不拜俗議》「諛邪」注引《說文》：「諂也。從言，臾聲。」

誾　卷六十七《阿毘達磨集異門足論》「誑誾」注引《說文》：「諛也。從言，闇聲。」

誑　卷六十三《根本毘奈耶雜律》「詭誑」注引《說文》：「欺也。從言，狂聲。」

訕　卷九十五《弘明集》「夫訕」注引《說文》：「謗也。從言，山聲。」

譏　卷六十一《根本毘奈耶律》「譏誚」注引《說文》：「誹也。從言，幾聲。」

誹　卷六十七《阿毘達磨識身足論》「誹謗」注引《說文》：「謗也。從言，非聲。」

謗　卷二《大般若經》「誹謗」注引《說文》：「毀也。從言，旁聲。」

誖　卷八十六《辯正論》「猖誖」注引《說文》：「亂也。從言，孛聲。」

誤　卷七《大般若經》「謬誤」注引《說文》：「謬也。從言，吳聲。」

訶　卷七十八《經律異相》「訶笑」注引《說文》：「諍語訶訶也。從言，开聲。」

謬　卷八十一《南海寄歸內法傳》「訛謬」注引《說文》：「狂者之妄言也。從言，翏聲。」

謔　卷九十五《弘明集》「大謔」注引《說文》：「戲也。從言，虐聲。」

譖　卷五十四《佛說鴦掘摩經》「譖曰」注引《說文》：「愬也。從言，朁聲。」

譴　卷五十三《起世因本經》「譴罰」注引《說文》：「罰也。從言，啻聲。」

譴　卷七十七《釋門系錄》「冥譴」注引《說文》：「謫問也。從言，遣聲。」

詰　卷七《大般若經》「問詰」注引《說文》：「問也。從言，吉聲。」

詭　卷八《大般若經》「詭言」注引《說文》：「責也。」卷二十《寶星經》「詭言」
　　注引《說文》：「從言，危聲。」

誄　卷八十五《辯正論》「碑誄」注引《說文》：「諡也。從言，耒聲。」（大徐「諡」
　　字誤作「謚」，茂堂有詳說之）

詰　部（讟字引同二徐本存而不論）

讟　卷八十九《高僧傳》「謗讟」注引《說文》：「痛怨也。從詰，賣聲。」

音　部

音　卷四十四《無所有菩薩經》「有音」注引《說文》：「聲也。生於心，有節於外，
　　謂之音也。宮、商、角、徵、羽，聲也。又金、石、絲、竹、匏、土、革、木
　　也。從言含一。」
　　二徐本：「聲也。生於心，有節於外，謂之音。宮、商、角、徵、羽，聲也。絲、
　　竹、金、石、匏、土、革、木，音也。從言含一。」
　　案：慧琳引《說文》「革木」下奪一「音」字。

響　卷三十三《第一義法勝經》「利響」注引《說文》：「從音，鄉聲。」
　　案：二徐本訓「聲也」。慧琳未引訓義。

韶　卷九十《高僧傳》「韶武」注引《說文》：「從音，召聲。」
　　二徐本：「虞舜樂也。《書》曰：簫韶九成，鳳皇來儀。從音，召聲。」
　　案：慧琳未引訓義。

丵　部（叢字引同二徐本，存而不論）

叢　卷三十八《大雲輪請雨經》「叢林」注引《說文》：「聚也。從丵，取聲。」

業　部

僕　卷二十九《金光明經》「僮僕」注引《說文》：「給使也。從人，業聲。」

案：二徐本作「給事者。從人，從業，業亦聲。」與慧琳引合。

廾　部

弄　卷十六《大方廣三戒經》「戲弄」注引《說文》：「玩也，戲也。從廾，從玉。」
二徐本：「玩也。從廾持玉。」
案：《爾雅》云：「弄，玩也。」《左傳》杜注云：「弄，戲也。」可證古有二訓，二徐無「戲也」一訓，疑奪。

兵　卷六《大般若經》「兵戈」注引《說文》：「械也。從廾持斤，刀也。」
二徐本：「械也。從廾持斤，并力之皃。」
案：兵有刀，訓見《周禮》注，「并力之皃」無可考。

𡴂　部

樊　卷十五《大寶積經》「樊籠」注引《說文》：「鷙不行也。」
二徐本：「鷙不行也。從𡴂，從棥，棥亦聲。」
案：慧琳引與二徐同。

爨　部

釁　卷八十二《西域記序》「成釁」注引《說文》：「從爨省，從酉。所以祭也，分聲。」
卷四十六引作「從爨省，從酉，分聲也。」
卷九十五《弘明集》「有釁」注引《說文》：「血祭也。象祭竈。從爨省，所以祭也。分聲。」
卷一、卷八十八引《說文》：「從酉，從分。」
二徐本：「血祭也。象祭竈也。從爨省，從酉。酉，所以祭也。從分，分亦聲。」
案：慧琳引與二徐本大同小異，惟屢引皆作「分聲」，不作「分亦聲」，蓋其所據本如是也。

革　部

革　卷三十六《普通諸尊瑜伽念誦法》「革屣」注引《說文》：「獸皮治去毛，革更之也。古文革從三十，凡三十年為一世而道更革易也。從臼。」
二徐本：「獸皮治去其毛，革更之。象古文革之形。古文革，從三十。三十年為一世而道更也。臼聲。」
案：慧琳引與二徐本大同小異，字義無殊。

鞹　卷九十五《弘明集》「虎鞹」注引《說文》：「從革，郭聲。」

　　二徐本：「去毛皮也。《論語》曰：虎豹之鞹。從革，郭聲。」

　　案：慧琳未引訓義。

鞮　卷八十五《辯正論》「鞮譯」注引《說文》：「革履也。從革，是聲。」卷六十七
　　引同。卷二十、卷九十七引《說文》：「從革，是聲。」

　　卷五十九引作「韋履也。」

　　二徐本：「革履也。從革，是聲。」

　　案：慧琳卷六十七、卷八十五皆引與二徐本同，《文選》〈長門賦〉注亦引同今
　　本，卷五十九「韋」字係「革」字之誤。

鞔　卷三十四《大乘四法經》「網鞔」注引《說文》：「從革，免聲。」卷三十七引同。

　　二徐本：「履空也。從革，免聲。」

　　案：慧琳《音義》兩引皆未引訓義。

靶　卷八十四《古今譯經圖記》「迴靶」注引《說文》：「轡革也。從革，巴聲。」卷
　　十六引作「轡飾」。

　　二徐本：「轡革也。從革，巴聲。」

　　案：《韻會》引小徐本有「御人所把處」句，今本爲小徐注語，御人所把處不得
　　爲飾，宜從卷八十四所引。

鞌　卷四十四《心明經》「鞌勒」注引《說文》：「馬莊具也。從革，安聲。」

　　小徐本：「馬鞁具也。從革，安聲。」（大徐本作「從革，從安」，誤）

　　案：鞁者，車駕具也。慧琳「鞁」誤作「莊」。

靳　卷八十六《辯正論》「靳固」注引《說文》：「從革，斤聲。」

　　案：二徐本訓「當膺也」。慧琳未引訓義。

鞭　卷十三《大寶積經》「鞭杖」注引《說文》：「驅遲也。從革，便聲。」

　　卷七十五《坐禪三昧經》「鞭笞」注引《說文》：「驅馳。從革，便聲。」

　　卷十八《十輪經》「鞭撻」注引《說文》：「擊也。從革，便聲。」

　　二徐本：「驅也。從革，便聲。」

　　案：《初學記》卷二十二武部引《說文》：「驅遲也。」與慧琳卷十三引同，是古
　　本有此一訓也，卷七十五「馳」字當爲「遲」字之誤。《韻會》引小徐本作「驅
　　也，一曰朴也，一曰馬檛橚。」慧琳卷十八引作「擊也」與「朴也」義同，是
　　「朴」與「擊」同爲一訓，而「馬檛」則爲鞭之具，是又一訓也。

革　部（鞉、鞊、鞅引同二徐本，存而不論）

鞑 卷五十四《頻婆娑羅王詣佛供養經》「金屣」注引《說文》:「鞮屬也。從革,徙聲。」

鞋 卷二十六《大般涅槃經》「鞋衣」注引《說文》:「軞氈飾也。從革,茸聲。」

鞅 卷六十八《大毘婆沙論》「鞦鞅」注引《說文》:「頸靼也。從革,央聲。」卷九十六未引訓義。

鬲 部

鬻 卷三十三《佛說太子沐魄經》「烝煮」注引《說文》:「煮,猶烹也,濩也。從火,者聲。」

二徐本鬻下:「孚也。從鬲,者聲。」煮下:「鬻或從火。」

案:「煮」為「鬻」之或體,二徐本訓「孚也」,無「濩也」二字。《詩・葛覃》:「是刈是濩」《傳》云:「煮之也。」今本奪「濩也」二字。

爪 部 (爪字引同二徐本,存而不論)

爪 卷十五《大寶積經》「爪齒」注引《說文》:「丮也。覆手曰爪,象形字也。」

鬥 部

鬥 卷四十四《佛說善夜經》「鬥諍」注引《說文》:「兩士相對,兵杖其後,象形欲相鬥也。」

二徐本:「兩士相對,兵杖在後,象鬥之形。」

案:慧琳與二徐本大同小異,字義無殊。

鬭 卷七十四《佛本行讚傳》「馬鬭」注引《說文》:「遇也。兩相遇即鬭。」卷三十一引《說文》:「兩相遇即鬭。」

二徐本:「遇也。從鬥,斲聲。」

案:慧琳卷七十四引《說文》「遇也」與二徐本同,「遇也」以下五字竊疑係《說文》注語,非古本如是。

又 部

叜 卷六十一《根本毘奈耶律》「老叜」注引《說文》:「老也。從宀,又聲。」

大徐本:「老也。從又,從宀。闕。」

小徐本:「老也。從又、宀。」

案:《韻會》引小徐本與《音義》合,知小徐本尚不誤,今本疑後人依大徐本竄

改。

秉　卷二十九《金光明經》「秉大」注引《說文》:「禾束也。從又持禾,會意字也。」

卷十七《善住意天子經》「無秉作」注:「《說文》:從又從禾,會意字也。手持一禾曰秉。」

二徐本:「禾束也。從又持禾。」

案:慧琳卷二十九引與二徐同,卷十七「手持一禾曰秉」係慧琳所加注語,非許書本文。

彗　卷九十《高僧傳》「彗孛」注引《說文》:「埽也。從又持甡。」

卷六十二《根本毘奈耶雜事律》「掃篲」注引《說文》:「埽竹也。」

二徐本:「埽竹也。從又持甡。」

案:二徐本、《字林》此字竝作「埽竹也。」疑慧琳卷九十引奪一「竹」字。

友　卷五十九《四分律》「親厚」注引《說文》:「同志也。」

二徐本:「同志為友。從二、又。相交友也。」

案:引與二徐本義合。

聿　部

肅　卷四《大般若經》「惇肅」注引《說文》:「持事敬謹也。從聿在開上,戰戰兢兢肅然懼而嚴敬也,會意。」卷六引同。

二徐本:「持事振敬也。從聿在開上,戰戰兢兢也。」

案:《韻會》引小徐本作「戰戰兢兢也。一曰:進疾也。」考孔注《尚書》云:「敬也,嚴也。」《廣韻》:「恭也、敬也、戒也。」《爾雅》:「又速也、又進也。」皆無「振」義,今本顯有竄改逸失之處。

聿　部

筆　卷八十九《高僧傳》「操筆」注引《說文》:「從竹,聿聲。」

二徐本:「秦謂之筆。從聿,從竹。」

案:聿,余律切;筆,鄙密切;古音同在十五部,慧琳引《說文》:「從竹,聿聲」,蓋古本如是,二徐本奪「聲」字,王筠辯當作「聿」聲之說甚是。

隶　部（隶字引同二徐本,存而不論）

隸　卷六《大般若經》「僕隸」注引《說文》:「附著也。從隶,柰聲。」

臤 部（緊、豎引同二徐本存而不論）

緊　卷九十四《高僧傳》「緊靭」注引《說文》:「纏絲急也。」

豎　卷六十一《根本有部苾芻尼律》「豎匙」注引《說文》:「豎立也。從臤，豆聲。」

殳 部

毆　卷六十二《根本毘奈耶雜事律》「拳毆」注引《說文》:「捶擊也。」卷四十七引同。
　　二徐本:「捶毄物也。從殳，區聲。」
　　案:慧琳兩引皆無「物」字，玄應卷二十二引《說文》作「捶擊也。」與慧琳
　　同，可證原本無「物」字，二徐本誤衍宜刪。

殽　卷四十九《攝大乘論》「溷殽」注引《說文》:「相錯也。從殳，肴聲。」卷九十
　　五引同。
　　二徐本:「相雜錯也。從殳，肴聲。」
　　案:慧琳先引賈注《國語》:「殽雜也」次引《說文》無「雜」字，如所據《說
　　文》作「相雜錯也」，則勿庸引《國語》賈注矣。是古本無「雜」字。

段　卷七十九《經律異相》「段段」注引《說文》:「椎物也。從殳，耑省聲。」
　　案:引同二徐本。

殺 部

弒　卷八十二《西城記》「篡弒」注引《說文》:「臣殺君也。從殺省，式聲。」
　　二徐本:「臣殺君也。《易》曰:臣弒其君。從殺省，式聲。」
　　案:慧琳未引「易曰」以下六字。

几 部

鳬　卷七十七《釋迦譜序》「鳬鷖」注引《說文》:「舒鳬，鷖也，其飛几几。從鳥，
　　從几，几亦聲。」卷八十四引《說文》:「從鳥，几聲。」
　　二徐本:「舒鳬，鶩也。從鳥，几聲。」
　　案:《詩‧大雅》《傳》:「鳬，水鳥也。鷖，鳬屬也。」今二徐本「鷖」誤作「鶩」。
　　「鳬」本從「鳥」何以不入鳥部而入几部，正以其羽短，其飛几几也，慧琳引
　　有此語當係古本，段氏詳味字義補正為几聲，正與古本兼會意合。

寸 部

將　卷四《大般若經》「將寶」注引《說文》:「率也。從寸，從醬省聲。」卷三、卷

六引同。

二徐本：「帥也。從寸，帥省聲。」

案：行部衛，將也，二字互訓，《儀禮》、《周禮》古文「衛」多作「率」，今文多作「帥」。

尋　卷四《大般若經》「尋伺」注引《說文》：「繹也，理也。從口、從彡、從工。口工，亂也。」卷六引《說文》：「繹也，理也。從又又，手也。從口、從工、從寸。寸，分理之也。度人之兩臂曰尋。」

二徐本：「繹理也。從工，從口，從又，從寸。工口，亂也；又寸，分理之。彡聲，此與㱦同意。度人之兩臂爲尋，八尺也。」

案：慧琳引與二徐本大同小異，惟二徐本「繹」下應有「也」字，今本奪失，義遂難通。

寸　部（寺、專引同二徐本，存而不論）

寺　卷二十七《妙法蓮花經》「塔寺」注引《說文》：「廷也，有法度者也。」

專　卷二十《寶星經》「專弘」注引《說文》：「布也。從寸，甫聲。」

皮　部

皰　卷二《大般若經》「腫皰」注引《說文》：「面生熱瘡也。」

卷六《大般若經》「腫皰」注引《說文》：「面生氣也。」卷三十七引同。

二徐本：「面生气也。從皮，包聲。」

案：慧琳卷六、卷三十七引與今本同，卷二引作「面生熱瘡也。」許叔重《淮南子》注云：「皰，面氣之瘡。」可證古有此解。玄應卷十四、卷十六、卷十八皆引作「面生熱氣也」，竊疑古有「熱」字，今本奪失。

皯　卷三十九《不空羂索經》「面皯」注引《說文》：「面生黑色。從皮，干聲。」

二徐本：「面黑气也。從皮，干聲。」

案：慧琳「色」字當爲「气」字之誤，上文「皰，面生熱氣也」，此字當爲「面生黑气也」，二徐本奪一「生」字。

皺　卷十五《大寶積經》「皺眉」注：「《說文》闕也。」卷五十三《起世因本經》「皵皺」注引《說文》：「從皮，芻聲。」

二徐本無皺字。

案：慧琳卷四十一《六波羅蜜多經》「面皺」注云：「《說文》、《玉篇》、《字統》、《文字音義》、《古今正字》、《桂苑》等並闕文無此字。」是許書本無此字，慧

琳卷五十三云：「《說文》：從皮，匆聲。」《說文》二字係傳寫誤入，田吳炤據此以爲《說文》原有此字，誤甚。

攴 部

徹　卷十二《大寶積經》「穿徹」注引《說文》：「通也。從彳，從攴，育聲。」
　　小徐本：「通也。從彳，從攴，育聲。一曰：相。」大徐作「通也。從彳，從育。」
　　案：慧琳引同小徐本，惟無「一曰相」三字。《玉篇》、《廣韻》皆作「通也，明也。」《華嚴音義》引《國語》賈逵注云：「徹明也」，小徐「相」字當係「明」字之誤。

敏　卷五《大般若經》「聰敏」注引《說文》：「疾也。從攴，從每，每亦聲。」
　　卷二十四引《說文》：「從攴，每聲。」
　　二徐本：「疾也。從攴，每聲。」
　　案：「每」屮盛上出也，「敏」從「每」訓，當兼會意。

斂　卷八十《開元釋教錄》「發斂」注引《說文》：「從攴，僉聲。」
　　案：二徐本訓「收也。」慧琳未引訓義。

斁　卷八十八《集沙門不拜俗儀》「且斁」注引《說文》：「終也，解也。從攴，睪聲。」
　　二徐本：「解也。從攴，睪聲。《詩》云：服之無斁。斁，厭也，一曰：終也。」
　　案：慧琳引與二徐義合，惟未引「詩云」以下九字。

赦　卷四十四《魔逆經》「原赦」注引《說文》：「寬免也。從攴，赤聲。」
　　二徐本：「置也。從攴，赤聲。」
　　案：玄應《音義》卷五引《說文》：「赦，寬免也」與慧琳引同，是古本有「一曰寬免也」五字。置、赦也，赦、置也二字互訓，《爾雅·釋詁》訓赦爲舍，舍之猶言置也，不得疑今本爲誤，《公羊·昭十八年》《傳》云：「赦止者，免止之罪辭也。」是赦有免訓。

寇　卷十八《十輪經》「寇敵」注引《說文》：「暴也。從攴，從完。當其完聚而亦寇之。」
　　二徐本：「暴也。從攴，完。」
　　案：「當其」以下八字，大徐本無，小徐本作爲釋語，考《韻會》引小徐本則爲正文，據此可知今世所見之《繫傳》必爲傳寫者所誤，已非編《韻會》時所見之舊本矣。

畋　卷四十一《六波羅蜜多經》「畋獵」注引《說文》：「平田也。從攴，田聲。」卷八十三引同。卷十一引《說文》：「平田也」，卷九十二引《說文》：「從攴，田聲。」

二徐本：「平田也。從攴、田。」

案：慧琳凡三引皆作「從攴，田聲」，蓋古本如是，段注云：「田亦聲。」二徐本奪「聲」字宜補。

牧　卷六《大般若經》「放牧」注引《說文》：「養牛馬人也。從攴，從牛。」卷十引同。卷八「牧牛女」注引《說文》：「養牛馬也。」

二徐本：「養牛人也。從攴，從牛。《詩》曰：牧人乃夢。」

案：牛馬牢曰牿，閑養牛馬圈曰牢，從牛之字不專屬牛，今本刪去「馬」字非是。

敆　卷三十八《嚩折囉頓挐法經》「打摑」注：「《說文》正體作敆，從攴，從格省聲。」

二徐本無敆字。

案：慧琳引《廣雅》：「敆，擊也。」《埤蒼》云：「擊頰也。」顧野王云：「今俗語云摑耳是也。」慧琳云：「正體本形聲字也，極有理，爲涉古時不多用，若能依行甚有憑據也。」是古有此字，後以罕用遂廢。

攴　部 (整、敵、敞、斁、釓引同二徐本，存而不論)

整　卷二十九《金光明經》「備整」注引《說文》：「齊也。從攴、束，正聲。」

敵　卷六十二《根本毘奈耶雜事律》「斷敵」注引《說文》：「仇也。從攴，啻聲。」

敞　卷八十二《西域記》「弘敞」注引《說文》：「平治高土可以遠望也。從攴，尚聲。」

斁　卷四十三《三劫三千佛名經》「斁諸欲」注引《說文》：「毀也。從攴，褱聲。」

釓　卷四十一《六波羅蜜多經》「擒獲」注引《說文》：「持也。從攴，金聲。」

教　部 (教字引同二徐本，存而不論)

教　卷十八《十輪經》「學架」注引《說文》：「上所施下所效也。」

用　部

庸　卷一《大唐三藏聖教序》「庸鄙」注引《說文》：「從庚，用聲。」

二徐本：「用也。從庚。庚、更事也。《易》曰：先庚三日。」

案：「庸」字從用，從庚，用亦聲，此形聲字兼會意者。二徐本作會意字非是。

卜　部

貞　卷七十三《五事毘婆沙論》「貞實」注引《說文》：「卜問也。」

二徐本：「卜問也。從卜、貝。以爲贄。一曰：鼎省聲。」

案：慧琳引與二徐本訓同。

《一切經音義》引《說文》考　第四

叟　部（夐字引同二徐本，存而不論）

夐　卷九十五《弘明集》「夐居」注引《說文》：「營求也。從叟，從人，在穴上。」
卷九十二引同。

目　部

目　卷三《大般若經》「瞖目」注引《說文》：「人眼也，象形。從二，重童子也。」
二徐本：「人眼，象形。重童子也。」（小徐作「人目也」）
案：二徐本奪「從二」句宜補，「重童子」句正以說明「從二」也。

睚眦　卷九十八《廣弘明集》「睚眦」注：「《說文》：二字並從目，厓、此皆聲也。」
二徐本眥下：「目匡也。從目，此聲。」
大徐新附睚下：「目際也。從目厓。」
案：慧琳此二字皆未引訓義。慧琳引《廣雅》云：「睚裂也。」顧野王云：「謂
裂眦，瞋目皃也。」並引《史記》「睚眦之怨必報」以爲證，可證許書原有「睚」
字，大徐本新附訓「目際也」，是所見本有此字，校定未入正文耳。

睆　卷九十三《高僧傳》「睆爾」注引《說文》：「從目，完聲。」
二徐本：「睅，大目也。從目，旱聲。睅或從完。」
案：「睆」爲「睅」之或體，慧琳未引訓義。

睽　卷四十二《大威德陀羅尼經》「睽眼」注引《說文》：「目不相聽也。」卷五十九
《攝大乘論序》「睽違」注引《說文》：「目不相聽從也。從目，癸聲。」
二徐本：「目不相聽也。從目，癸聲。」
案：卷四十二引同二徐本，卷五十九引「從」字當爲衍文無疑。

—83—

睎　卷五十一《寶生論》「睎望」注引《說文》:「望也。從目,希聲。」卷五十引《說文》:「望也。」

　　案:慧琳引與《繫傳》、《韻會》皆同,大徐本作「稀省聲」非是。今本《說文》無希篆,而希聲字多有,然則希篆奪也。

瞑　卷五十三《長阿含十報經》「爲瞑」注引《說文》:「翕目也。從目、冥聲。」卷七十五引同。卷三引《說文》:「從目,冥聲。」

　　二徐本:「翕目也。從目、冥,冥亦聲。」

　　案:慧琳凡三引皆作「從目,冥聲。」蓋古本如是,《韻會》引小徐本作「從目冥」並有「徐曰會意」四字,可證原本聲,小徐刪「聲」字,特注曰會意,不知《說文》之例凡形聲字必兼會意,實無庸刪改,而後人又以礒從冥得「聲」,復竄爲形聲兼會意。

瞥　卷九十九《廣弘明集》「縹瞥」注引《說文》:「纔見也。從目,敝聲。」卷九十六引同。卷九十二未引訓義。

　　二徐本:「過目也。又目翳也。從目,敝聲。一曰:財見也。」

　　案:「財」、「纔」古通。瞥字有三解,慧琳僅引其一。

眵　卷三十九《不空羂索經》「眼眵」注引《說文》:「目傷眥也。一云蔲兜也。從目,多聲。」

　　卷七十五《雜譬喻經》「中眵」注引《說文》:「目眥汁凝也。從目,多聲。」

　　卷十五引作「目汁也」,卷三十六引作「蕾兜也,目傷眥也」,卷四十、卷七十二引作「蕾兜也」,卷七十四引作「目傷也」。

　　二徐本:「目傷眥也。從目,多聲。一曰:蕾兜。」

　　案:慧琳卷三十九引與大徐本同,卷七十五引《說文》則與小徐本及《韻會》合,惟「蔲」字二徐本及《韻會》皆誤作「蕾」,玄應《音義》:「蔲兜,眵也」,可證「目眥汁凝也」,當爲又一說,大徐本奪去宜補。

瞷　卷六十《三百毘奈耶攝頌》「瞷眼」注引《說文》:「戴目也。」卷五十九引作「戴眼也」。

　　二徐本:「戴目也。從目,間聲。江淮之間謂眄曰瞷。」

　　案:卷六十三引同二徐本,《爾雅·釋畜·釋文》,《文選》〈七命〉注引《說文》均作「戴目」,《韻會》引小徐本亦同,卷五十九引「眼」字當爲傳寫譌誤。

睞　卷二十四《方廣大莊嚴經》「角睞」注引《說文》:「目童子不正也。從目,來聲。」卷三十五引同。

　　卷三十《大方廣寶篋經》「角睞」注引《說文》:「童子不正也。從目,來聲。」

卷四十五、卷二十八、卷七十五、卷九十四引同。

二徐本：「目童子不正也。從目，來聲。」

案：卷二十四、卷三十五皆引同二徐本，考玄應《音義》屢引亦同二徐本，慧琳《音義》卷三十等五引皆無「目」字，係傳寫偶奪。

矇　卷九十五《弘明集》「矇瞽」注引《說文》：「不明也。從目，冡聲。」卷七十七、卷五十五引同。

大徐本矇下：「童矇也。一曰：不明也。從目，蒙聲。」

小徐本「童矇」作「童蒙」。

案：慧琳引《毛詩傳》云：「有眸子而無見曰矇。」次引《說文》一曰之義，將童矇之訓節去，慧琳又曰：「集本作矇，通用久。」可證所據《說文》碻作「矇」與通用字不同。段氏謂童蒙者童子加冡，覆也。

眄　卷七十四《坐禪三昧經》「眄睞」注引《說文》：「邪視也。一曰：目偏合也。從目，丏聲。」

二徐本：「目偏合也。一曰：衺視也，秦語。從目，丏聲。」

案：慧琳引與二徐本義合，惟無「秦語」二字，慧琳《音義》引「眄」字凡十一見，餘皆未引全文。

瞽　卷十四《大寶積經》「盲瞽」注引《說文》：「目但有眹曼，曼如鼓皮曰瞽。從目，鼓聲。」卷八十八未引訓義。

卷一百《寶法義論》「瞽俗」注引《說文》：「目但有眹如鼓。從目鼓聲。」

卷九十五《弘明集》「矇瞽」注引《說文》：「目但有眹，如鼓皮。從目，鼓聲。」卷四十一引同。

二徐本：「目但有朕也。從目，鼓聲。」

案：目但有眹，二徐本失譌作「朕」，眹在本部訓為目不正，小徐曰：「其視散若有所失也。」瞽下小徐曰：「『朕』但有黑子外微有黑影而已。」說與眹下義通，可證「朕」誤字，作「朕」之費解不若作「眹」之易明。「曼如鼓皮」也者，《音義》卷十二、卷三十一瞽下慧琳兩引鄭眾注《周禮》云：「無目謂之曼，曼如鼓皮也。」卷四十九引《釋名》：「瞽目者眠眠然，目平合如鼓皮也。」小徐《繫傳》曰：「說《尚書》者言目漫若鼓皮也。」足證許書原有此字，今本已奪宜補。

睽　卷八十八《集沙門不拜俗議》「瞽睽」注引《說文》：「從目，癸聲。」

案：「睽」字二徐本訓「無目也」，慧琳未引訓義。

瞼　卷七十二《顯宗論》「眼瞼」注引《說文》：「從目，僉聲。」

大徐新附：「目上下瞼也。從目，僉聲。」

案：慧琳未引訓義。

瞰　卷九十一《高僧傳》「瞰等」注引《說文》：「望也，人名也。」

二徐本無瞰字。

案：《說文》：「矙，望也」，慧琳此引注云「人名」，當係「矙」字之誤。

矚　卷八十八《集沙門不拜俗議》「聰矚」注引《說文》：「從目，屬聲。」

卷五十九《起世因本經》「觀矚」注引《說文》：「視也。從目，屬聲。」

二徐本無。

案：慧琳《音義》卷五十九先引《考聲》云：「視之甚也，眾目所歸曰矚。」次引《說文》以證明其義，是所據本碻有此字。

瞪　卷九十九《廣弘明集》「瞪對」注引《說文》：「從目，登聲。」

二徐本無。

案：慧琳引《埤蒼》云：「直視也。」《韻會》二十五徑作「直視兒」，八庚作「視兒，本作盯」，竊疑古本或有此字。

睟　卷九十八《廣弘明集》「睟容」注引《說文》：「從目，卒聲。」

二徐本無。

案：慧琳先引顧野王云：「睟然謂潤澤之兒也。」次引《說文》以定其讀。《韻會》作「視正兒，一曰：潤澤兒」，未著所出，竊疑《韻會》本引小徐本，後人因今本所無，遂刊落《說文》二字。

目　部（以下諸字引同二徐本，存而不論）

眩　卷二《大般若經》「眩瞖」注引《說文》：「目無常主也。從目，玄聲。」（《音義》眩字凡十有七引皆同）

睞　卷四十九《菩提資糧論》「眼睞」注引《說文》：「目旁毛也。從目，夾聲。」

盼　卷一百《惠超往五天竺國傳》「盼長路」注引《說文》：「《詩》云：美目盼兮。從目，分聲。」

睒　卷七十九《經律異相》「睒睒」注引《說文》：「暫視兒。從目，炎聲。」

睨　卷九十一《高僧傳》「臨睨」注引《說文》：「衺視也。從目，兒聲。」

盱　卷九十五《弘明集》「盱衡」注引《說文》：「張目也。從目，于聲。」

睹　卷九十八《廣弘明集》「共睹」注引《說文》：「見也。從目，者聲。」

瞤　卷四十五《菩薩投身餓虎起塔經》「妄瞤」注引《說文》：「目動也。從目，閏聲。」

眴　卷十二《大寶積經》「曾眴」注引《說文》：「目動也。」

瞻　卷三十五《一字奇特佛頂經》「瞻睹」注引《說文》：「臨視也。從目，詹聲。」

瞀　卷九十一《高僧傳》「心瞀」注引《說文》：「低目謹視也。從目，敄聲。」

眺　卷十五《大寶積經》「眺望」注引《說文》：「目不正也。從目，兆聲。」

眇　卷八十五《辯正論》「眇眇」注引《說文》：「一目小也。從目、少，少亦聲。」

盲　卷九十二《高僧傳》「鍼盲」注引《說文》：「目無眸子也。從目，亡聲。」

睡　卷十四《大寶積經》「睡寤」注引《說文》：「坐寐也。」卷三引《說文》：「從目，垂聲。」

眚　卷四十二《大佛頂經》「赤眚」注引《說文》：「目病生翳也。從目，生聲。」

瞚　卷四十一《六波羅蜜多經》「不瞚」注引《說文》：「開闔目數搖也。從目，寅聲。」

眉　部

眉　卷七十五《坐禪三昧經》「皺眉」注引《說文》：「目上毛也。從目眉之形，上象額理也。」

二徐本：「目上毛也。從目象眉之形，上象額理也。」

案：慧琳引《說文》「從目」下奪一「象」字。

盾　部

盾　卷十《仁王般若經》「矛盾」注引《說文》：「瞂也。從厂、從十、從目，象形字也。」

二徐本：「瞂也，所以扞身蔽目。象形。」

案：慧琳引《說文》奪「所以扞身蔽目」六字。「從厂、從十、從目」六字，竊疑係慧琳所綴加者，當以二徐本爲是。

鼻　部

鼾　卷五十八《十誦律》「鼾睡」注引《說文》：「臥息聲也。」

二徐本：「臥息也。從鼻，干聲，讀若汗。」

案：《廣韻》作「臥氣激聲」，《集韻》云：「吳人謂鼻聲曰鼾。」可證許書原有鼾字。

習　部

習　卷八十九《高僧傳》：「習鑿齒」注引《說文》：「從羽，從白。」

大徐本：「數飛也。從羽，從白。」

小徐本：「數飛也。從羽，白聲。」

案：慧琳引《說文》「從羽從白」與大徐本同，凡從習得聲之字如謵、熠、槢、摺皆在侵覃，不得以支齊部之白即自爲聲，小徐本作「白聲」非是。

翫　卷十八《十輪經》「交翫」注引《說文》：「習也。」

卷三十二《藥師如來經》「所翫」注引《說文》：「猒也，又玩弄也。從習，元聲。」

卷二十九《金光明經》「翫閱」注引《說文》：「從習，元聲。」

二徐本：「習猒也。從習，元聲。《春秋傳》曰：翫歲而愒日。」

案：慧琳《音義》卷十八引作「習也」，卷三十二引作「猒也」，顯然二義，二徐本「習」下奪「也」字宜補。卷三十二引《說文》「又玩弄也」，係誤以《字林》爲許書者，《字林》正作「玩弄也」。

羽　部

翡　卷七十七《釋迦譜序》「翡翠」注引《說文》：「赤羽雀也。從羽，非聲。」

二徐本：「赤羽雀也，出鬱林。從羽，非聲。」

案：慧琳未引「出鬱林」三字。

翠　卷七十七《釋迦譜序》「翡翠」注引《說文》：「從羽，卒聲。」

二徐本：「青羽雀也，出鬱林。從羽，卒聲。」

案：慧琳未引訓義。

翅　卷三十一《佛說如來智印經》「拘翅」注引《說文》：「鳥翼也。從羽，支聲。」卷三、卷六引同。

二徐本：「翼也。從羽，支聲。」

案：慧琳凡三引皆作「鳥翼也」，二徐本脫「鳥」字宜補。

翺翔　卷六《大般若經》「翺翔」注引《說文》：「翺翔，迴飛也。並從羽、皐、羊、皆聲。」卷三引《說文》：「迴飛也。并形聲字。」

二徐本翺下：「翺翔也。從羽，皐聲。」

小徐本翔下：「迴飛也。從羽，羊聲。」大徐本作「回飛也。」

案：引與二徐本合。

翻　卷六十九《大毗婆沙論》「飜騰」注引《說文》：「從飛，番聲，亦作翻。」

大徐新附：「飛也。從羽，番聲。或從飛。」

案：慧琳未引訓義。

羽　部（翮、翥、翊、翳引同二徐本，存而不論）

翮　卷九十二《高僧傳》「斂翮」注引《說文》：「羽莖也。從羽，鬲聲。」

翥　卷九十五《弘明集》「翻翥」注引《說文》：「飛舉也。從羽，者聲。」

翊　卷九十八《廣弘明集》「羽翊」注引《說文》：「飛兒。從羽，立聲。」卷七十七引《說文》：「從羽，立聲。」

翳　卷三十二《彌勒下生成佛經》「雲翳」注引《說文》：「華蓋也。從羽，殹聲。」

隹　部

雀　卷五十三《起世因本經》「燕雀」注引《說文》：「依人小鳥也。從少，隹聲。」

　　二徐本：「依人小鳥也。從小，隹聲。」

　　案：慧琳引《說文》「從小隹聲」誤作「從少隹聲」。

雊　卷四十九《大莊嚴經論》「雊呼」注引《說文》：「雄之鳴雊也。」

　　大徐本：「雄雌鳴也，雷始動，雉鳴而雊其頸。從隹，從句，句亦聲。」

　　小徐本：「雌雉鳴也，雷始動，雉鳴而雊其頸。從隹、句，句亦聲。」

　　案：《文選》〈長留賦〉注引《說文》：「雄雉之呼爲雊。」正與卷四十九引合，《書·高宗肜日》《正義》皆引作「雄雉鳴也」。大徐本「雉」誤作「雌」宜據改。

鷹　卷二十九《金光明經》「鷹隼」注引《說文》：「鷙鳥也。」

　　二徐本鷹下：「鳥也。從隹，瘖省聲。或從人，人亦聲。籀文雁，從鳥。」

　　案：考《禮·月令》：鷹隼蚤鷙，夏小正六日鷹始鷙。今本鷹爲雁之籀文，蓋慧琳所引者係古本，尚存其眞。

奞　部

奪　卷二十九《金光明經》「鷹隼」注引《說文》：「手持大鳥，失之曰奪。」同卷「奪心」注引《文字典說》：「從手持奞，忽失，之謂之奪。從又，今從寸者，象奞有足也。」

　　二徐本：「手持隹失之也。從又，從奞。」

　　案：慧琳兩引均以意攝之，「奪心」注引《文字典說》「從寸」以下係釋通用「從寸」之義，引「大鳥」二字係釋「從奞」之義。「從手持奞，忽失之」與今本稍異，然字形字義固相同也。

奮　卷一《大般若經》「奮迅」注引《說文》：「翬也。」

　　二徐本：「翬也。從奞，在田上。《詩》曰：不能奮飛。」

　　案：慧琳未引全文。

目 部（瞢字引同二徐本，存而不論）

瞢　卷四十二《大佛頂經》「瞪瞢」注引《說文》：「目不明也。從苜，從旬。」

羊 部

羸　卷二《大般若經》「虛羸」注引《說文》：「瘦也，弱也。從羊，羸聲。」卷十六引同。

卷四十四《法集經》「羸損」注引《說文》：「瘦也。從羊，羸聲。」卷三十、卷四十、卷四十一、卷五十二、卷六十四、卷六十六、卷六十七凡八引皆同。

卷四引作「瘻也」，卷十三引作「疾也」，卷十七引作「疲也」，卷五十一引作「瘷也」。

二徐本：「瘦也。從羊，羸聲。」

案：慧琳卷四十四等八引皆同二徐本，是《說文》原本作「瘦也」，二徐不誤。《左傳》杜注云：「弱也」，竊疑卷二、卷十六兩引作「弱也」係涉杜注而誤入《說文》者，慧琳卷四十二引《字書》云：「疲也」，可證卷十七「說文」二字係「字書」之誤。卷十三引作「疾也」係涉《國語》賈注「病也」而譌。卷四「瘻也」、卷五十一「瘷也」係「瘦也」之誤，蓋形近而譌也。

美　卷十五《大寶積經》「豔美」注引《說文》：「甘也。從大，從羊。」

卷十四《大寶積經》「甛美」注引《說文》：「味甘也。從羊，從大。在音之中。羊者，給廚膳之大甘也。」

二徐本：「甘也。從羊，從大。羊在六畜，主給膳也。」

案：慧琳引與二徐大同小異，惟「音」字當係「六畜」二字之誤。

羌　卷八十《開元釋教錄》「氐羌」注引《說文》：「西戎羌人也。」

大徐本：「西戎牧羊人也。從人，從羊，羊亦聲。」

小徐本「牧」誤作「從」。

案：許書說解南方蠻、閩，從虫；北方狄，從犬；東方貉，從豸；西方羌，從羊；此六種也。羌人為羊種，說解已明，斷非因其牧羊而呼之曰羌，段氏注最為詳切，得慧琳所引不獨小徐本作「從」可以證其為誤字，大徐作「牧羊人」亦可證其為後人竄改。

羑　卷八十八《釋法琳本傳》「拘羑」注引《說文》：「文王所拘羑里，在湯陰。從羊，久聲。」

卷八《大般若經》「誘化」注云：「《說文》作羑。羑，導也。」

二徐本：「進善也。從羊，久聲。文王拘羑里，在湯陰。」

案：段注云：「進當作道。道，善導以善也。」今得慧琳所引可證二徐本「進」字當係誤字。

羴　部（羴字引同二徐本，存而不論）

羴　卷八十一《集神州三寶感通錄》「羶腥」注引《說文》：「羊臭也。從三羊。」卷八十四引同。

瞿　部

瞿　卷八十七《甄正論》「瞿然」注引《說文》：「從隹，𨅥聲。」
案：二徐本訓「鷹隼之視也」，慧琳未引訓義。

雔　部

雙　卷七《大般若經》「雙足」注引《說文》：「二枚也。」卷五《大般若經》「四雙」注引《說文》：「二枚也。從二隹，從又。又，手也，手持二鳥曰雙。」卷九十七《廣弘明集》「雙遂」注：「《說文》：隹二枚也。從雔，又持之。」
二徐本：「隹二枚也。從雔，又持之。」
案：卷九十七引同二徐本，卷五、卷七「二枚」上皆脫一「隹」字。

鳥　部

鳳　卷四《大般若經》「鵾鳳」注引《說文》：「神鳥也，出東方君子之國。從鳥，凡聲。」
二徐本：「神鳥也，天老曰：鳳之象也。鴻前麐後，蛇頸魚尾，鸛顙鴛思，龍文虎背，燕頷雞喙，五色備舉。出於東方君子之國，翱翔四海之外，過崑崙，飲砥柱。濯羽弱水，莫宿風穴。見則天下大安寧。從鳥，凡聲。」
案：慧琳未引全文。
鷿鷉　卷九十六《弘明集》「鷿鷉」注：「《廣雅》云鳳屬神鳥也。《說文》義同，又云周之興也，鳴於岐山。江中有鷿鷉，似鳧而大，赤目。二字並從鳥，獄、族皆聲。」
二徐本鷿下：「鷿鷉，鳳屬。神鳥也。從鳥，獄聲。《春秋國語》曰：周之興也，鷿鷉鳴於岐山，江中有鷿鷉，似鳧而大，赤目。」
二徐本鷉下：「鷿鷉也。從鳥，族聲。」

案：慧琳引與二徐本合。

鷫　卷八十二《西域記》「鷫鷞」注引《說文》：「鷫鷞，西方神鳥也。」

　　二徐本：「鷫鷞也，五方神鳥也。東方，發明；南方，焦明；西方，鷫鷞；北方，幽昌；中央，鳳皇。從鳥，肅聲。」

　　案：慧琳未引全文。

鸋鴂　卷八十八《釋法琳本傳》「鸋鴂」注：「《說文》並從鳥，寧、夬皆聲。」

　　二徐本有「鴂」無「鸋」，鴂下：「寧鴂也。從鳥，夬聲。」

　　案：《韻會》引《說文》作「鸋鴂」，《詩・鴟鴞》傳、《爾雅・釋鳥》、《廣雅》、《字林》皆作「鸋鴂」，可證古有「鸋」字，後人借用「寧」遂刪「鸋」字。

鷲　卷三十一《大乘入楞伽經》「雕鷲」注引《說文》：「鷲，鳥黑色，多子也。從鳥，就聲。」

　　二徐本：「鳥黑色，多子。師曠曰：南方有鳥，名曰羌鷲。黃頭，赤目，五色皆備。從鳥，就聲。」

　　案：二徐本「子」下奪一「也」字，慧琳未引「師曠曰」以下十九字。

鶖　卷五十一《唯識二十論》「鶖鷺」注引《說文》：「從鳥，秋聲。」卷三十二引同。

　　二徐本鴝下：「禿鴝也。從鳥，未聲。鴝或從秋。」

　　案：慧琳於卷三十二引《說文》上有「或作鴝」三字，是以「鶖」爲正體，以「鴝」爲或體，而大徐反是，大徐云：「未非聲。」可證傳寫譌誤，逸去正體「鶖」而僅存「鴝」之重文。

鷺　卷三十二《稱讚淨土功德經》「鶖鷺」注引《說文》：「從鳥，路聲。」卷五十一引同。

　　案：二徐本訓：「白鷺也」。慧琳未引訓義。

鶴　卷五十四《佛說箭喻經》「鵠鶴」注引《說文》：「仙鳥也。從鳥，寉聲。」卷四引《說文》：「從鳥，寉聲。」

　　二徐本：「鳴九皋，聲聞于天。從鳥，寉聲。」

　　案：《詩》曰：「鶴鳴九皋，聲聞于天。」王筠《釋例》云：「鶴下云『鳴九皋，聲聞于天』，許君乃如此苟且可笑乎？此必先加訓義，而後引《詩》，何人刪之，且連篆文讀『鶴鳴九皋』爲句，何其鹵莽也。」今得慧琳所引知二徐本皆奪「仙鳥也」三字，竊疑許書古本當爲：「仙鳥也，《詩》云：鶴鳴九皋，聲聞於天。」

鷖　卷四《大般若經》「鳧鷖」注引《說文》：「從鳥，殹聲。」

　　二徐本：「鳧屬。從鳥，殹聲。《詩》曰：鳧鷖在梁。」

　　案：慧琳未引訓義。

鷗　卷九十九《廣弘明集》「鷗香」注引《說文》：「水鴞也，一名鷖也。從鳥，區聲。」
　　二徐本：「水鴞也。從鳥，區聲。」
　　案：二徐本無「一名鷖也」四字。《蒼頡解詁》：「鷖，鷗也。」可證今本奪失宜補。

鶬　卷五十四《佛說箭喻經》「鶬鶴」注引《說文》：「鶬鴰也。從鳥，倉聲。」
　　二徐本：「麋鴰也。從鳥，倉聲。」
　　案：麋、鶬音同，《釋文》云：「麋音眉」，《字林》、《玉篇》皆作「鶥鴰也」，然《說文》無「鶥」字，竊疑慧琳卷五十四引眉字係涉《字林》、《玉篇》而譌。

鶡　卷九十五《弘明集》「鶡旦」注引《說文》：「似雉。從鳥，曷聲。」
　　二徐本：「似雉，出上黨。從鳥，曷聲。」
　　案：慧琳未引「出上黨」三字。

鸇　卷九十七《廣弘明集》「鷹鸇」注引《說文》：「從鳥，亶聲。」
　　案：二徐本訓「鷐風也」。慧琳未引訓義。

鴈　卷十一《大寶積經》「梟鴈」注引《說文》：「鵝屬也。從鳥，從人，厂聲。」
　　案：二徐本直云「鵝也」奪一「屬」字。

鸚鵡　卷三十一《大乘入楞伽經》「鸚鵡」注：「《說文》：二字皆從鳥，嬰、武亦聲。或作鴟也。」卷十一未引訓義。
　　二徐本鸚下：「鸚鵡，能言鳥也。從鳥，嬰聲。」鵡下：「鸚鵡也。從鳥，母聲。」
　　案：《曲禮·釋文》：「嬰本作鸚，母本作鵡。」《文選》李善注：「鵡一作鴟。」大徐讀文甫切，小徐讀勿撫切，皆鵡音也，可證「鵡」有或體重文作「鴟」也。

鴆　卷九十六《弘明集》「梟鴆」注引《說文》：「從鳥，冘聲。」卷九十七引同。
　　二徐本：「毒鳥也。從鳥，冘聲。一曰：運日。」
　　案：慧琳兩引皆未引訓義。

鷩　卷八十八《集沙門不拜俗議》「鷩弁」注引《說文》：「從鳥，敝聲。」
　　二徐本：「赤雉也。從鳥，敝聲。《周禮》曰：孤服鷩冕。」
　　案：慧琳未引訓義。

鷰　卷十八《十輪經》「鷰麥」注引《說文》：「從鳥，燕聲。」
　　二徐本無。
　　案：慧琳注云：「鷰麥者，艸名也，似麥而非麥也，苗瘦而無實，如禾有莠，如稻有稗之類也。」鷰麥今通作燕麥，《集韻》燕或作鷰字晚出矣。

鶉　卷五十八《十誦律》「鶉肉」注引《說文》：「鷂，鶉也。」
　　二徐本無鶉字。

案：隹部雜、鶅屬；鶅、雜屬，籀文有「鶅」無「鵜」。《韻會》云本作雜今作雜，以鶅字例之，鵜應有籀文鵜，鶅、雜既爲互訓之字，物又同類不能缺其一也，或以即鷻字近是。

鶩　卷九十二《高僧傳》「鳧鶩」注引《說文》：「舒鳧也。從鳥，敄聲。」
　　案：引同二徐本。

烏　部

烏　卷二《大般若經》「烏鵲」注引《說文》：「孝鳥也。」
　　二徐本：「孝鳥也，象形。孔子曰：烏，盱呼也。取其助气，故以爲烏呼。」
　　案：慧琳未引全文。

華　部

糞　卷二《大般若經》「爛糞」注引《說文》：「棄除也。從華，從廾。」卷十七《善住意經》「糞堉」注引《說文》：「棄除也。從廾推，棄米曰糞。」卷二十九、卷六十四引同。
　　卷二十四《金剛髻珠菩薩修行分經》「糞穢」注引《說文》：「棄除也。從廾推華棄米。官溥說，似米而非米者，矢字也。」
　　案：卷二十四引同二徐本，惟「從廾推華棄采」，「采」字譌爲「米」字，此字篆文從廾從華從采三字會意，慧琳所引「采」字皆誤作「米」字。

棄　卷二十九《金光明經》「棄在」注引《說文》：「捐也。從廾推華棄之厷，厷逆子也。」
　　案：引同二徐本。

冓　部

冓　卷八《大般若經》「思構」注引《說文》：「象對交之形。」
　　二徐本：「交積材也，象對交之形。」
　　案：慧琳未引訓義。

幺　部 （幺字引同二徐本，存而不論）

幺　卷九十八《廣弘明集》「幺麼」注引《說文》：「小也，象子初生之形。」
麼　卷九十八《廣弘明集》「幺麼」注引《說文》：「從幺，麻聲。」
　　大徐列於新附：「細也。從幺，麻聲。」

案：慧琳未引訓義。

幺 部

幽　卷十八《十輪經》「幽繁」注引《說文》：「隱也。從山中丝。」卷六引《說文》：
　　「隱也。從山丝丝聲。」
　　二徐本：「隱也。從山中丝，丝亦聲。」
　　案：慧琳兩引皆有奪失之處。

幾　卷十五《大寶積經》「齊幾」注引《說文》：「從丝，從戍。」
　　二徐本：「微也，殆也。從丝，從戍。戍，兵守也，丝而兵守者，危也。」
　　案：慧琳未引全文。

叀 部（惠字引同二徐本，存而不論）

惠　卷九十五《弘明集》「飲惠」注引《說文》：「仁也。從心、叀。」

放 部

放　卷八十《開元釋教錄》「放習」注引《說文》：「從攴，方聲。」
　　案：二徐本訓「逐也」，慧琳未引訓義。

受 部

爰　卷一《大唐三藏聖教序》「爰自」注引《說文》：「引也。從受，于聲。」卷十、
　　卷十八、卷二十引同。
　　二徐本：「引也。從受，從于。」
　　案：小徐曰：「《爾雅》：爰，粵于也，會意。」慧琳屢引皆作于聲，蓋古本如是
　　也，小徐有案語，可證會意是所刪定。《諧聲補逸》云：「爰，于聲。爰、于一
　　聲之轉，古音元、寒、桓、刪、山、仙，與魚、虞、模，每相關合，如頻俗作
　　俛免聲，車籍文作輚戔聲，袢讀若普半聲，簨重文作簨間聲，戟讀若釱聲，皆
　　其證矣。」

叡 部

叡　卷三十《持人菩薩經》「叡喆」注引《說文》：「深明也。從叔，從目，從谷省。」
　　卷三十二引同。
　　案：慧琳引與小徐本同，大徐本「深明也」下有「通也」一訓，段氏注云：「鉉

本有『通也』二字，雖合古訓，然恐俗增。馬注《尚書大傳》皆曰：睿，通也。許則於叡，曰：深明也，於聖曰通也；叡從目，故曰明；聖從耳，故曰通；此許意也。」今得慧琳所引又得一證，大徐本「通也」二字宜刪。

歺 部

殃 卷三《大般若經》「餘殃」注引《說文》：「凶也。從歺，央聲。」

二徐本：「咎也。從歺，央聲。」

案：慧琳引《廣雅》：「咎也。」又引《說文》作「凶也」，可證確有「凶也」一訓，否則慧琳專引《廣雅》矣。

殲 卷三十九《不空羂索神呪心經》「殲宿殃」注引《說文》：「從歺，韱聲。」

二徐本：「微盡也。從歺，韱聲。《春秋傳》曰：齊人殲于遂。」

案：慧琳未引訓義。

殫 卷四十二《大佛頂經》「畢殫」注引《說文》：「極盡也。從歺，單聲。」卷九十一、卷九十四引同。

案：慧琳三引皆同小徐本。大徐本「極」作「殛」，非是。「極盡也」者，即窮極而盡之也。

殖 卷五《大般若經》「殖多」注引《說文》：「從歺，直聲。」卷三十三引同。

案：二徐本「脂膏久殖也」。慧琳未引訓義。

殉 卷七十六《一百五十讚佛頌》「殉命」注引《說文》：「從歺，旬聲。」卷九十五引同。

二徐本無。

案：慧琳注云：「《漢書》臣瓚曰：以身從物曰殉。」《韻會》注云：「以人從死也。」《禮記·檀弓》：「不殆於用殉乎哉。」又《孟子》：「以身殉道，以道殉一。」皆作「殉」，自通用「徇」而「殉」遂不見於許書矣。

歺 部（殂、殯、殆、殄引與二徐本同，存而不論）

殂 卷四十二《大佛頂經》「殂各」注引《說文》：「往死也。從歺，且聲。」

殯 卷六十二《根本毘奈耶雜事律》「燒殯」注引《說文》：「死在棺將遷葬尸柩，賓遇之也，夏后氏殯於阼階，殷人殯於兩楹之間，周人殯於賓階也。從歺，賓亦聲。」

殆 卷一百《肇論》「殆非」注引《說文》：「危也。從歺，台聲。」

殄 卷六《大般若經》「殄滅」注引《說文》：「盡也。從歺，㐌聲。」

死　部

死　卷二十九《金光明經》「枉死」注引《說文》：「澌也，人所離也。言人神識化，往而不返，遺殘體骨，故從歺，從化省，會意字也。」

二徐本：「澌也，人所離也。從歺，從人。」

案：慧琳所引「言人」以下二十三字疑為慧琳所引申之語，惟「從歺，從化省，會意」極合六書，許書古本當係如此。

骨　部

髑髏　卷五《大般若經》「髑髏」注引《說文》：「髑髏，頂骨也。」卷十三、卷七十五引同。

二徐本髑下：「髑髏，頂也。從骨，蜀聲。」髏下：「髑髏也。從骨，婁聲。」

案：希麟《音義》卷三「髑髏」注引《說文》：「頂骨也。」考《韻會》髏下：「首骨也。」可證古本確有「骨」字，二徐本奪宜補。

髀　卷四《大般若經》「右髀」注引《說文》：「股外也。」卷九、卷十二、卷七十二、卷二十、卷三十四、卷三十七引同。

二徐本：「股也。從骨，卑聲。」

案：希麟《續音義》卷六注引《說文》，《爾雅·釋畜》《釋文》及李善《文選·七命》注引《說文》皆作「股外也。」可證慧琳所據確為原本，二徐本奪「外」字宜補。

髁　卷六十二《根本毘奈耶雜事律》「腰髁」、「髁鹿」注引《說文》：「髀也。從骨，果聲。」卷四十引同。卷二十《寶星經》「髁已下」注引《說文》：「髀上骨也。從骨，果聲。」

二徐本：「髀骨也。從骨，果聲。」

案：慧琳卷六十二兩引皆奪一「骨」字，卷二十引《說文》「上」字當係衍文。

髕　卷四十三《大方便報恩經》「髓腨」注引《說文》：「剡骨也。」卷三十八、卷二十八、卷二十六、卷十六、卷九引同。

二徐本：「剡耑也。從骨，賓聲。」

案：沈彤釋骨云：「蓋剡之骨曰剡髕。」可證當為剡骨，二徐本「骨」字誤作「耑」宜改。

體　卷八十九《高僧傳》「體羸」注引《說文》：「從骨，豊聲。」

案：二徐本訓「總十二屬也」。慧琳未引訓義。

骾　卷六十二《根本毘奈耶雜事律》「骾喉」注引《說文》：「從骨，更聲。」

案：二徐本訓「食骨留咽中也」。慧琳未引訓義。

骨　部（髆、骸、髖、髓、骼引同二徐本，存而不論）

髆　卷三十四《善敬烴》「肩髆」注引《說文》：「肩甲也。從骨，尃聲。」

骸　卷五十一《成唯識論》「尸骸」注引《說文》：「脛骨也。從骨，亥聲。」

髖　卷三十九《不空羂索神呪心經》「陰臕」注引《說文》：「髀上也。從骨，寬聲。」

髓　卷十一《大寶積經》「髓腦」注引《說文》：「骨中脂也。」

骼　卷九十五《弘明集》「骨骼」注引《說文》：「禽獸之骨曰骼。從骨，各聲。」

肉　部

胎　卷三十《不退轉法輪經》「胞胎」注引《說文》：「婦孕三月也。從肉，台聲。」
　　卷十六、卷六十六引同。
　　卷六《大般若經》「胞胎」注引《說文》：「女人懷姙未生也。從肉，台聲。」
　　卷六十九、卷二十八引作「婦孕二月也。」
　　案：慧琳卷十六、卷三十、卷六十六皆引同二徐本，卷二十八、卷六十九「二月」當爲「三月」之譌。慧琳卷二引《蒼頡篇》云：「女人懷姙未生曰胎。」卷三十引顧野王云：「未生在腹爲胎。」皆與卷六所引合，據此古本當作「婦孕三月。一曰：女人懷姙未生也。」二徐本奪第二義。

臚　卷十六《佛說胞胎經》「臚脹」注引《說文》：「從肉，盧聲。」
　　案：二徐本訓「皮也」。慧琳未引訓義。

脣　卷四十《十一面觀自在菩薩心密言經》「拭脣」注引《說文》：「耑也。從肉，辰聲。」
　　二徐本：「口耑也。從肉，辰聲。」
　　案：脣，口耑也，即口之匡也，假借爲水厓之字，慧琳引《說文》奪一「口」字。

肺　卷六十四《沙彌尼戒經》「肺肝」注引《說文》：「金藏也。從肉，市聲。」
　　卷五《大般若經》「肺腎」注引《說文》：「火藏也。從肉，市聲。」卷四十三引同。
　　二徐本：「金藏也。從肉，市聲。」
　　案：錢宮詹云：「《五經異義》、今文《尚書》歐陽說：肝木也，心火也，脾土也，肺金也，腎水也。《古文尚書》說：脾木也，肺火也，心土也，肝金也，腎水也。」許氏用古文說，故心部云：「土藏也，博士以爲火藏。」今本肺、脾、肝三篆皆

校者所擅改。段氏注云：「當云『火藏也』，博士說以爲『金藏』。」考玄應《音義》卷四、卷二十皆引作「火藏也」。與慧琳卷五、卷五十三引同，可證古本確作「火藏」無疑，竊以爲慧琳卷六十四所引係後人據今本所改者。

脾　卷五《大般若經》「脾膽」注引《說文》：「木藏也。從肉卑聲。」卷七十五、卷七十七引同。
　　卷二、卷四十一、卷六十八引《說文》：「從肉，卑聲。」
　　二徐本：「土藏也。從肉，卑聲。」
　　案：《古文尚書》說：脾，木也。慧琳說土之木黃，可證亦主土藏之說，小徐曰：「脾主信藏志，生於土。」段氏云：「當云『木藏也』，博士說以爲『土藏』。」段說甚詳可印證也。

肝　卷五《大般若經》「心肝」注引《說文》：「金藏也。從肉，干聲。」卷二、卷四十一引《說文》：「從肉，干聲。」
　　二徐本：「木藏也。從肉，干聲。」
　　案：《古文尚書》說：肝，金也。〈月令〉秋祭肝與《古文尚書》同，段氏肺下注云：「肝下當云『金藏也』，博士說以爲『木藏』。」今得慧琳所引，又得一證矣。

胲　卷二《大般若經》「胲胃」注引《說文》：「膀胱水器也。」卷五、卷十三引同。
　　二徐本：「膀光也。從肉，孚聲。」
　　案：慧琳引《考聲》云：「盛小便器尿胲也。」王氏《脈經》云：「胲囊受九升三合。」《三蒼》云：「胲，盛尿者也。」《釋名》：「胲，鞄也，鞄空虛之言也，主以虛承水汋也。」可證許書有「水器」二字字義乃完，今本奪失「水器」二字。

膏　卷三十一《新翻密嚴經》「膏主」注引《說文》：「從肉，高聲。」
　　二徐本：「肥也。從肉，高聲。」
　　案：慧琳未引訓義。

肪　卷六十五《善見律》「肪膏」注引《說文》：「肥也，脂也。」
　　卷五《大般若經》「肪冊」注引《說文》：「肥也。」卷四十五、卷六十七引同。
　　二徐本：「肥也。從肉，方聲。」
　　案：慧琳引《韻會》云：「凝脂也。」《通俗文》云：「脂在腰曰肪。」可證今本奪失「脂也」一訓。

膺　卷十四《大寶積經》「膺平」注引《說文》：「臂也。從肉，雁聲。或從骨作膺。」
　　二徐本無「從骨作膺」之字。

　　案：考漢〈繁陽令楊君碑〉「膺天鐘慶」，可證許書舊有此重文，玄應《音義》
　　《毘耶婆問經》「膺」注引《說文》：「𦠄也，謂乳上骨也。」慧琳引《蒼頡篇》
　　云：「二乳上骨也。」，與玄應引合，是今本並奪「乳上骨」也。

脅　卷一《大般若經》「腰脅」注引《說文》：「肚兩旁也。」卷五、卷十二、卷三十
　　一、卷五十三、卷九十四引同。
　　二徐本：「兩膀也。從肉，劦聲。」
　　案：慧琳引《說文》「脅」字凡五見皆云：「肚兩旁也」，蓋古本如是。今本奪「肚」
　　字，於義不明。

臂　卷七十四《佛本行讚傳》「臂傭」注引《說文》：「手上曰臂。」
　　二徐本：「手上也。從肉；辟聲。」
　　案：引與二徐本義合。

臍　卷四十一《六波羅蜜多經》「臍輪」注引《說文》：「膍，臍也。從肉，齊聲。」
　　卷七十一、卷七十三引同。
　　卷十二《大寶積經》「臍深」注引《說文》：「𣬈，臍也。」
　　大徐本：「肶臍也。從肉，齊聲。」
　　小徐本：「肶齊也。從肉，齊聲。」
　　案：「肶」當作「𣬈」，慧琳《音義》卷十二，玄應《音義》卷二十五，《廣韻》
　　十二齊皆引作「𣬈，臍也。」蓋古本如是。囟部𣬈，人臍也，正與此互訓。「肶」
　　為牛百葉，作「肶」非是。

腴　卷八十三《玄奘傳》「腴潤」注引《說文》：「從肉，臾聲。」
　　案：二徐本訓「腹下肥也」。慧琳未引訓義。

脛　卷五十七《佛說罵意經》「脛脡」注引《說文》：「腳胻也。從肉，巠聲。」卷七
　　十二引同。
　　二徐本：「胻也。從肉，巠聲。」
　　案：慧琳《音義》卷五十七、卷七十二，玄應《音義》卷十八、卷二十一皆
　　引作「腳胻也」，蓋古本如是，今本奪「腳」字宜補。

腓　卷三十七《孔雀王神咒經》「腓䏶」注引《說文》：「腨腸也。」
　　二徐本：「脛腨也。從肉，非聲。」
　　案：考本書疋足也，上象腓腸，《廣雅》：「腓，腨也。」《易・咸卦》「咸其腓」
　　鄭注：「腨，腸也。」「腨」與「腨」同。又本部腨訓「腓腸也」，與此腓訓「腨
　　腸也」，二字互訓，可證二徐本作「脛腨也」係傳寫之誤。

肎　卷八十一《集神州三寶感通錄》「肨響」注引《說文》：「血脈在肉中，肎肎而動，

故從肉，從八。」

卷八十九引同。

大徐本：「振肎也。從肉，八聲。」

小徐本：「振也。從肉，八聲。」

案：慧琳卷八十一、卷八十九兩引皆在「胅響」下，應是十部「胅」字，而云《說文》作「肎」，「肎」、「胅」似爲一字。段氏於「肎」依《玉篇》作「振胅也」，注云：「振胅者，謂振動布寫也。」一引師古曰：「胅振也。」再引師古曰：「胅響盛作也。」三引師古曰：「言風之動樹，聲響振起。」謂皆與《說文》合，並云：「肎、胅二字音義皆同。」可證許書原本說解甚詳，「肎」、「胅」雖分列二部而訓義不殊，自經刪從簡略而「肎」字遂不行矣，幸大徐本作「振肎」尚可尋求，據慧琳之引參以段氏之說而「肎、胅」字義乃能瞭然。

臞　卷九十八《廣弘明集》「一臞」注引《說文》：「肉少也。從肉，瞿聲。」

二徐本：「少肉也。從肉，瞿聲。」

案：肉少也，少肉也義得兩通，惟下文「臠」字訓爲「臞也」，一曰：切肉臠也，自以從慧琳引作「肉少也」爲宜，蓋肉大臠也，切肉則肉少也。

臠　卷七十八《經律異相》「肉臠」注引《說文》：「切肉臠也。」

二徐本：「臞也。從肉，䜌聲。一曰：切肉臠也。」

案：慧琳未引全文。

腈　卷五十八《僧祇律》「薄腈」注引《說文》：「瘦也，亦薄也。」卷五十六引同。

二徐本：「瘦也。從肉，脊聲。」

案：《荀子》注訓薄凡有二見，慧琳兩引皆有「薄也」一訓，蓋古本如是，今本奪失一義。

胜　卷五十五《佛說八師經》「臭胜」注引《說文》：「犬膏也。從肉，生聲。」

二徐本：「犬膏臭也。從肉，生聲。一曰：不孰也。」

案：慧琳引《說文》奪一「臭」字。

臊　卷七十九《經律異相》「臊疾」注引《說文》：「從肉，喿聲。」

案：二徐本：「豕膏臭也」。慧琳未引訓義。

腥　卷三十五《一字頂輪王經》「腥臊」注引《說文》：「星見食豕，令肉中生息肉。」

二徐本：「星見食豕令，肉中生小息肉也。」

案：慧琳引《說文》奪「小也」二字。

脂　卷三十七《佛說雨寶陀羅尼經》「脂髓膿」注引《說文》：「戴角者曰脂，無角者曰膏。從肉，旨聲。」

二徐本：「戴角者脂，無角者膏。從肉，旨聲。」

案：影宋書鈔卷百四十七引《說文》：「戴角者曰脂，無角者曰膏。」與慧琳引同，蓋古本如是也，今本少兩「曰」字。

膩　卷八十二《西域記》「津膩」注引《說文》：「上肥也。從肉，貳聲。」卷三十一引同。

卷十七《大乘顯識論》「及膩」注引《說文》：「肥也。」卷十五引同。

卷十二《大寶積經》「垢膩」注「奭膩」注引《說文》：「肉上肥也。」

二徐本：「上肥也。從肉，貳聲。」

案：慧琳卷八十二、卷三十一引同二徐本。《爾雅·釋器》曰：「冰脂也。」，郭云：「《莊子》：肌膚若冰雪，冰雪脂膏也。」段氏注云：「此所謂上肥。」據此解說，「肉」字似未可奪去，卷十五、卷十七皆節引《說文》，故僅「肥也」二字。

膜　卷十三《大寶積經》「無智膜」注引《說文》：「肉間胲膜也。從肉，莫聲。」卷二引同。

卷十四《大寶積經》「胇膜」注引《說文》：「肉間膜也。」卷四十五、卷五十一、卷七十二引同。

卷五十四、卷八十八、卷九十五、卷九十八引《說文》：「從肉，莫聲。」

二徐本：「肉間胲膜也。從肉，莫聲。」

案：慧琳卷二、卷十三引同二徐本，卷十四等四引皆無「胲」字，本部「胲」：足大指毛也，則與膜義不同，玄應《音義》及《玉篇》注皆作「肉間膜也」，竊疑卷十三、卷二所引係後人據今本改。

脆　卷十四《大寶積經》「脆危」注引《說文》：「小耎易斷也。從肉，從絕省。」卷四十七、卷七十八引同。

卷三十二《菩薩修行經》「危脆」注引《說文》：「少肉耎易斷也。」

二徐本：「小耎易斷也。從肉，從絕省。」

案：慧琳《音義》卷十四、卷四十七、卷七十八引同二徐本，卷三十二「少肉」二字當係傳寫誤。

胆　卷二《大般若經》「蟲胆」注引《說文》：「蠅乳肉中蟲也。」卷十四、卷七十六引同。

二徐本：「蠅乳肉中也。從肉，且聲。」

案：《通俗文》云：「肉中蟲曰胆。」乳者孳乳也，孳乳之蟲謂之胆，可證古本當有「蟲」字。

肥　卷二十九《金光明經》「肥濃」注引《說文》:「肉多也。」
　　大徐本:「多肉也。從肉,從卩。」
　　小徐本:「多肉也。從肉,卩聲。」
　　案:考《玉海》引作「身肉多也」,二徐本倒作「多肉」,義得兩通,慧琳所引
　　確爲古本宜從之。
胭　卷七十四《佛本行讚傳》「胭匈」注引《說文》:「從肉,從因。」
　　二徐本無胭字。
　　案:慧琳先引《廣雅》:「胭,喉也。或作『臙』,古文作『噎』。」次引《說文》
　　「從肉,從因」,《說文》口部:咽,嗌也。從口,因聲,謂咽喉也。《韻會》引
　　《集韻》或作「胭噎」與慧琳同,別書未見。胭訓「喉」與口部咽訓「嗌」略
　　殊,習用「咽」字已久而「胭」字遂廢矣。

肉　部（以下諸字引同二徐本,存而不論）
胚　卷十六《佛說胞胎經》「成胚」注引《說文》:「婦孕一月也。從肉,不聲。」
肌　卷八十一《南海寄歸內法傳》「然肌」注引《說文》:「肉也。從肉,几聲。」
腎　卷七十七《釋迦譜序》「脾腎」注引《說文》:「水藏也。從肉,臤聲。」
膽　卷十四《大寶積經》「依膽」注引《說文》:「連肝之府。從肉,詹聲。」
胃　卷四十七《三具足經》「胃膽脾」注引《說文》:「穀府也。」
肋　卷十四《大寶積經》「肋二十四」注引《說文》:「脅骨也。從肉,力聲。」
肩　卷十一《大寶積經》「肩臂」注引《說文》:「髆也。從肉,象形。」
胳　卷三十二《後出阿彌陀偈》「胳肩」注引《說文》:「從肉,各聲。」
肘　卷六十二《根本毘奈耶雜事律》「肘行」注引《說文》:「臂節也。從肉,從寸。
　　寸,手寸口也。」
腳　卷十五《大寶積經》「腳蹋」注引《說文》:「脛也。從肉,却聲。」
股　卷四十六《大智度論》「股肉」注引《說文》:「髀也。從肉,殳聲。」
腨　卷四十五《優婆塞戒經》「腨相」注引《說文》:「腓腸也。從肉,耑聲。」
胑　卷三十九《不空羂索經》「胑分」注引《說文》:「體四只也。從肉,只聲。」
肬　卷二十《寶星經》「小肬」注引《說文》:「贅也。從肉,尤聲。」
腫　卷七《大般若經》「腫疱」注引《說文》:「癰也。從肉,重聲。」
肴　卷十三《大寶積經》「肴膳」注引《說文》:「啖也。從肉,爻聲。」
腯　卷九十六《弘明集》「肥腯」注引《說文》:「牛羊曰肥,豕曰腯。從肉,盾聲。」
腒　卷九十八《廣弘明集》「乾腒」注引《說文》:「北方謂鳥腊曰腒。從肉,居聲。」

臛　卷六十二《根本毘奈耶雜事律》「羹臛」注引《說文》：「肉羹也。從肉，霍聲。」

膠　卷十四《大寶積經》「膠黏」注引《說文》：「昵也，作之以皮。從肉，翏聲。」

腐　卷六十六《集異門足論》「腐壞」注引《說文》：「爛也。從肉，府聲。」

膾　卷五十一《寶生經》「屠膾」注引《說文》：「細切肉也。從肉，會聲。」

筋　部

筋　卷二《大般若經》「筋脉」注引《說文》：「肉之力也。從肉，從竹。竹者，物之多筋也。從力，力象筋也。」卷五、卷三十、卷四十三、卷七十八并希麟《續音義》卷二皆引同。

　　大徐本：「肉之力也。從力，從肉，從竹。竹，物之多筋者。」

　　小徐本：「肉之力也。從力，肉、竹。竹，肉之多筋者，從力象筋也。」

　　案：力，筋也。象人筋之形。竹為物之多筋者，從力象其形，正與力部相為印證，可證慧琳、希麟及小徐本尚屬古本，故詞義亦完，大徐已從誤本矣。

刀　部

削　卷六十七《阿毘曇毘婆沙論》「刀鞘」注引《說文》：「刀鞞也。」

　　二徐本：「鞞也。一曰：析也。從刀，肖聲。」

　　案：玄應《音義》卷十七引《說文》：「刀鞞也」與慧琳引同，蓋古本如是也，今本奪「刀」字宜補。

剡　卷八十一《集神州三寶感通錄》「剡木」注引《說文》：「銳使其利也。」

　　二徐本：「銳利也。從刀，炎聲。」

　　案：慧琳引《說文》：「銳使其利也」蓋古本如是，今本奪「使其」二字。

前　卷十八《十輪經》「剪拔」注引《說文》：「從刀，前聲。」

　　案：二徐本訓「齊斷也」。慧琳未引訓義。

剞劂　卷九十八《廣弘明集》「剞劂」注：「《說文》：曲刀也。並從刀，奇、厥皆聲，或從屈作剧。」

　　二徐本劂下：「剞劂也。從刀，屈聲。」

　　二徐本剞下：「剞劂。曲刀也。從刀，奇聲。」

　　案：二徐本作剞劂，《廣韻》、《文選》皆作「剞劂」，《韻會》引增韻「劂」下有「亦作剧」三字，「剧」下有「亦作劂」三字，可證「剧」、「劂」為一字，「剧」為本文，「劂」為重文。

判　卷十二《大寶積經》「剖判」注引《說文》：「從刀，半聲。」

　　案：二徐本訓「分也」。慧琳未引訓義。

刊　卷八十七《破邪論》「刊山」注引《說文》：「從刀，干聲。」卷七十七、卷八十
　　引同。
　　案：二徐本訓「剟也」。慧琳凡三引皆未引訓義。

刪　卷九十一《高僧傳》「刪定」注引《說文》：「剟也。從刀，從冊。」卷八十引同。
　　二徐本：「剟也。從刀、冊。冊，書也。」
　　案：慧琳未引「冊書也」三字。

劈　卷十二《大寶積經》「劈裂」注引《說文》：「破也。從刀，辟聲。」
　　卷七十五《修行道地經》「頭劈」注引《說文》：「以刀破物也。」
　　二徐本：「破也。從刀，辟聲。」
　　案：《音義》引作「破也」，當據原文，卷七十五作「以刀破物也」，或係以意綴
　　之。

剝　卷六十四《四分僧羯磨》「若剝」注引《說文》：「裂也，剮割也。」
　　大徐本：「裂也。從刀，從彔。彔，刻割也，彔亦聲。」
　　小徐本：「裂也。從刀，彔聲。一曰：彔，刻割也。」
　　案：考〈泰誓〉《正義》曰：「《說文》云：剝裂也。一曰：剝割也。」《音義》
　　所引甚明，宜據此以正大徐之誤。

刷　卷四十六《大智度論》「刮刷」注引《說文》：「拭也。」
　　卷五十四《佛說放牛經》「摩刷」注引《說文》：「刮也。從刀，從㕞省聲。」
　　二徐本：「刮也。從刀，㕞省聲。」
　　案：慧琳卷五十四引與二徐本同。《廣韻》、《玉篇》皆作「拭也」，與慧琳卷四
　　十六引同，《說文》又部「㕞，拭也」，此從㕞省聲義亦相近，疑古本亦有如是
　　作者。

剽　卷四十九《大莊嚴經論》「剽掠」注引《說文》：「刺也。」卷五十二引同。
　　卷八十一《集神州三寶感通錄》「剽掠」注引《說文》：「劫奪人財物也。」
　　二徐本：「砭刺也。從刀，票聲。一曰：剽，劫人也。」
　　案：《史記‧酷吏傳》《索隱》引作「刺也」，玄應《音義》卷十、卷十一皆引「剽
　　刺也」，可證二徐本上一義衍「砭」字，據慧琳卷八十一所引知今本下一義奪
　　「財物」二字。

刖　卷十三《大寶積經》「刖手」注引《說文》：「絕也，截手足也。從刀，月聲。」
　　二徐本：「絕也。從刀，月聲。」
　　案：刵，斷耳也；劓，刑鼻也；刖名也，跀為刖足之刑名，「刖」字訓「絕」自

不僅繫乎足，慧琳所據本有「截手足也」一語，正申言「絕」訓，段氏云：「凡絕皆稱刖。」則其義更廣矣。

刵　卷四十一《六波羅蜜多經》「刵耳」注引《說文》：「斷耳也。從刀，耳聲。」卷九十二及希麟《續音義》卷一皆引同。

　　大徐本：「斷耳也。從刀，從耳。」小徐本：「斷耳也。從刀、耳。」

　　案：慧琳《音義》兩引皆作「從刀，耳聲。」希麟《音義》亦引同，蓋古本如是也，段氏云：「會意包形聲。」未免曲徇之矣。

劓　卷五《大般若經》「劓鼻也。」卷八、卷二十八、卷九十八引同。

　　大徐本：「刑鼻也。從刀，臬聲。《易》曰：天且臬。臬或從鼻。」

　　小徐本：「刖鼻也。從刀，臬聲。《易》曰：天且臬。臬或從鼻。」

　　案：《御覽》天部引《詩》：「推度災曰穴鼻始萌」宋均注：「穴決也」是決鼻也之證，大徐本作「刑鼻也」，小徐本作「刖鼻也」。「刖鼻」與「決鼻」義猶可通，「刑」顯係「刖」字形近而譌，然終不若從《音義》所引者為是。

剜　卷九十二《高僧傳》「剜眼」注：「《說文》：剜，挑也。」

　　大徐本新附有「剜」字：「削也。從刀，宛聲。」

　　案：慧琳引《埤蒼》云：「猶削也」。並申言之：「《埤蒼》云：正從刀作『剜』。」《高僧傳》作「剜」，俗字也。可證古本舊有「剜」字，大徐因奪去而以「剜」字列於新附。

劇　卷七十六《無明羅剎集》「熾劇」注引《說文》：「從刀，豦聲。」卷三十八引同。

　　大徐列於新附：「尤甚也。從刀，未詳。豦聲。」

　　案：《文選》〈北征賦〉、王粲〈詠史詩〉、陸機〈苦寒行〉李善注引《說文》：「劇，甚也。」《說文》力部：勞，劇也，許書說解屢見皆有「甚」義，可證《說文》古本有此字，大徐所見本尚存也。

刀　部（剞、劃、剖、刻、刲、剉、刱，引同二徐本，存而不論）

剞　卷七十八《經律異相》「剞劂」注引《說文》：「刜也。從刀，夸聲。」

劃　卷四十三《大藥叉女歡喜母并愛子成就法》「刀劃」注引《說文》：「錐刀曰劃。從刀，從畫，畫亦聲。」

剖　卷十二《大寶積經》「剖判」注引《說文》：「判也。從刀，音聲。」

刻　卷八十三《玄奘傳》「刻木」注引《說文》：「鏤也。從刀，亥聲。」

刲　卷九十七《廣弘明集》「刲剞」注引《說文》：「刺也。從刀，圭聲。」

剉　卷五十九《四分律》「細剉」注引《說文》：「折傷也。從刀，坐聲。」

刓　卷九十五《弘明集》「刓剔」注引《說文》：「劃也。從刀，元聲。」

刃　部

刃　卷八《大般若經》「刃稍」注引《說文》：「堅也，象刀有刃之形。」
　　二徐本：「刀堅也，象有刃之形。」
　　案：慧琳引《說文》「堅」上奪一「刀」字。

刅　卷四十五《菩薩善戒經》「有創」注引《說文》：「傷也。從刃，從一。」
　　卷五十五《越難經》「創痛」注引《說文》：「創。從刀，倉聲。」
　　案：「創」為「刅」之重文，慧琳所引與二徐本合。

耒　部

耕　卷四十一《六波羅蜜多經》「耕墾」注引《說文》：「從耒，井聲。或作畊，古字
　　也。」
　　二徐本：「犁也。從耒，井聲。一曰：古者井田。」
　　案：《韻會》引小徐本作「一曰：古者井田，故從井」，《集韻》云：「古作畊」
　　可證古本當有「畊」字重文。

耦　卷十九《虛空藏菩薩問七佛陀羅尼經》「諧耦」注引《說文》：「從耒，禺聲。」
　　二徐本：「耒廣五寸為伐，二伐為耦。從耒，禺聲。」
　　案：慧琳未引訓義。

耘　卷三十八《佛說無崖際持法門經》「耘鋤」注引《說文》：「除苗間穢也。從耒，
　　員聲，或作耘。」
　　案：引同二徐本。

角　部

角　卷四十《阿利多羅陀羅尼阿魯力品》「角勝」注引《說文》：「獸角象形。」
　　二徐本：「獸角也，象形。角與刀、魚相似。」
　　案：引與二徐本合。

觿　卷八十三《玄奘傳序》「佩觿」注引《說文》：「從角，巂聲。」
　　二徐本：「佩角銳耑，可以解結。從角，巂聲。《詩》曰：童子佩觿。」
　　案：慧琳未引訓義。

觴　卷八十七《十門辯惑論》「濫觴」注引《說文》：「觶也，實曰觴，虛曰觶。從角，
　　昜聲。」

小徐本:「觶,實曰觴。虛曰觶。從角,𢍰聲。」大徐本作「𢍰省聲。」

案:「觴」與「觶」同為一器,但分虛實,慧琳引有「觶也」二字,古本尚未奪失,二徐本皆奪一「也」字。

觚　卷九十五《弘明集》「瓢觚」注引《說文》:「饗飲之爵。一曰:觚受三升者觚。從角,瓜聲。」

大徐本:「鄉飲酒之爵也。一曰:觴受三升者謂之觚。從角,瓜聲。」小徐本奪「酒」字。

案:慧琳引與二徐本大同小異,惟「觚受三升者」之「觚」字係「觴」字之譌,又奪一「酒」字。

角　部（觟、解、觵引同二徐本,存而不論）

觟　卷四十《觀自在多羅菩薩念誦法》「其觟」注引《說文》:「角中骨也。從角,思聲。」

解　卷六十六《阿毘達磨發智論》「鋸解」注引《說文》:「判也。從刀判牛角。」

觵　卷九十六《弘明集》「觵魅」注引《說文》:「兕牛角,可以飲者也。從角,黃聲。」

《一切經音義》引《說文》考　第五

竹　部

竹　卷一《大般若經》「竹葦」注引《說文》：「象形」。

　　二徐本：「冬生艸也，象形。下垂者，箁箬也。」

　　案：慧琳未引訓義。

筱簜　卷九十八《廣弘明集》「篠簜」注：「《說文》：簜可爲幹，筱可爲矢也。並從竹。攸、湯皆聲。」

　　二徐本「筱」下：「箭屬。小竹也。從竹，攸聲。」

　　二徐本「簜」下：「大竹也。從竹，湯聲。〈夏書〉曰：「瑤琨筱簜。」，簜可爲幹，筱可爲矢。」

　　案：慧琳引與二徐本合，惟未引全文，慧琳引孔注《尚書》：「筱小竹，簜大竹。」亦與二徐本合。

笣　卷九十九《廣弘明集》「舒笣」注引《說文》：「從竹，怠聲」。

　　案：二徐本訓「竹萌也」。慧琳未引訓義。

籥　卷九十七《廣弘明集》「槖籥」注引《說文》：「籥。從竹、龠，龠亦聲。」

　　二徐本：「書僮竹笘也。從竹，龠聲。」

　　案：「籥」字形聲兼會意，慧琳未引訓義。

等　卷一《大般若經》「等涌」注引《說文》：「從竹，從寺。」

　　大徐本：「齊簡也。從竹，從寺。寺，官曹之等平也。」小徐本「竹」下無「從」字。

　　案：慧琳未引訓義。

范　卷五十四《佛說鴦掘摩經》「儀範」注引《說文》：「法也。古法有竹形，以竹簡

書之，故言法也。從竹、從車，從氾省聲也。」

卷九十《高僧傳》「物範」注引《說文》：「法也。從竹、從車，從范省聲。」

二徐本：「法也。從竹。竹，簡書也。氾聲。古法有竹刑。」

案：《音義》兩引有詳略，與二徐本亦大同小異，惟皆有「從車」兩字，而作氾省聲，則此字宜作「範」不作「氾」，然車部：「範、軛也」，與「氾」義殊，攷之經傳《書·洪範》傳：「範、法也。」朱駿聲《說文通訓定聲》云：「按永曰法、木曰模、竹曰笵、土曰型、金曰鎔，經傳以範爲之。」蓋自來經傳以氾、範音同通用，慧琳從車、從氾，省聲，亦係沿車部「範」字而誤。「笵」固從氾省聲也。

箋 卷七十八《經律異相》「箋其」注引《說文》：「表識也。從竹，戔聲。」

二徐本：「表識書也。從竹，戔聲。」

案：慧琳引《說文》奪一「書」字。

笮 卷十三《大寶積經》「壓乍」注引《說文》：「迫也。」卷五十八、卷七十五引同。

卷三十一引《說文》：「從竹，乍聲。」

卷七十九《經律異相》「常笮」注引《說文》：「屋棧，船棧也。」

二徐本：「迫也。在瓦之下，棼上。從竹，乍聲。」

案：《爾雅·釋宮》：「屋上薄謂之筊。」郭注：「屋笮也。」《考工記》注：「重屋複笮也。」《六書故》：「緣上必設笮然後安瓦，今人謂之棧。」慧琳引作「屋棧，船棧也」當係許書古本，句在「迫也」二字之下，惜僅節引一句。

篨 卷八十《開元釋教錄》「籧篨」注：「《說文》『籧篨』二字皆從竹，豦音渠，除亦聲。」

二徐本籧下：「籧篨，粗竹席也。從竹，遽聲。」

二徐本篨下：「籧篨也。從竹，除聲。」

二除本籧下：「飲牛筐也。從竹，豦聲。方曰筐，圓曰籧。」

案：《爾雅》云：「籧篨蘆發即蘆席也。」慧琳引許叔重云：「籧篨，艸席也。」字皆作「籧」，《韻會》引《集韻》云：「通作籧。」可證「籧」、「籧」本一字。又「籧」字云：「方曰筐，圓曰籧。」攷《左傳》《正義》「籧」作「筥」，杜注：「方曰筐，員曰筥。」正用許書之說，可證飲牛筐之「籧」當作「筥」，筥大徐本讀居許切，小徐讀已呂反，「籧」大徐讀居許切，小徐讀已呂反，「筥」、「籧」二字音同，筥訓䈱，䈱一曰飯器，其致誤之原當在於此。

筲 卷十九《大集賢護菩薩經》「篋筲」注引《說文》：「盛衣器曰筲。」卷二十八《普曜經》「篋筲」注引《說文》：「盛衣器也，亦盛食器也。」卷三十九引《說文》：

「從竹，司聲。」

二徐本：「飯及衣之器也。從竹，司聲。」

案：《音義》引與二徐本義合，惟二徐刪改爲一語，《音義》係分析言之。

籭　卷二十七《妙法蓮花經》「擣簁」注引《說文》：「竹器也，可以除麤取細。」

二徐本：「竹器也，可以取粗去細。從竹，麗聲。」

案：玄應《音義》卷六引作「可以除麤取細」，與慧琳引同，《韻會》四支亦引同，可證古本如是。「籭」即今之「簁」字，正爲取細之用。今本去取互易，於義不違。《玉篇》亦云：「可以除粗取細」，正本《說文》。

篅　卷十四《大寶積經》「與篅」注引《說文》：「以判竹圜以盛穀曰圌也。」卷四十三引《說文》：「判竹圜以盛穀。」卷六十引《說文》：「從竹，耑聲。」卷七十二引《說文》：「以竹圜盛穀也。從竹，耑聲。亦作圌。」

二徐本：「以判竹圜以盛穀也。從竹，耑聲。」

案：慧琳引與二徐本文字略有不同，而訓義毫無區別，惟《音義》有「曰圌」、「亦作圌」二語，小徐曰：「今俗圌。」可證「耑」有或體作「圌」，小徐以爲俗字故別於正文。

簏　卷九十二《高僧傳》「一簏」注引《說文》：「竹篋也。從竹，鹿聲。」

二徐本：「竹高篋也。從竹，鹿聲。」

案：慧琳引《說文》奪一「高」字。

篗　卷五十九《四分律》「篗中」注引《說文》：「大筩也。」

二徐本：「大竹筩也。從竹，易聲。」

案：慧琳引《說文》奪一「竹」字。

篼　卷八十九《高僧傳》「馬篼」注引《說文》：「食馬器也。從竹，兜聲。」

二徐本：「飲馬器也。從竹，兜聲。」

案：《方言》：「食馬橐，自關而西謂之裺囊，或謂之裺篼，或謂之嘍篼，燕齊之間謂之帳。」《玉篇》：「飼馬器也。」「飼」即俗「食」字，二徐本「食」誤作「飲」，慧琳《音義》誤作食。

簦　卷九十八《廣弘明集》「檐簦」注引《說文》：「蓋也。從竹，登聲。」

二徐本：「笠蓋也。從竹，登聲。」

案：簦者，笠而有柄如蓋也，即令之雨繖，慧琳奪一「笠」字。

箱　卷三十四《希有希有較量功德經》「車箱」引《說文》：「大車壯服也。從竹，相聲。」

二徐本：「大車牝服也。從竹，相聲。」

案：鄭司農云：「牝服謂車箱，服讀爲負。」《音義》引《說文》「牝」誤作「壯」，蓋形近而譌。

笭　卷九十四《高僧傳》「箬笭」注引《說文》：「令籯也。從竹，令聲。」

二徐本：「車笭也。從竹，令聲。一曰：笭籯也。」

案：慧琳未引全文。

箠　卷八十八〈集沙門不拜俗議〉「楚箠」注引《說文》：「箠，以杖擊也。」

二徐本：「擊馬也。從竹，垂聲。」

案：《文選》司馬遷〈報任少卿書〉李善注：「《漢書》：箠長五尺。《說文》：棰，以杖擊也。」李善引《說文》「棰」當爲「箠」字之誤，其引《說文》與《音義》引同，竊疑古本當有此一訓。

籤　卷五十九《四分律》「須籤」注引《說文》：「貫也，銳也。」卷六十二引同。卷八十《大唐內典錄》「籤牓」注引《說文》：「驗人也。」卷八十七引同。

二徐本：「驗也。一曰：銳也，貫也。從竹，韱聲。」

案：慧琳引《考聲》云：「小簡也古者題簡以白事謂之籤。」小徐曰：「籤出其處爲驗也。」蓋即據以驗其人，慧琳所據古本確有「人」字，否則爲占驗之籤即與《考聲》及小徐之說均不合矣。

箴　卷八十《開元釋教錄》「箴規」注引《說文》：「從竹，咸聲。」

案：二徐本訓「綴衣箴也。」慧琳未引訓義。

笙　卷十九《大集賢護菩薩經》「吹笙」注引《說文》：「物生也，象物貫地而生，故謂之笙。大者十九簧，小者十三簧。」

二徐本：「十三簧。象鳳之身也。笙，正月之音。物生，故謂笙。大者謂之巢，小者謂之和。從竹，生聲。古者隨作笙。」

案：慧琳引《世本》云：「隨作笙。象鳳皇之身，正月音也。」《韻會》云：「徐曰：古者隨作笙。」可證「臣鍇曰」三字當在「古者」句上，玄應《音義》注云：「生也，象物貫地而生也。」語見《釋名》，慧琳云：「物生也，象物貫地而生，故謂之笙。」可證許書原本與《釋名》同。「大者十九簧，小者十三簧」語見《爾雅》注，小徐列於案語，可證爲慧琳所據本之注語，今本「十三簧」句顯係改竄節取，又「大者謂之巢，小者謂之和。」語見〈釋樂〉，當亦在小徐案語之下，而「象鳳之身」二語慧琳不入正文，語見《世本》，亦非許書原本。此字以故典多引釋繁，遂致紛歧雜出幾不可讀。

簫　卷二十五《大般涅槃經》「簫瑟」注引《說文》：「編管爲之，像鳳之翼。」卷六十《根本毘奈耶律》「簫笛」注引《說文》：「簫像鳳翼，編小管爲之，二十三管，

長一尺四寸。」

二徐本：「參差管樂。象鳳之翼。從竹，肅聲。」

案：《爾雅》注：「大者長尺四寸，編二十三管，小者十六管。」小徐列於案語，《周禮・小師》注云：「簫，編小竹管。」與慧琳引合。象鳳之翼則其參差之形可見矣，似不必有此「參差」二字。

籟　卷十《新譯仁王經序》「之籟」注引《說文》：「三孔籥也。從竹，賴聲。」

二徐本：「三孔龠也，大者謂之笙，其中者謂之籟，小者謂之箹。從竹，賴聲。」

案：慧琳未引全文。

笛　卷六十四《沙彌尼離戒文》「箏笛」注引《說文》：「七孔龠也。」

卷二十六《大般涅槃經》笛下注引《說文》：「七孔笛也。」

二徐本：「七孔筩也。從竹，由聲。羌笛三孔。」

案：《初學記》引《說文》：「七孔龠也」與《音義》卷六十四引同，《廣雅》亦云：「龠謂之笛，有七孔。」可證古本正作「龠」，二徐本誤作「筩」，慧琳卷二十六引誤作「笛」。

筑　卷六十二《根本毗奈耶雜事律》「絲筑」注引《說文》：「以竹擊之成曲，五絃之樂。」

二徐本：「以竹曲五絃之樂也。從竹從，巩巩。持之也。竹亦聲。」

案：《急就篇》顏注：「筑，形如小瑟而小頸，以竹擊之。」《史記・高祖紀》《正義》曰：「狀似瑟而大頭安絃，以竹擊之，故名曰筑。」可證二徐本奪「擊之成」三字。

箏　卷二十六《大般涅槃經》「箏」注引《說文》：「鼓絃筑爭樂也。秦人無義，二子爭父之瑟，中分之，故號曰箏。」

希麟《續音義》卷二「箏」注引《說文》：「鼓絃筑身樂也。本大瑟二十七絃，秦人無義，二子爭父之瑟，各得十三絃，因名為箏。」

大徐本：「鼓絃竹身樂也。從竹，爭聲。」

小徐本：「鼓絃竹身樂也。從竹，爭聲。臣鍇曰：古以竹為之，秦樂也。」

案：《韻會》引《說文》：「秦人薄意，父子爭瑟而分之，因以為名。」與《音義》所引大旨相同，小徐曰：「古以竹為之，秦樂也。」尚略存秦人爭瑟故事，若大徐本則譌奪多矣。

籌　卷七十八《經律異相》「籌置」注引《說文》：「壺矢也。從竹，壽聲。」

卷七十五《道地經》「持籌」注引《說文》：「籌，算也。從竹，壽聲。」

二徐本：「壺矢也。從竹，壽聲。」

案：慧琳卷七十八引同二徐本。小徐本曰：「投壺之矢也，其制似箸，人以之算數也。」竊疑慧琳卷七十五引亦係注釋中語。

籠　卷十六《發覺淨心經》「籠罩」注引《說文》：「從竹，龍聲。」

二徐本：「舉土器也。一曰：笭也。從竹，龍聲。」

案：慧琳未引訓義。

笏　卷九十一《高僧傳》「持笏」注引《說文》：「從竹，勿聲。」

大徐列於新附：「公及士所搢也。從竹，勿聲。」

案：慧琳未引訓義。

箆　卷四十五《優婆塞戒經》「耳箆」注引《說文》：「從竹，篦聲。」

大徐新附：「導也，今俗謂之箆。從竹，篦聲。」

案：慧琳未引訓義。

筌　卷八十三《玄奘傳》「筌蹄」注引《說文》：「從竹，全聲。」卷八十八引同。二徐本無。

案：慧琳引顧野王云：「捕魚竹笱也。」司馬彪《莊子注》云：「捕魚具也。」《韻會》云：「取魚竹器。」，《韻會》未著所出，竊疑當出自小徐本，後人以不見於許書遂刊落「說文」二字。

竹　部（以下諸字引同二徐本，存而不論）

箭　卷三《大般若經》「箭舌」注引《說文》：「矢也。從竹，前聲。」

篆　卷八十一《南海寄歸內法傳》「篆筥」注引《說文》：「引書也。從竹，彖聲。」卷八十三、卷九十一引同。

籀　卷八十一《南海寄歸內法傳》「篆籀」注引《說文》：「讀書也。從竹，榴聲。」

簡　卷三十一《密嚴經》「簡牘」注引《說文》：「牒也。從竹，間聲。」卷八十七引同。

筵　卷六十四《四分僧羯磨》「筵楊」注引《說文》：「筵箪，竹器也。從竹，徙聲。」

箸　卷三十五《一字奇特佛頂經》「箸攬」注引《說文》：「飯敬也。」

筩　卷十九《大集譬喻王經》「若干筩」注引《說文》：「斷竹也。從竹，甬聲。」卷三十、卷六十二、卷六十四引同。

笞　卷十六《大乘十法經》「旁笞」注引《說文》：「擊也。從竹，台聲。」卷七十五引同。

策　卷十三《大寶積經》「策勵」注引《說文》：「馬箠也。從竹，束聲。」卷六十引同。

築　卷四十一《六波羅蜜多經》「撾打」注引《說文》：「篁也。從竹，朶聲。」

簧　卷九十五《弘明集》「琴簧」注引《說文》：「笙中簧也。從竹，黃聲。」

簿　卷二十六《大涅槃經》「六簿」注引《說文》：「局戲也，六箸十二棊也。」

箕　卷五十三《起世因本經》「如箕」注引《說文》：「簸也。從竹，𠀠象形，下其丌也。」

簸　卷六十三《根本有部律攝》「揚簸」注引《說文》：「揚米去糠也。」卷五十三引同。

左 部

差　卷十六《無量清淨平等覺經》「茗跌」注引《說文》：「差，貳也，不相值也。」

二徐本：「貳也，差不相值也。」

案：《九經字樣》亦無「差」字，二徐本衍「差」字宜刪。

工 部

式　卷十二《大寶積經》「標式」注引《說文》：「法也，用也。」

二徐本：「法也。從工，弋聲。」

案：二徐本無「用也」一訓，考言部：「試，用也」，《集韻》云：「試，亦省作式。」是慧琳所引「式，用也」係「試」之省借字，非古本如是。

巫 部

覡　卷九《道行般若經》「巫祝」注引《說文》：「在女曰巫，在男曰覡。」

卷九十七《廣弘明集》「巫覡」注引《說文》：「能齋肅事神也，男曰覡，在女曰巫。」

二徐本：「能齋肅事神明也，在男曰覡，在女曰巫。從巫，從見。」

案：慧琳卷九十七引《說文》奪一「明」字，卷九未引全文。

甘 部

猒　卷一《大般若經》「厭食」注引《說文》：「從肉，從甘。正從犬。犬甘肉也。」

卷十一引《說文》：「從甘，從肉，從犬。會意。」

二徐本：「飽也。從甘，從肰。」

案：慧琳引《說文》：「從肉，從甘，從犬。犬甘肉也。」二徐本作「從甘，從肰。」小徐曰：「肰音然，犬肉也。」慧琳所引訓義極明，宜從之。

可 部

叵　卷七十八《經律異相》「叵得」注引《說文》：「不可也。」卷八十八引《說文》：「反可也。」

大徐新附：「不可也。從反可。」

案：《說文》無「叵」字，惟大徐新附有之，考《韻會》引小徐本同，可證古本有「叵」字，以傳鈔逸去，大徐補入新附誤矣。

兮 部

乎　卷四十一《六波羅蜜多經》「喪乎」注引《說文》：「語之餘聲也。」

大徐本：「乎者，語之餘也。從兮，象聲上越揚之形也。」

案：小徐曰：「凡言乎，皆上句之餘聲也。」可證舊本有「聲」字，二徐本並奪，又小徐本「乎者」二字當係衍文。

號 部

號　卷十三《大寶積經》「號訴」注引《說文》：「呼也。從号，虎聲。」卷四十五、卷九十四、卷七十六引同。

卷七十四《佛本行讚傳》「號歡」注引《說文》：「痛聲也。從号，從虎。」

小徐本：「呼也。從号，虎聲。」大徐作「從号，從虎」。

案：慧琳卷十三、卷四十五、卷七十六、卷九十四凡四引皆同小徐本，卷七十四引作「痛聲也」與《考聲》訓同，竊疑此一訓當係《考聲》訓語而誤爲《說文》。

亏 部

虧　卷十五《大寶積經》「所虧」注引《說文》：「气損也。」

卷四十五《菩薩五法懺悔經》「虧於」注引《說文》：「缺也，損也。從亏，雐聲。」卷八十二引作「損也。」

二徐本：「气損也。從亏，雐聲。」

案：慧琳卷十五同二徐本。卷四十五慧琳先引《詩》鄭箋云：「虧，猶毀也。」《楚辭》王注：「虧，歇也。」次引《說文》：「缺也、損也。」攷《廣韻》亦云：「缺也。」竊疑許書舊有「缺也」一訓。卷四十五、卷八十二「損」上皆奪一「气」字。

鼓　部

鼓　卷十二《大寶積經》「法鼓」注引《說文》:「從壴,從支。象旗手擊之也。」卷三十三引同。

二徐本:「郭也。春分之音,萬物郭皮甲而出,故謂之鼓。從壴。支,象其手擊之也。《周禮》六鼓:靁鼓八面,靈鼓六面,路鼓四面,鼛鼓、皋鼓、晉鼓,皆兩面。」

案:二徐本「旗」誤作「其」,段氏曰:「弓部弢下云從弓從屮,又屮垂飾與鼓同意,則鼓之從屮瞭然矣。」今以《音義》「其」作「旗」證之,則從屮非象飾也,乃象旗也,段說更爲有徵矣。

豈　部 （愷引同二徐本,存而不論）

愷　卷八十四《古今譯經圖記》「慧愷」注引《說文》:「康也。從心,豈聲。」卷五十一引同。

豆　部

荳　卷五十三《起世因本經》「豌豆」注引《說文》:「從豆,夗聲。」

案:二徐本訓「豆飴也」,慧琳未引訓義。

虎　部

虎　卷四十一《六波羅蜜多經》「虎豹」注引《說文》:「獸君也。從虍,虍音呼。虎足似人足,故下從人,象形字也。」

二徐本:「山獸之君。從虍。虎足象人足,象形。」

案:引與二徐本義合,惟奪「出之」二字。

彪　卷三十一《新翻密嚴經》「彪兔」注引《說文》:「虎文也。」

二徐本:「虎文也。從虎。彡象其文也。」

案:《音義》未引全文。

虓　卷九十五《弘明集》「虓虎」注引《說文》:「虎鳴也。從虎,九聲。」

卷四十八《瑜伽師地論》「哮吼」注引《說文》:「虎鳴也。一曰:師子大怒聲。」

二徐本:「虎鳴也。一曰:師子。從虎,九聲。」

案:虓爲虎怒而鳴之聲,師子大怒聲亦同,故爲「一曰師子大怒聲」,二徐本奪「大怒聲」三字。

皿 部

盂　卷五十七《佛說阿鳩留經》「一盂」注引《說文》：「飯器也。從皿，于聲。」
　　卷一百《法顯傳》「銅盂」注引《說文》：「飲器也。從皿，于聲。」
　　案：卷五十七引同大徐本，《廣韻》、《玉篇》並同，卷一百引同小徐本及《漢書注》、《御覽》、《韻會》，可證此字自唐以來傳鈔紛亂未有定本，慧琳卷一百注云：「俗作杅。」「杅」即「盂」之假借字，既多禮「兩敦兩杅」鄭注：「盛湯漿。」《公羊傳》宣十二年「古者杅不穿」何休注：「杅，飲水器。」據此則應以作「飲器也」爲是。

盛　卷三十七《金剛壽命經》「盛金盞」注引《說文》：「黍稷在器也。從皿，成聲。」
　　卷十引同。
　　大徐本：「黍稷在器中以祀者也。從皿，成聲。」
　　小徐本：「黍稷在器中也。從皿、成。」
　　案：《韻會》引小徐本亦有「以祀者」三字，《御覽》引《說文》：「盛，爲黍稷在器中，盈爲黍稷之器以祀者。」本部盈，黍稷在器以祀者，可證「以祀者」涉盈字而衍，又「盛」係形聲兼會意，應以從皿成聲爲是。

盈　卷十二《大寶積經》「盈儲」注引《說文》：「器滿也。從皿從夃，夃亦聲。」
　　二徐本：「滿器。從皿、夃。」
　　案：水部溢下云：「器滿也。」器滿則溢，亦即盈也，故滿下云：「盈溢也。」訓義甚明，古本正作「器滿」，不必因其誤倒爲「滿器」遂曲爲之說也。

盥　卷九十九《廣弘明集》「盥漱」注引《說文》：「澡手也。從臼，水臨皿。」
　　大徐本：「澡手也。從臼，水臨皿。《春秋傳》曰：奉匜沃盥。」
　　小徐本：「澡也。從臼，水臨皿。《春秋傳》曰：奉匜沃盥。」
　　案：慧琳引與大徐本合，小徐本「澡」下奪一「手」字。

盋　卷三十七《金剛壽命經》「瓦盋」注引《說文》：「盂也。從皿，友聲。」卷八十四引《說文》：「從皿聲。」
　　大徐列於新附：「盋器。盂屬。從皿，友聲，或從金。」
　　案：《韻會》銌下云：「《說文》本作盋食器也。從皿，友聲。」本書「盂，飲器也」，亦即食器也，可證古本有此字，《韻會》所見小徐本尚存此字，後經傳鈔奪去，大徐補入新附誤矣。

盌　卷三十七《金剛壽命經》「一盌」注引《說文》：「小盂也。從皿，夗聲。」
　　案：引同二徐本。

盆　卷四十七《中論序》「盆瓮」注引《說文》：「從皿，分聲。」

案：二徐本訓「盎也」。慧琳未引訓義。

盪　卷五十三《起世因本經》「洗盪」注引《說文》：「滌器也。從皿，湯聲。」

案：引同二徐本存而不論。

血　部

盥　卷八十一《集神州三寶感通錄》「膿血」注引《說文》：「腫血也。從血、農，省聲。」卷一、卷三十七、卷三十五引同。

案：引同二徐本。

卹　卷六《大般若經》「濟恤」注引《說文》：「憂也。從血，卩聲。」

二徐本「憂也。從血，卩聲。一曰：鮮少也。」

案：慧琳未引又一義。

井　部

阱　卷五十六《佛本行集經》「投穽」注引《說文》：「大陷也。」卷七十三引同。

二徐本：「陷也。從𨸏，從井。井亦聲。阱或從穴。」

案：今本奪失「大」字。

鬯　部

鬱　卷十八《十輪經》「鬱蒸」注引《說文》：「芳草也，鬱金香也，煮之合釀鬱鬯酒以降神也。從臼、從冖、從缶、從鬯、從彡。彡，其飾也。」

二徐本：「芳草也。十葉爲貫。百廾貫，築以煮之，爲鬱。從臼、冖、缶、鬯。彡，其飾也。一曰：鬱鬯，百草之華。遠方鬱人所貢芳草，合釀之以降神。鬱，今鬱林郡也。」

案：此字說解段注甚詳，慧琳所引與二徐本均不免奪失譌誤，無從得其確證。

食　部

餴　卷六十三《根本有部律攝》「熱饙」注引《說文》：「餐飯也。從食，賁聲。」

二徐本正體作「餴」云：「滫飯也。從食，桒聲。餴，或從賁。」

案：《爾雅・釋言》《釋文》引作「脩飯也」，《御覽》八百五十飲食部引與慧琳《音義》同作：「餐飯也。」《說文》無「餐」字，「餐」即「脩」之別，二徐本作「滫」又爲「餐」之誤，古本當作「脩」。郭注《爾雅》云：「餐飯爲餴，餴飯猶今人言煮飯耳。」今本作「滫」非是。又《唐寫本玉篇》引《說文》「饙」

為正體,「饎」為或體,今本誤倒宜據正。

饔　卷九十二《續高僧傳》「饔饍」注引《說文》」「孰食也。從食,雍聲。」卷九十八引同。卷九十二引《說文》下又云:「籀文從共作饔。」

二徐本:「孰食也。從食,雝聲。」

案:二徐本奪「籀文從共作饔」六字,以「饔」誤作「飴」之籀文,考《唐寫本玉篇》饔下正作籀文「饔」,而「飴」下別有重文「餴」,據此宜補饔籀文。饔從異省。

餝　卷九十四《高僧傳》「歔餝」注引《說文》:「從食,芺聲。」

二徐本:「燕食也。從食,芺聲。《詩》曰:飲酒之餝。」

案:慧琳未引訓義。

饕飻　卷七十四《佛本行讚傳》「饕飻」注引《說文》:「飻。從食,從今。經文作餮,俗字亦通。」卷七十六《法句譬喻無常品經》「饕餮」注:「《說文》並從食,號、殄皆聲。」卷五十九《四分律》「貪饕」注引《說文》:「貪也。」慧琳云:「『飻』,舊律本多作『餮』。」

案:二徐本此二字皆訓「貪也」。饕,從食,號聲。「飻」下云:「貪也。從食殄省聲。《春秋傳》曰:謂之饕飻。」慧琳引與二徐本合,卷七十六引《說文》「飻」作「餮」係涉經文而譌。

饉　卷二十九《金光明經》「飢饉」注引《說文》:「從食,堇聲。」卷三十二引同。

案:二徐本訓「蔬不孰為饉。」

餒　卷二十一《華嚴經》「受餒」注引《說文》:「飢也。從食,妥聲。」

二徐本餒下云:「飢也。從食,委聲。一曰:魚敗曰餒。」

案:《論語‧鄉黨》《釋文》云:「餒,奴罪反。《說文》:魚敗曰餒。本又作鮾。」《爾雅‧釋器》《釋文》引《說文》:「魚敗曰餒。」《華嚴經音義》引《說文》下並云:「經本有從食邊委者,音於偽反。此乃餧飼之字。」據此則古本《說文》「餒」字從「妥」不從「委」矣。

食　部 (以下八字引同二徐本,存而不論)

飴　卷八十四《古今譯經圖記》「飴之」注引《說文》:「米糵煎也。從食,台聲。」

饌　卷五十九《四分律》「甘饌」注:「《說文》籑或作饌,具食也。」

飤　卷七十八《經律異相》「飤鳥獸」注引《說文》:「糧也。從人、從食。會意。」

餔　卷十四《大寶積經》「餳餔」注引《說文》:「日加申時食也。從食,甫聲。」

餐　卷十四《大寶積經》「餐食」注引《說文》:「吞也。從食,奴聲。」

餉　卷一百《安樂集》「如餉」注引《說文》:「饟也。從食，向聲。」

餬　卷六十二《根本毘奈耶雜事律》「餬口」注引《說文》:「寄食也。從食，胡聲。」

飢　卷二十九《金光明經》「飢饉」注引《說文》:「餓也。從食，几聲。」

亼　部

僉　卷一百《寶法義論》「僉曰」注引《說文》:「皆也。從亼從吅從从。」

二徐本:「皆也。從亼，從吅，從从。〈虞書〉曰:僉曰伯夷。」

案:慧琳未引「虞書」以下七字。

缶　部

缾　卷三十二《大威燈光仙人問疑經》「瓶罐」注引《說文》:「汲水器也。」

二徐本:「甕也。從缶，并聲。」

案:甕，汲缾也，《韻會》引小徐本與慧琳引同，丁福保云:「蓋一曰以下之奪文。」此說極是。

罃　卷七十八《經律異相》「空罃」注引《說文》:「長頸缾也。從缶，熒省聲。」

二徐本:「備火。長頸缾也。從缶，熒省聲。」

案:〈五行志〉顏師古注引《說文》:「備火，今之長頸缾也。」可證慧琳節去「備火」二字。

缺　卷四十七《大乘寶積經》「缺漏」注引《說文》:「器破也。從缶，夬聲。」

二徐本:「器破也。從缶，決省聲。」

案:《六書故》引唐本正作「夬聲」與慧琳引同，則「決省聲」者二徐妄改也，「決」亦從「夬」得聲，何必云「決省」乎。

缶　部（罅、罄引同二徐本，存而不論）

罅　卷四十六《大智度論》「石罅」注引《說文》:「裂也。」

罄　卷四十六《大智度論》「罄竭」注引《說文》:「器中空也。」

矢　部

短　卷十六《大方廣三戒經》「瘦短」注引《說文》:「不長也。」卷五十四、卷七十四、卷八十引同。

卷二十四《菩薩十住行道經》「長短」注引《說文》:「有所長短，以矢爲正，從矢，豆聲。」

二徐本：「有所長短，以矢爲正。從矢，豆聲。」

案：卷二十四引同二徐本，卷十六等四引皆有「不長也」三字，竊以爲古本當有「一曰：不長也」之訓，今本奪失。

矣　卷十《新譯仁王經序》「皇矣」注引《說文》：「語也、詞也。」

二徐本：「語已詞也。從矢，已聲。」

案：慧琳引《說文》語下「也」字當係「已」字之誤無疑。

矢　部（躲、弞引同二徐本，存而不論）

躲　卷六十九《大毘婆沙論》「攢躲」注引《說文》：「弓弩發於身而中於遠也。從矢，從身。篆文躲，從寸。寸，法度也。」

弞　卷三十一《新翻密嚴經》「弞訛」注引《說文》：「況也，詞也。從矢，引省聲。」

门　部

央　卷三十八《阿難陀目佉尼訶離陀經》「無央」注引《說文》：「從大，在门之內。大，人。央旁也。」

二徐本：「中央也。從大，在门之內。大，人也，央、旁同意。一曰：久也。」

案：慧琳未引訓義。

㐭　部

㐭　卷十九《方等念佛三昧經》「倉廩」注引《說文》：「穀所振入也。宗廟粢盛，倉黃朕㐭取之，故謂之㐭，從入回象屋形，中有戶牖也。」卷二十引同。

二徐本：「穀所振入。宗廟粢盛，倉黃㐭而取之，故謂之㐭。從入，回象屋形中有戶牖。」

案：慧琳《音義》兩引皆同，與二徐本亦大同小異，惟《音義》兩引皆有「朕」字，蓋古本如是，《淮南子》許注：「朕，兆也。」其義如是。

稟　卷二十九《金光明經》「稟性」注引《說文》：「從禾，㐭聲。」卷一、卷六、卷十八引同。

二徐本：「賜穀也。從禾、從㐭。」

案：慧琳《音義》稟字凡四字皆引作「從禾，㐭聲。」蓋古本如是，今二徐本改作「從禾從㐭」，攷許書以所從部首爲聲，本有此例。

嗇　部（牆引同二徐本，存而不論）

牆　卷七十二《顯宗論》「牆壍」注引《說文》：「垣蔽也。從嗇，爿聲。」

麥　部

麥　卷十三《大寶積經》「麥芒」注引《說文》：「芒，穀也。秋種厚薶，故謂之麥。麥，金也。金王時生，火王時死。」

　　二徐本：「芒穀，秋穜厚薶，故謂之麥。麥，金也。金王而生，火王而死。從來，有穗者。從夊。」

　　案：慧琳引《說文》「金王時生，火王時死」，二徐本改「時」作「而」，非是。

麳　卷三十四《大乘百福莊嚴相經》「麳麥」注引《說文》：「來麥麳也，亦瑞麥也。從麥，牟聲。」

　　二徐本：「來麳，麥也。從麥，牟聲。」

　　案：周所受瑞麥曰來麳，此引作「來麥麳」，正與「來」字訓義相合，又《音義》引「亦瑞麥也」，與「來」字訓義相應，今本逸失。

麩　卷五十四《佛說鞞摩肅經》「著麩」注引《說文》：「小麥皮也。從麥，夫聲。」

　　二徐本：「小麥屑皮也。從麥，夫聲。」

　　案：《御覽》八百五十三飲食部引作「小麥皮屑」與慧琳引合，二徐本「皮」、「屑」二字誤倒。《音義》卷三十四奪一「小」字，卷五十四奪一「屑」字。

麨　卷三十四《佛說報恩奉盆經》「麨飯」注引《說文》：「從麥，咨聲。」

　　二徐本無「麨」字。

　　案：慧琳先引《字林》：「熬米麥也。」次引《說文》，並云：「經文作麨，俗字也，可證許書原有此文。」

麧　卷三十八《金剛光焰止風雨經》「麧没」注引《說文》：「麥糈也。從麥，气聲。」

　　案：引同二徐本。

夊　部

畟　卷九十二《高僧傳》「畟塞」注引《說文》：「治稼畟。從田、人，從夊。」

　　二徐本：「治稼畟畟進也。從田、人，從夊。《詩》曰：畟畟良耜。」

　　案：慧琳《音義》奪「畟進也」三字。

舛　部（舛字引同二徐本，存而不論）

舛　卷八十《開元釋教錄》「訛舛」注引《說文》：「對臥也。從夊、㐄相背。」

韋　部

韋　卷九十一《高僧傳》「編韋」注引《說文》:「獸皮之韋可以束枉矢也。從舛,口
　　聲。」
　　二徐本:「相背也。從舛,口聲。獸皮之韋,可以束枉戾,相韋背,故借以爲皮
　　韋。」
　　案:段注《說文》、王筠《說文句讀》皆依《韻會》引《說文》補作「相背也。
　　從舛,口聲。獸皮之韋,可以束物枉戾,相韋背,故借以爲皮韋。」段、王二
　　氏皆於「可以束」下補「物」字,慧琳則作「矢」字,惜《音義》未引全文,
　　又無旁證,存疑可也。

韌　卷九十四《高僧傳》「緊韌」注引《說文》:「從韋,刃聲。」
　　大徐新附:「柔而固也。從韋刃聲。」
　　案:慧琳引《埤蒼》云:「柔也」,鄭注〈攷工記〉及〈月令〉竝有堅刃之文,
　　是古通作刃;《詩・皇皇者華》傳云:「言調忍也」,〈采薇〉:「薇亦剛止」箋
　　云:「謂少堅忍時」,是又通作忍矣。《易・革卦》爻辭:「鞏用黃牛之革」王
　　注:「牛之革堅仞不可變也」,是又通作仞矣。「韌」字經傳借用字多,慧琳既
　　引《埤蒼》,又引《說文》,大徐所見許書確有此字,以經傳借用字多乃列於
　　新附以存之。

韜　卷一百《肇論》「韜光」注引《說文》:「劍衣也。從韋舀聲。」
　　案:引同二徐本。

桀　部

桀　卷八十九《高僧傳》「桀蹠」注引《說文》:「桀也。從夂從屮,辜在木上也。」
　　二徐本:「磔也。從舛,在木上也。」
　　案:《音義》引作「桀也」,「桀」係「磔」之誤。二徐本作「從舛,在木上」義
　　不可通,應據慧琳所引補「辜」字。辜者、枯也,《說苑・善說篇》:「朽者揚其
　　灰,未朽者辜其尸」,是其證也。

磔　卷四十一《六波羅蜜多經》「鉆磔」注引《說文》:「從桀,石聲。」卷三十二引
　　同。
　　卷五十三《起世因本經》「五叉磔」注引《說文》:「辜也。從桀,石聲。」
　　案:引同二徐本。

《一切經音義》引《說文》考　第六

木　部

木　《續音義》卷八《根本藥事》「木槍」注引《說文》：「冒也，謂冒地而生也。作屮，下象其根，上象枝也。」

二徐本：「冒也。冒地而生。東方之行。從屮，下象其根。」

案：攷許書之例，既有下象其根，必有上象某某之句，如屮云：「上象生形，下象根。」嗌（𦥑）之籀文下云：「上象口，下象頭頸脈理。」是其例也，今本奪「上象枝」三字。宜據希麟所引補。

楷　卷八十《開元釋教錄》「楷模」注引《說文》：「楷即模也。從木，皆聲。」卷九十二《高僧傳》「模楷」注引《說文》：「從木，皆聲。」

二徐本：「木也。孔子冢蓋樹之者。從木，皆聲。」

案：慧琳《音義》卷九十二先引《字書》：「模也。」次引《說文》：從木，皆聲。竊以為卷八十《說文》二字當係《字書》之誤。

桂　卷一《大唐三藏聖教序》「桂生」注引《說文》：「江南香木也。百藥之長。從木，圭聲。」

二徐本：「江南木。百藥之長。從木，圭聲。」

案：慧琳引《說文》：「江南香木也」古本如是，攷《韻會》引小徐本作「江南眾木」，「眾」字係「香」字之誤，今二徐奪「香」字宜補。

檟　卷八十八《釋法琳本傳》「松檟」注引《說文》：「從木，賈聲。」

二徐本：「楸也。從木，賈聲。《春秋傳》曰：樹六檟於蒲圃。」

案：慧琳未引訓義。

榛　卷五十八《僧祇律》「深榛」注引《說文》：「叢木曰榛。」卷五十、卷七十五、

卷七十八引《說文》：「從木，秦聲。」

二徐本：「木也。從木，秦聲。一曰：菆也。」

案：艸部菆，蓐也，訓義不合，《蒼頡篇》、《淮南》高注、《漢書》服注、《廣雅・釋木》皆云：「木叢生曰榛。」《淮南子》許叔重注云：「藂木曰榛。」《詩・鳴鳩・釋文》引《字林》：「木叢生。」可證《音義》所據爲《說文》古本，今作「菆」，以「叢」字隸變作「藂」，傳寫遂誤作「菆」也。

樗　卷八十四《古今佛道論衡》「樗櫟」注引《說文》：「從木，虖聲。」

　　案：慧琳未引訓義，二徐本：「木也。從木，虖聲。」

柞　卷八十一《南海寄歸內法傳》「柞條」注引《說文》：「從木，乍聲。」

　　案：二徐本柞下云：「木也。從木，乍聲。」慧琳未引訓義。

梢　卷二十四《大悲經》「持梢尾」注引《說文》：「從木，肖聲。」卷六十二引同。

　　案：二徐本梢下云：「木也。從木，肖聲。」慧琳未引訓義。

椐　卷八十四《古今佛道論衡》「椐梧」注引《說文》：「從木，居聲。」

　　案：二徐本訓「樻也」，慧琳未引訓義。

樺　卷六十八《大毘婆沙論》「樺皮」注引《說文》：「山木也，其皮以爲燭。從木，雩聲。」

　　二徐本：「木也。以其皮裹松脂。從木，雩聲。」

　　案：小徐曰：「此即今人書『樺』字，今人以其皮卷之然以爲燭，裹松脂亦所以爲燭也。」《玉篇》云：「樺木皮可以爲燭。」白居易詩云：「秋風樺燭香。」慧琳引與二徐本義合而文字小異，惜無佐證，存疑可也。

枳　卷八十四《古今譯經圖記》「枳園寺」注引《說文》：「木也。似橘。從木，只聲。」

　　二徐本：「木。似橘。從木，只聲。」

　　案：二徐本「木」下奪「也」字。

梗　卷八十九《高僧傳》「幽梗」注引《說文》：「山榆木，可爲无夷也。亦猶直也。從木，更聲。」

　　卷九十二《高僧傳》「梗難」注引《說文》：「山榆，有刺莢者。從木，更聲。」

　　大徐本：「山枌榆。有束。莢可爲蕪夷者。從木，更聲。」

　　小徐本「者」字作「也」字。

　　案：慧琳此兩引皆有刪節，非古本如是。「亦猶直也」一訓二徐本無之，《廣韵》云：「又直也」，竊疑古本或有此訓。

楝　卷六十三《根本律攝》「楝葉」注引《說文》：「木名也。從木，柬聲。」

　　二徐本：「木也。從木，柬聲。」

　　案：依許書之例，杅、木也；檀、木也；亦當訓木也，竊疑卷六十三引「名」字係慧琳所誤衍者。

樵　卷五十八《僧祇律》「樵薪」注引《說文》：「木也，亦薪也。從木，焦聲。」卷六十二《根本毘奈耶雜事律》「樵木」注引《說文》：「木也。從木，焦聲。」卷五十七、卷八十六、卷九十八引《說文》：「從木，焦聲。」

　　二徐本：「散木也。從木，焦聲。」

　　案：《廣韻》引作木也，玄應《音義》卷十五引作「木也，亦薪也。」竊疑古本當作「木也，一曰：薪也。」，二徐妄刪一解，又涉「柴」字下「小木散柴」之訓，誤於「木」上加「散」字。

枝　卷三十七《東方最勝燈王如來經》「枝柯」注引《說文》：「木別生也。從木，支聲。」

　　大徐本：「木別生條也。從木，支聲。」

　　小徐本無「也」字。

　　案：《廣川書跋》引《說文》：「𣏌，木別生也。」《說文》無「𣏌」字，此字係枝字隸變之誤至為明顯，其訓與慧琳引同，可證許書古本無「條」字，王筠《句讀》亦云：「本文或是庾注、或後人以許說簡質而增之。下文「條」，小枝也，是許以大榦為木自，本而別出者為枝。」

標　卷九十六《弘明集》「詣標」注引《說文》：「表也。從木，票聲。」

　　卷十二《大寶積經》「標式」注引《說文》：「木也。從木，票聲。」

　　卷四十七、卷六十四、卷七十六、卷八十四、卷九十七、卷九十九引《說文》：「從木，票聲。」

　　大徐本：「木杪末也。從木，票聲。」

　　小徐本「杪」作「標」。

　　案：二徐本作「木杪末也」，四字連讀不可通，《文選》〈魏都賦〉李善注引《說文》：「標末也。」疑古本作「木末也」。慧琳《音義》卷十二奪一「末」字，卷九十六引作「表也」，丁福保以為「表也」一訓係古本「一曰」以下之奪文。

枵　卷九十八《廣弘明集》「玄枵」注引《說文》：「從木，号聲。」

　　大徐本：「木根也。從木，号聲。《春秋傳》曰：歲在玄枵。玄枵，虛也。」

　　小徐本「木根」作「木貌」。

　　案：慧琳未引訓義。

楨　卷八十三《玄奘傳》「千楨」注引《說文》：「堅木也。從木，貞聲。」

　　二徐本：「剛木也。從木，貞聲。上郡有楨林縣。」

案：慧琳引《說文》：「堅木也」，二徐本作「剛木」，義得兩通。《玉篇》訓：「堅木也」，與慧琳所引正同。

榦　卷八《大寶積經》「莖榦」注引《說文》：「樹枝也。從木，倝聲。」卷十三引同。二徐本：「築牆耑木也。從木，榦聲。」

案：慧琳《音義》兩引皆作「樹枝也」，《文選》〈魏都賦〉、盧子諒〈贈劉琨詩〉注兩引皆云：「榦本也。」《左傳・昭二十五年》《正義》引作「脅也。」三書所據皆唐本，蓋古本當有數義，今本為二徐妄刪，段注《說文》據《文選注》補作：「築牆耑木也。從木，倝聲。一曰：本也。」從木「倝聲」，二徐皆作「榦聲」非是。

棟　卷三十二《觀彌勒菩薩上生經》「梁棟」注引《說文》：「屋極也。從木，東聲。」二徐本：「極也。從木，東聲。」

案：玄應《音義》卷六、卷十四、卷十五皆引作「屋極也」與慧琳《音義》同，可證二徐本奪「屋」字宜補。

樘　卷二十五《大般涅槃經》「樘觸」注引《說文》：「柱也。」卷三十五《一字頂輪王經》「輪樘」注引作「刹柱也。從木，堂聲。」二徐本：「衺柱也。從木，堂聲。」

案：《文選長笛賦注》、玄應《音義》卷一、卷二、卷十、卷十四並引作「柱也。」與慧琳《音義》卷二十五引同，《玉篇》亦云：「樘，柱也。」可證古本當作「柱也。」慧琳卷三十五引有「刹」字，或即指浮圖之柱而言，並非引許書原文。

楹　卷九十七《廣弘明集》「楣楹」注引《說文》：「從木，盈聲。」二徐本：「柱也。從木，盈聲。《春秋傳》曰：丹桓宮楹。」

案：慧琳未引訓義。

櫨　卷十四《大寶積經》「櫨栱」注引《說文》：「薄櫨，柱上枅也。」卷十七、卷五十二、卷五十九引同。二徐本：「柱上柎也。從木，盧聲。伊尹曰：果之美者，箕山之東，青鳧之所，有櫨橘焉，夏孰也。一曰：宅櫨木，出弘農山也。」

案：慧琳《音義》凡四引《說文》皆作「薄櫨，柱上枅也。」玄應《音義》卷一、卷七、卷十四、卷十五并《文選》〈甘泉賦〉、〈魯靈光殿賦〉、〈長門賦〉注皆引同，可證古本如是，又《說文》：枅，屋櫨也。小徐曰：「斗上橫木承棟者，橫之似笄也。」此說甚明，更可證《音義》所引確為古本。

楣　卷八十五《辯正論》「繡楣」注引《說文》：「枅上標也。從木，而聲。」二徐本：「屋枅上標。從木，而聲。《爾雅》曰：楣謂之梠。」

案：《文選》〈魯靈光殿賦〉、〈王命論〉注引《說文》皆無「屋」字，可證二徐本「屋」字誤衍，古本當以「上標也」爲是。

榱　卷八十二《西域記》「榱栖」注引《說文》：「秦名爲屋椽，周人謂之榱，齊魯謂之桷。今楚人亦謂之桷子。」

二徐本：「秦名爲屋椽，周謂之榱，齊魯謂之桷。從木，衰聲。」

案：慧琳引與二徐本合，惟二徐本奪「今楚人亦謂之桷子」八字。

椽　卷十四《大寶積經》「椽柱」注引《說文》：「榱也，秦謂之椽，齊魯謂之桷。從木，彖聲。」卷四十七、卷五十一皆節引「榱也」下一、二句。

二徐本：「榱也。從木，彖聲。」

案：慧琳卷四十七、卷五十一及卷十四「榱也」以下二句皆係涉「榱」下訓義而誤入。

楣　卷十九《方等念佛三昧經》「楣根」注引《說文》：「從木，眉聲。」卷九十七引同。

二徐本：「秦名屋櫓聯也。齊謂之檐，楚謂之梠。從木，眉聲。」

案：慧琳未引訓義。

榿　卷八十三《玄奘傳》「文榿」注引《說文》：「屋梠也。從木，毘聲。」

二徐本：「梠也。從木，毘聲，讀若枇杷之枇。」

案：二徐本奪一「屋」子。

梠　卷八十二《西域記》「榱梠」注引《說文》：「楣也。亦呼爲連綿也。今秦中呼爲連簷，呼爲梠者，楚語也，亦通，云椽梠也。」

二徐本：「楣也。從木，呂聲。」

案：《方言》：「屋梠謂之欐。」郭注：「雀梠，即屋簷也，亦呼爲連縣。」《音義》引《說文》「楣也」以下「亦呼」四句，係慧琳所綴加釋語，非許書古本如是。

檐　卷五十八《僧祇律》「屋檐」注引《說文》：「榿也，亦名屋梠，亦名連縣。」卷八十三引《說文》：「屋梠也。」

二徐本：「榿也。從木，詹聲。」

案：慧琳卷五十八引係雜糅數家之說而出者，屋「連縣」之訓見於《聲類》，慧琳《音義》卷八十三曾引及之，又引《說文》：「榿，屋梠也。」引《蒼頡篇》：「榿，檐也。」，可證卷五十八引《說文》「亦名」二句，係慧琳所綴加者，非古本如是。

植　卷四《大般若經》「種植」注引《說文》：「種也。從木，直聲。」

卷八《大般若經》「植眾」注引《說文》：「戶植也。從木，直聲。」

二徐本：「戶植也。從木，直聲。」

案：《音義》卷八引同二徐本，卷四訓「種也」見於《纂韻》，竊疑係涉《纂韻》而誤。

檥　卷五十一《唯識二十論》「檥方」注引《說文》：「從木，義聲。」卷八十一引同。

案：二徐本訓「榦也。」慧琳兩引皆未引訓義。

樓　卷二十五《大般涅槃經》「樓櫓」注引《說文》：「重屋覆也。」

卷五十三《起世因本經》「樓櫓」注引《說文》：「重屋也。」卷十五引同。

二徐本：「重屋也。從木，婁聲。」

案：慧琳卷十五、卷五十三皆引同二徐本無「覆」字，慧琳「櫓」字引《釋名》：「露也，上無覆也，有覆曰樓，無覆曰櫓。」竊疑卷二十五引有「覆」字係涉《釋名》而衍，非古本有「覆」字。

楯　卷四《大般若經》「欄楯」注引《說文》：「欄也，檻也。」

卷三十二《觀彌勒菩薩上生經》「闌楯」注引《說文》：「闌檻也。」

卷八十一、卷二十七、卷十四引同。

二徐本：「闌檻也。從木，盾聲。」

案：慧琳卷三十二、卷八十、卷二十七、卷十四凡四引皆同二徐本，可證卷四「欄」下「也」字誤衍。

槍　卷七十二《顯宗論》「刀槍」注引《說文》：「銳距也。從木，倉聲。」

卷十一《大寶積經》「槍林」注引《說文》：「距也。從木，倉聲。」卷四十一引同。

二徐本：「距也。從木，倉聲。一曰：槍攘也。」

案：《音義》卷十一、卷四十一引《說文》：「距也。」與二徐本同，莫友芝《說文木部殘卷》亦同，可證古本無「銳」字，卷七十二引作「銳距也」係涉《蒼頡編》而誤衍「銳」字，慧琳引《蒼頡篇》云：「木兩頭銳也。」

楔　卷三十《深密解脫經》「細楔」注引《說文》：「開木具也。從木，契聲。」

卷一百《念佛三昧寶王論》「逆楔」注引《說文》：「櫼也。從木，契聲。」卷五十、卷六十二引同。

二徐本：「櫼也。從木，契聲。」

案：莫友芝《唐本說文》木部作鐵也與二徐本同，亦同《音義》卷五十、卷六十二、卷一百所引。丁福保云：「開木具也，蓋古本『一曰』以下之奪文。」惜無旁證可徵，錄此存疑可也。

柵　卷七十四《僧伽羅刹集》「木柵」注引《說文》：「編豎木也。」卷五十九、卷七

十三引同。

二徐本:「編樹木也。從木,從冊,冊亦聲。」

案:莫友芝《唐本說文》正作「編豎木也。」與慧琳引同,《玉篇》、《廣韻》及《晉書音義》引《字林》皆同此,可證古本如是,二徐本「豎」誤作「樹」。

牀　卷十五《大寶積經》「施牀」注引《說文》:「安身具也。」

卷七《大般若經》「牀座」注引《說文》:「身所安也。」卷六十一引同。

大徐本:「安身之坐者。從木,爿聲。」

小徐本:「安身之几坐也。從木,爿聲。」

案:莫友芝《唐本說文》作「安身之坐也」與大徐本合,惟大徐「也」誤作「者」,《音義》所引義雖相同文字稍異,蓋慧琳引時以意綴之,非許書原文如是。

枕　卷七十五《道地經》「作枕」注引《說文》:「臥頭薦也。」卷七十四引《說文》:「臥時頭薦也。」

二徐本:「臥時薦首者。從木,尤聲。」

案:《音義》卷七十五引《說文》:「臥頭薦也。」與莫刻《唐本說文》同,可證古本如是,卷七十四臥下誤衍一「時」字。

杷　卷七十六《阿育王傳》「杷搔」注引《說文》:「從木,巴聲。」

案:二徐本訓「收麥器。」慧琳未引訓義。

概　卷四十四《觀察諸法行經》「不槩」注引《說文》:「杚斗斛平也。從木,既聲。」

二徐本:「杚斗斛。從木,既聲。」

案:《荀子》注:「槩,平斛之木也。」《楚辭》〈惜誓〉注:「槩,平也。」〈九章〉洪注:「槩,平斗斛木。」《廣雅》:「平斗斛曰杚。」以上皆有平字,可證二徐本奪「平也」二字既不成語,義亦不明,當從《音義》所引。

機　卷三十三《轉女身經》「機關」注引《說文》:「主發動者謂之機。」

卷二十八引同。

卷六十六《阿毘達磨法蘊足論》「機黠」注引《說文》:「主發謂之機。從木,幾聲。」卷三、卷十一、卷四十六皆引同。

案:慧琳《音義》卷三、卷十一、卷四十六、卷六十六皆引同二徐本,卷二十九、卷三十三引有「動者」二字,當係慧琳引《說文》時所綴加,非古本如是。

杼　卷五十八《十誦律》「一杼」注引《說文》:「機持緯者。」卷七十四引同。

二徐本:「機之持緯者。從木,予聲。」

案:考本書「籆,機持經者」;「椱,機持繒者」。椱、籆二字與「杼」字同例皆無「之」字,今二徐本衍「之」字宜刪。

楥　卷九十七《廣弘明集》「楥榆」注引《說文》:「從木,爰聲。」
　　二徐本:「履法也。從木,爰聲,讀若指撝。」
　　案:慧琳未引訓義。

核　卷六十二《根本毘奈耶雜事律》「核鞭」注引《說文》:「從木,亥聲。」
　　二徐本:「蠻夷以木皮爲篋,狀如籢尊。從木,亥聲。」
　　案:慧琳未引訓義。

棧　卷五十八《僧祇律》「食棧」注引《說文》:「棚也。」卷六十三引同。
　　二徐本:「棚也。竹木之車曰棧。從木,戔聲。」
　　案:慧琳未引全文。

棖　卷十九《方等念佛三昧經》「楣棖」注引《說文》:「從木,長聲。」
　　二徐本:「杖也。從木,長聲。一曰:法也。」
　　案:慧琳未引訓義。

橜　卷三十八《金剛光焰止風雨經》「鐵橜」注引《說文》:「弋也。從木,厥聲。」
　　二徐本:「弋也。從木,厥聲。一曰:門梱也。」
　　案:慧琳未引又一義。

杖　卷四《大般若經》「杖塊」注引《說文》:「手持木也。從木,丈聲。」
　　二徐本:「持也。從木,丈聲。」
　　案:古丈長六尺見《呂覽》,《禮記・曲禮》:「必操几杖以從之。」又《儀禮・
　　喪服傳》:「苴,杖竹也。削杖桐也。」凡此皆爲器名之證,應以《音義》所引
　　「手持木」爲是。

椎　卷十六《大方廣三戒經》「椎鍾」注引《說文》:「擊也。從木,隹聲。」卷二十
　　七、卷六十一引同。
　　卷七十九《經律異相》「椎柏」注引《說文》:「擊物椎也。」
　　二徐本:「擊也,齊謂之終葵。從木,隹聲。」
　　案:卷十六、卷二十七、卷六十一引《說文》:「擊也。」與二徐本同。慧琳引
　　顧野王云:「所以擊物也。」卷七十九引作「擊物椎也」涉顧野王之說而誤衍「擊
　　物」二字。

棓　卷三十《不空羂索經》「花棓」注引《說文》:「從木,音聲。」卷八十四、卷九
　　十七引同。
　　案:二徐本訓「梲也」。慧琳未引訓義。

柯　卷四十《千手千眼觀世音菩薩無礙大悲心陀羅尼經》「柯葉」注引《說文》:「樹
　　枝也。」

二徐本：「斧柄也。從木，可聲。」

案：執柯以伐柯，上爲斧柄，下爲樹枝，應有兩訓，慧琳所引當爲「一曰」以下之奪文。

欑　卷十二《大寶積經》「欑峰」注引《說文》：「從木，贊聲。」

二徐本：「積竹杖也。從木，贊聲。一曰：穿也。一曰：叢木。」

案：慧琳未引訓義。

枹　卷三十一《大乘密嚴經》「枹鼓」注引《說文》：「擊鼓柄也。從木，包聲。」卷九、卷三十三、卷七十三、卷八十四、卷九十五引同。

二徐本：「擊鼓杖也。從木，包聲。」

案：《文選》王元長〈曲水詩序〉李善注引作「柄」，莫刻《唐本說文》正作「柄」，可證《音義》所據爲許書古本。

檄　卷二十《寶星經》「讚檄」注引《說文》：「二尺書也。」卷八十三引《說文》：「從木，敫聲。」

二徐本：「二尺書。從木，敫聲。」

案：莫刻《唐本說文》有「也」字，可證二徐本奪失。

棨　卷九十八《廣弘明集》「棨戟」注引《說文》：「傳信也。從木，啓省聲。」

大徐本：「傳信也。從木，啓省聲。」

小徐本作「傳書也」。

案：慧琳引同大徐本，亦與莫刻《唐本說文》同，小徐本「信」作「書」，義得兩通，然非古本如是也。

槅　卷五十七《佛說罵意經》「犂槅」注引《說文》：「車軛也。從木，鬲聲。」

大徐本：「大車枙。從木，鬲聲。」

小徐本作「大車枙」。

案：《說文》「枙」、「枙」並無，段注《說文》云：「當作軛。」慧琳正引作「軛」，可證古本如是。惟《音義》奪一「大」字，二徐又竝奪「也」字。

橃　卷六十四《四分僧羯磨》「戒橃」注引《說文》：「海中大船也。」卷六十二、卷四十五、卷二十九、卷八引《說文》皆作：「從木，發聲。」

大徐本：「海中大船。從木，發聲。」

小徐本作「從木，撥省聲」。

案：慧琳引同大徐本，莫刻《唐本說文》亦同，小徐本作「撥省聲」非是。

楫　卷三十一《新翻密嚴經》「舟楫」注引《說文》：「從木，咠聲。」卷二十四引同。

案：二徐本訓「舟櫂也。」慧琳未引訓義。

橋　卷二十九《金光明經》「橋發」注引《說文》：「梁也。從木，喬聲。」

　　二徐本：「水梁也。從木，喬聲。」

　　案：慧琳奪一「水」字。

梁　卷四十七《中論》「梁椽」注引《說文》：「從木，從水，刃聲。」

　　案：二徐本訓「水橋也。」慧琳未引訓義。

析　卷八十《開元釋教錄》「明析」注引《說文》：「破木也。從木，從斤。會意字也。」
　　卷七十二引同。

　　卷八十一《南海寄歸內法傳》「剖析」注引《說文》：「破木也。從木、斤。一云：
　　削也。」

　　卷十一、卷十二、卷十七、卷二十九、卷三十一、卷三十三、卷五十一、卷六
　　十六卷八十三、卷九十八、卷一百引《說文》：「破木也。」

　　卷二十九、卷八十九、卷一百引《說文》下並云：「集中從手，從片，作㭊，俗
　　字，非也。」

　　大徐本：「破木也。一曰：折也。從木，從斤。」

　　小徐本作：「從木，斤聲」。

　　案：二徐本「一曰折也」，慧琳引《說文》作「一曰削也」，以斤斷艸曰折，斤
　　分木當謂之削，應以慧琳所引爲是。

杼　卷八十六《辯正論》「杼械」注引《說文》：「械，桎梏也。」

　　二徐本：「械也。從木，從手，手亦聲。」

　　案：「械，桎梏也」，慧琳引《說文》誤衍「桎梏」二字，蓋涉上字「械」字釋
　　義而誤。

桎梏　卷八十四《古今佛道論衡》「桎梏」注引《說文》：「桎，足械也。所以桎地也。
　　梏，手械也，所以梏天也。」卷十三引同。

　　二徐本：「足械也。從木，至聲。」「梏」下云：「手械也。從木，告聲。」

　　案：慧琳引同莫刻《唐本說文》，可證二徐本逸「所以桎地」、「所以梏天」二語。

橚　卷八十四《集古今佛道論衡》「橚樂」注引《說文》：「從木，萬聲。」

　　案：二徐本訓「松心木。」慧琳未引訓義。

欜　卷五十一《成唯識論》「欜籥」注引《說文》：「從木，橐聲。」

　　二徐本：「夜行所擊者。從木，橐聲。《易》曰：重門擊欜。」

　　案：慧琳未引訓義。

檮　卷四十《千眼千臂觀世音神秘呪印經》「檮昧」注引《說文》：「從木，壽聲。」

　　二徐本：「斷木也。從木，壽聲。《春秋傳》曰：檮杌。」

案：慧琳未引訓義。

枷　卷三十八《文殊師利根本大教王經金翅鳥王品》「枷杻」注引《說文》：「從木，加聲。」

二徐本：「柺也。從木，加聲。淮南謂之枴。」

案：慧琳未引訓義。

栽　卷六十六《阿達磨法蘊足論》「栽杌」注引《說文》：「從木，𢦏聲。」

二徐本：「築牆長版也。從木，𢦏聲。《春秋傳》曰：楚圍蔡，里而栽。」

案：慧琳未引訓義。

榭　卷九十九《廣弘明集》「菌榭」注引《說文》：「從木，射聲。」

大徐新附：「臺有屋也。從木，射聲。」

案：慧琳未引訓義。

榻　卷五十三《起世因本經》「七榻」注引《說文》：「從木，昜聲。」卷一、卷十五引同。

大徐新附：「牀也。從木，昜聲。」

案：慧琳未引訓義。

木　部（以下引同二徐本，存而不論）

橙　卷三十九《不空羂索經》「橙子枝」注引《說文》：「橘屬。從木，登聲。」

桔　卷十九《虛空藏菩薩問七佛陀羅尼呪經》「桔皮」注引《說文》：「桔梗，藥名。從木，吉聲。」

櫃　卷三十《不空羂索經》「紫櫃木」注引《說文》：「枋也。從木，畺聲。」

朵　卷三十八《金剛光焰止風雨經》「八十朵」注引《說文》：「樹木垂朵朵也。從木，象形。」

株　卷二十四《大悲經》「株杌」注引《說文》：「木根也。從木，朱聲。」

槮　卷九十九《廣弘明集》「蕭槮」注引《說文》：「木長皃。從木，參聲。《詩》曰：槮差荇菜。」

枯　卷四十一《六波羅蜜多經》「枯槁」注引《說文》：「槁也。從木，古聲。」

槁　卷四十一《六波羅蜜多經》「枯槁」注引《說文》：「木枯也。從木，高聲。」

構　卷九十三《高僧傳》「繕構」注引《說文》：「蓋也。」卷卅一引《說文》：「從木，冓聲。」

櫟　卷九十九《廣弘明集》「桂櫟」注引《說文》：「橡也。從木，樂聲。」

樞　卷六十二《根本毘奈耶雜事律》「扇樞」注引《說文》：「戶樞也。從木，區聲。」

櫳　卷五十八《僧祇律》「櫳疏」注引《說文》：「房室之疏也。從木，龍聲。」

梱　卷十三《高僧傳》「踰梱」注引《說文》：「門橜也。從木，困聲。」

櫺　卷九十五《弘明集》「西櫺」注引《說文》：「楯閒子也。從木靁聲。」

櫛　卷七十九《經律異相》「持節」注引《說文》：「梳比之總名也。從木，節聲。」

杚　卷四十四《觀察諸法行行經》「不杚」注引《說文》：「平也。從木，气聲。」

械　卷八十九《高僧傳》「一械」注引《說文》：「筴也。從木，咸聲。」

棚　卷六十八《根本大苾蒭戒經》「棚上」注引《說文》：「棧也。從木，朋聲。」

槧　卷八十二《西域記》「握槧」注引《說文》：「牘樸也。從木，斬聲。」

榷　卷八十四《古今譯經圖記》「楊榷」注引《說文》：「水上橫木，所以渡也。」卷八十七、卷九十一引《說文》：「從木，崔聲。」

櫱　卷七十六《異門足論》「栽櫱」注引《說文》：「伐木餘也。從木，獻聲。」

檻　卷五十九《四分律》「鼠檻」注引《說文》：「櫳也。一曰：圈也。從木，監聲。」

艘　卷八十三《玄奘傳》「万」注引《說文》：「船總名也。從木，叜聲。」

棱　卷四十《阿利多羅陀羅尼經》「三棱」注引《說文》：「柧也。從木，夌聲。」

橫　卷五十九《四分律》「橫郭」注引《說文》：「闌木也。」卷十一引《說文》：「闌木也。從木，黃聲。」

櫬　卷九十六《弘明集》「與櫬」注引《說文》：「棺也。從木，親聲。」

梯　卷六十八《大毘婆沙論》「梯隥」注引《說文》：「木階也。從木，弟聲。」

杓　卷九十八《廣弘明集》「斗杓」注引《說文》：「斗柄也。從木，從勺。」

柱　卷十七《善住意天子經》「柱杖」注引《說文》：「楹也。從木，主聲。」

樸　卷八十四《古今佛道論衡》「樸素」注引《說文》：「木素也。從木，菐聲。」

楓　卷九十九《廣弘明集》「楓櫨」注引《說文》：「木也。厚葉弱枝，善搖。從木，風聲。」

櫓　卷二十《寶星經》「樓櫓」注引《說文》：「大盾也。從木，魯聲。」

模　卷八十九《高僧傳》「靈模」注引《說文》：「法也。從木，莫聲。」

柄　卷六十二《根本毘奈耶雜事律》「撇柄」注引《說文》：「柯也。從木，丙聲。」

朸　卷九十六《弘明集》「三朸」注引《說文》：「木之理也。從木，力聲。」

林　部

鬱　卷八十《大唐內典錄》「鬱峙」注引《說文》：「木叢生也。」卷八十二引作「艸木叢生也。」

二徐本：「木叢生者。從林，鬱省聲。」

案：《音義》卷八十二誤衍一「艸」字。

麓　卷九十二《高僧傳》「林麓」注引《說文》：「從林，鹿聲。」卷五十一引同。
二徐本：「守山林吏也。從林，鹿聲。一曰：林屬於山爲麓。《春秋傳》曰：沙麓崩。」
案：慧琳兩引皆未引訓義。

森　卷三十三《佛說大乘造像功德經》「森然」注引《說文》：「多木長皃也。」卷五十二引同。卷二十四《大方廣如來不思議境界經》「森蔚」注引《說文》：「木多而長皃也。」
二徐本：「木多皃。從林，從木。讀若曾參之參。」
案：《玉篇》云：「長木皃。」《文選》〈文賦〉注引《字林》：「多木長皃。」《廣韻》亦云：「長木皃。」小徐曰：「木多故上出也。」可證原本應有「長」字。

出　部

賣　卷十四《寶積經》「衒賣」注引《說文》：「出物也。從出，買聲。」卷三十六引同。
小徐本：「出物貨也。從出，買聲。」
大徐本作「從出，從買」。
案：《廣韻》引《說文》：「出物也。」與慧琳引同，蓋皆僅引第一義，二徐本作「出物貨也」，此二義也，即「出物也，貨也」，二徐本奪「也」字宜補。

糶　卷六十一《苾芻尼律》「貴糶」注引《說文》：「出殺也。」
二徐本：「出穀也。從出，從糶，糶亦聲。」
案：慧琳《音義》「穀」字誤作「殺」字，應以二徐本爲是。

稽　部

稽　卷七十七《釋門系錄》「稽大僞」注引《說文》：「從禾，從尤，旨聲。」
案：二徐本訓「留止也。」慧琳未引訓義。

口　部

圈　卷六十八《大毘婆沙論》「圈門」注引《說文》：「養畜闌也。從口，卷聲。」
二徐本：「養畜之閑也。從口，卷聲。」
案：「閑」猶「闌」也，義得兩通。

圄　卷八十八《釋法琳傳》「辯圄」注引《說文》：「苑有垣者。從口，有聲。」卷一

百引同。

二徐本：「苑有垣也。從囗，有聲。一曰：禽獸曰囿。」

案：《音義》未引「一曰」以下六字。

囹　卷八十五《辯正論》「囹圄」注引《說文》：「從囗，令聲。」卷六十八、卷七十引同。

案：二徐本訓「獄也」。慧琳未引訓義。

圄　卷八十五《辯正論》「囹圄」注引《說文》：「守也。從囗，吾聲。」卷六十八、卷七十引同。

二徐本：「守之也。從囗，吾聲。」

案：慧琳凡三引皆無「之」字，竊疑二徐本誤衍。

圂　卷八十七《十門辯惑論》「穢圂」注引《說文》：「廁也。從囗，豕其中。」卷七十五、卷四十四、卷四十三引同。

卷十二、卷十三、卷五十三、卷五十七、卷六十四、卷八十四引《說文》：「廁也。」

大徐本：「廁也。從囗，象豕在囗中也。會意。」

小徐在下有「其」字。

案：慧琳屢引皆無「象」字，疑二徐本「象」字誤衍。

團　卷十五《大寶積經》「肉團」注引《說文》：「圜也。從囗，專聲。」

案：引同二徐本。

貝　部

貝　卷二十五《大般涅槃經》「珂貝」注引《說文》：「海介蟲也。」

二徐本：「海介蟲也，居陸名猋，在水名蜬。象形。古者貨貝而寶龜，周而有泉，至秦，廢貝行錢。」

案：慧琳未引全文。

賹　卷八十四《古今譯經圖記》「賹以」注引《說文》：「貨也。從貝，爲聲。亦古文貨字也。」五十九引《說文》：「貨也。」卷六十二引《說文》：「從貝，爲聲。」

大徐本：「資也。從貝，爲聲。或曰，此古貨字。讀若貴。」

小徐本無「或曰」以下九字。

案：賹從爲聲，貨從化聲，與《尚書》「南譌」作「南訛」同，故古文以爲「貨」字。「賹」、「貨」既相通，則宜訓「資」，不宜訓「貨」，《音義》當係傳寫之誤。

賣　卷八十八《集沙門不拜俗議》「賣寶」注引《說文》：「從貝，宓聲。」

案：二徐本訓「會禮也。」慧琳未引訓義。

齎　卷八《大般若經》「多齎」注引《說文》：「持物於道行也。從貝，齊聲。」
卷十一《大寶積經》「齎來」注引《說文》：「持遺也。」卷十、卷十二、卷十三、卷十四、卷七十八、卷八十、卷八十一、卷八十九引同。
二徐本：「持遺也。從貝，齊聲。」
案：《音義》卷十一等九引皆同二徐本。《玉篇》云：「齎，行道所用也。」〈聘禮〉鄭注：「行道之財用也。」《周禮》注：「所以給予人以物曰齎。」卷八所引或係節引鄭注而誤為《說文》。

賂　卷五十七《佛說孝子經》「從貝，路省聲。」
二徐本：「遺也。從貝，各聲。」
案：大徐曰：「當從路省乃得聲。」正與慧琳引合，大徐此說極是。

賸　卷十《仁王護國陀羅尼經》「賸最」注引《說文》：「物相增加也。從貝，朕聲。」
卷十六引《說文》：「物相增加也，副也。」卷九十四引《說文》：「以財送人也。從貝，朕聲。一曰：以物增加也。」
二徐本：「物增加也。從貝，朕聲。一曰：送也，副也。」
案：《音義》凡三引，文字詳略稍有異同，然其義皆合二徐本。

贈　卷九十三《高僧傳》「賵贈」注引《說文》：「從貝，曾聲。」
案：二徐本訓「玩好相送也。」慧琳未引訓義。

負　卷六《大般若經》「負債」注引《說文》：「從人守貝，有所恃也。一曰：受貸不償。」卷八引《說文》：「恃也。上從人，下從貝，人守寶貝，有所恃也。一曰：受貸不償。」卷四十一引《說文》：「恃也。從人守貝有所恃也，又云受貸不償。」
大徐本：「恃也。從人守貝，有所恃也。一曰：受貸不償。」
小徐本：「恃也。從人守貝，有所恃也。」
案：《音義》凡三引，除卷八稍涉己意外，皆引與大徐本同，小徐奪「一曰受貸不償」六字。

賒　卷四十九《十住毘婆沙論》「太賒遠」注引《說文》：「貰賣也。」
二徐本：「貰買也。從貝，余聲。」
案：慧琳引《周禮》鄭注云：「市無利則賒，賣物未得錢曰賒。」釋賒之義甚明，所據極是。

質　卷七《大般若經》「淳質」注引《說文》：「以物相贅也。從貝，從所。」卷四十五引同。
大徐本：「以物相贅。從貝，從所。闕。」

小徐本：「以物相贅。從貝，所聲。」

案：慧琳兩引皆無「闕」字，丁福保云：「大徐本闕字乃校者所加。」此說洵然。

贖　卷四十一《六波羅蜜多經》「贖」下注引《說文》：「貿也。從貝，賣聲。」

案：慧琳引同大徐本。小徐本無「貿也」二字，當係傳寫奪失。

賈　卷十九《十輪經》「賈客」注引《說文》：「從人自癰蔽也，左右象蔽形也。」

卷三十二《藥師瑠璃功德經》「賣賈」注引《說文》：「坐賣售也。從貝，襾聲。」

卷七十八引《說文》：「從貝，襾聲。」

二徐本：「賈市也。從貝，襾聲。一曰：坐賣售也。」

案：慧琳《音義》卷三十二雖未引全文，然所引皆與二徐本合，竊疑卷十九引《說文》係「賈」字上形襾，釋形之誤。

貲　卷六十《根本毗奈耶律》「貲財」注引《說文》：「從貝，此聲。」卷七十八、卷九十二引同。

二徐本：「小罰以財自贖也。從貝，此聲。漢律：民不繇，貲錢二十二。」

案：慧琳凡三引皆未引訓義。

賻　卷九十三《高僧傳》「慰賻」注、「賻贈」注引《說文》：「從貝，專聲。」

大徐新附：「助也。從貝，專聲。」

案：慧琳引《韻詮》云：「以財帛助喪家不足曰賻。」次引《說文》，可證許書確有此字。《白虎通》云：「賻助也。」《韻詮》語亦有助字，與大徐新附訓合。

賵　卷九十三《高僧傳》「賻贈」注引《說文》：「從貝，冒聲。」

大徐新附：「贈死者。從貝，從冒。冒者，衣衾覆冒之意。」

案：《韻會》云：「贈死之物。」未著所出，讀撫鳳切，與大徐新附合，可證古本有此字。

賙　卷四十一《六波羅蜜多經》「從貝，周聲。」

二徐本無。

案：慧琳先引《詩毛傳》云：「賙救也。」鄭箋云：「權救其急也。」次引《說文》：「從貝，周聲」。《韻會》云：「振贍也。」未著所出，可證許書原有此字，以通用「周」而「賙」字遂刪去。

貝　部（引同二徐本，存而不論）

資　卷八十六《辯正論》「無資」注引《說文》：「貨也。從貝，次聲。」

賑　卷九十八《廣弘明集》「賑恤」注引《說文》：「富也。從貝，辰聲。」

貯　卷六十二《根本毗奈耶雜事律》「貯麵」注引《說文》：「積也。從貝，宁聲。」

貰　卷四十四《般泥洹後灌臘經》「貰許」注引《說文》:「貸也。從貝,世聲。」

費　卷五十七《禪行法想經》「費耗」注引《說文》:「散財用也。從貝,弗聲。」

貿　卷七十七《釋迦譜序》「貿易」注引《說文》:「易財也。從貝,卯聲。」

賣　卷三十二《藥師經》「賣賣」注引《說文》:「行賈也。從貝,商省聲。」

販　卷七十八《經律異相》「賣販」注引《說文》:「買賤賣貴者。從貝,反聲。」

邑　部

鄙　卷六十八《大毗婆沙論》「鄙陋」注引《說文》:「從邑,啚聲。」
　　案:二徐本訓「五酇為鄙。」慧琳未引訓義。

鄼　卷八十三《玄奘傳》「鄼公」注引《說文》:「從邑,贊聲。」
　　二徐本:「百家為鄼。鄼,聚也。從邑,贊聲。南陽有鄼縣。」
　　案:慧琳未引訓義。

郛　卷八十三《玄奘傳》「建郛」注引《說文》:「從邑,孚聲。」
　　案:二徐本訓「郭也。」慧琳未引訓義。

郵　卷八十三《玄奘傳》「郵駿」注引《說文》:「境上行書舍也。從邑,垂聲。」卷
　　八十四引《說文》:「從邑,垂聲。」
　　二徐本:「境上行書舍。從邑、垂。垂,邊也。」
　　案:沈虔云:「『垂邊也』三字當是『垂亦聲』,以後人讀郵與垂遠,故改『垂亦
　　聲』作『垂邊也』與『境上』字複而不覺也。」此說極是,正與慧琳引合,無
　　「垂邊也」三字。

鄴　卷九十七《廣弘明集》「鄴城」注引《說文》:「從邑,業聲。」卷五十、卷八十、
　　卷七十七引同。
　　二徐本:「魏郡縣。從邑,業聲。」
　　案:慧琳未引訓義。

野　卷八十四《古今佛道論衡》「鄙野」注引《說文》:「從邑,里聲。」
　　二徐本:「南陽西鄂亭。從邑,里聲。」
　　案:慧琳未引訓義。

鄶　卷九十七《廣弘明集》「盜鄶」注引《說文》:「從邑,會聲。」
　　二徐本:「祝融之後,妘姓所封。溮洧之間,鄭滅之。從邑,會聲。」
　　案:慧琳未引訓義。

鄭　卷八十一《神州三寶感通錄》「鄭塔」注引《說文》:「從邑,貿聲。」
　　二徐本:「會稽縣。從邑,貿聲。」

案：慧琳未引訓義。

邸　卷三十九《不空羂索經》「邸店」注引《說文》：「屬國舍也。從邑，氏聲。」卷八十三引同。

　　案：引同二徐本。

束　部

束　卷三十八《文殊師利根本大教王經》「束擇」注引《說文》：「分別簡之也。從束八分之也。」

　　二徐本：「分別簡之也。從束，從八，八分別也。」

　　案：慧琳引《說文》訓義與二徐本合，釋字形略有所省。

《一切經音義》引《說文》考　第七

日　部

日　卷四十一《六波羅蜜多經》「旭日」注引《說文》：「太陽精象形。」

　　大徐本：「實也，太陽之精不虧。從口、一，象形。」

　　小徐本無「象形」二字。

　　案：慧琳卷四十一所引奪字甚多，當從大徐本爲是。

晄　卷二十四《大方廣佛花嚴經》「晄曜」注引《說文》：「明也。從日，光聲。」卷
　　四、卷二十八引同。卷五十八、卷七十四、卷八十一引《說文》：「明也。」

　　小徐本：「明也。從日，光聲。」

　　大徐本作「光亦聲」。

　　案：慧琳凡六引，其訓義與二徐本同，惟字體皆作「晃」，不作「晄」，考《篇
　　韻》皆以「晃」爲正體，段氏注《說文》即正作「晃」，應以作「晃」爲是。

旭　卷十八《十輪經》「旭照」注引《說文》：「明也，日旦出皃。從日，九聲。」卷
　　六十一引《說文》：「日旦出皃。」

　　案：大徐本：「日旦出皃。從日，九聲，讀若勖。一曰：明也。」

　　小徐本無「一曰明也」四字，非是。慧琳引與大徐本合。

晧　卷十九《大哀經》「晧臭」注引《說文》：「日初出皃。從日，告聲。」

　　二徐本：「日出皃。從日，告聲。」

　　案：小徐曰：「初見其白也。」此許書原本有「初」字之證，二徐本奪「初」字
　　宜補。

旰　卷八十一《南海寄歸內法傳》「日旰」注引《說文》：「日晚也。從日，干聲。」

　　小徐本：「日晚也。從日，干聲。《春秋傳》曰：日旰君勞。」

大徐本奪「日」字作「晼也。」

案：《文選》注引《說文》：「日晼也。」與慧琳引同，可證大徐奪「日」字宜補。

曩 卷二十九《金光明經》「曩脩」注引《說文》：「從日，襄聲。」卷八十三引同。

案：二徐本訓「曏也」，慧琳兩引皆未引訓義。

暇 卷四《大般若經》「无暇」注引《說文》：「閑也。從日，從叚，省聲。」

二徐本：「閑也。從日，叚聲。」

案：慧琳引《說文》「省」字當係誤衍。

昱 卷七十九《經律異相》「晃昱」注引《說文》：「從日，立聲。」

案：二徐本「昱，明日也」，慧琳未引訓義。

旺 卷九十《高僧傳》「旺旺」注引《說文》：「光美皃也。從日、往。往，聲也。」

大徐本：「光美也。從日，往聲。」

小徐本：「美光也。從日，往聲。」

案：小徐引《爾雅》曰：「旺旺，皇皇美也。」此說光美之皃，小徐本訓「美光也」，確係誤倒無疑。

曬 卷七十七《釋迦方志》「曬衣」注引《說文》：「從日，麗聲。」

案：二徐本訓「暴也。」慧琳未引訓義。

晞 卷九十二《高僧傳》「晞晨」注引《說文》：「從日，希聲。」

案：二徐本訓「乾也。」慧琳未引訓義。

暴 卷四十六《大智度論》「暴露」注引《說文》：「晞乾也。」卷五十九、卷六十七引同。

二徐本：「晞也。從日，從出，從収，從米。」

案：慧琳屢引皆有「乾」字，考玄應《音義》卷一、卷二、卷三、卷九、卷十四、卷十七、卷十九、卷二十一引《說文》亦皆作「晞乾也」，可證古本應有「乾」字。

昕 卷七十七《釋迦譜序》「昕赫」注引《說文》：「旦明，日將出也。從日，斤聲。」

大徐本：「旦明，日將出也。從日，斤聲。讀若希。」

小徐本：「旦也，明也，日將出也。從日，斤聲。讀若忻。」

案：《韻會》引小徐本作「旦明也，日將出也。」與大徐與《音義》并同，惟「旦明」下衍一「也」字，小徐本有三「也」，則訓爲三解，與古本不合。又「讀若希」，小徐作「讀若忻」恐非，斤聲而讀若希者，文微二韵之合，齊風是以與衣韵也，今讀許斤切則又合乎最初古音矣。段注云：「《說文》『讀若希』見文王世子音義，鍇作『讀若忻』非，鄭注〈樂記〉『訢』讀爲『熹』，是其理也。」

暎　卷十《實相般若經》「交暎」注引《說文》：「從日，英聲。」卷三十二引同。
　　二徐本無「暎」字，大徐新附作「映」，訓「明也、隱也」。
　　案：慧琳一先引《考聲》云：「暉也，亦旁照也。」一先引《韻英》云：「旁照
　　也。」次引《說文》，可證許書古本有此字。

曖　卷九十五《弘明集》「奄曖」注引《說文》：「從日，愛聲。或作靉。」
　　二徐本無「曖」字。
　　案：慧琳一引《考聲》云：「日光景也。」一引王逸《楚辭》注：「闇昧皃。」
　　次引《說文》、《廣韵》云：「日不明也。」竊疑古本《說文》或有此字，後傳鈔
　　奪失。

昂　卷三十四《慈氏菩薩說稻䕏經》「低昂」注引《說文》：「高也。從日，邛聲。」
　　大徐新附：「舉也。從日，邛聲。」
　　案：《韻會》云：「日升也。一曰：明也。」未著所出。又云：「高也」下引《詩》：
　　「顒顒卬卬。」玄應《音義》引《詩》正作「顒顒昂昂」。是古確有「昂」字，
　　自經典通作卬，而「昂」字專為俗用矣。大徐訓「舉也」，《廣雅》、《廣韻》並
　　同。

昞　卷九十《高僧傳》「昞有」注引《說文》：「明也。從日，丙聲。」卷一百引《說
　　文》：「從日，丙聲。」
　　二徐本無昞字。
　　案：《說文》火部「炳，明也」，與「昞」訓同。慧琳云：「或從火作炳，用亦同
　　也。」又云：「或作昺，亦同。」並引《廣雅》：「明也。」可證許書確有從日之
　　「昞」，非誤引從火之「炳」。

日　部（以下諸字引同二徐本，存而不論）

晣　卷十七《大乘顯識經》「昭晢」注引《說文》：「昭晣，明也。從日，折聲。」
昫　卷九十五《弘明集》「嫗昫」注引《說文》：「日出溫也。從日，句聲。」
曄　卷七十九《經律異相》「煒曄」注引《說文》：「光也。從日，華聲。」
暱　卷六十七《集異門足論》「親暱」注引《說文》：「日近也。從日，匿聲。」

旦　部

暨　卷九十五《弘明集》「暨于」注引《說文》：「日頗見。從旦，既聲。」卷三十一
　　引同。
　　案：引同小徐本，大徐本見下有「也」字，當係誤衍。

㫃 部

旂　卷九十五《弘明集》「旂旗」注：「《說文》二字並從㫃、令，其亦聲。」

二徐本有「旗」無「旂」。「旗」下：「熊旗五游，以象罰星。士卒以爲期。從㫃，其聲。《周禮》曰：率都建旗。」

案：慧琳引《周禮》云：「析羽爲旂。」鄭注云：「析羽，以五色繫之於旂上也。」又引鄭注云：「徵眾刻日樹旗期其下也。」慧琳又云：「亦作旌旂。」考《爾雅‧釋天‧釋文》：「旌本又作旂。」可證古本當有旂字。

旌　卷十四《大寶積經》「旌鼓」注引《說文》：「游車載旌。所以精進士卒也。從㫃，生聲。」

大徐本：「游車載旌，析羽注旌首，所以精進士卒。從㫃，生聲。」

小徐本「首」下「卒」下並有「也」字。

案：慧琳未引全文，奪「析羽注旌首」五字。

旄　卷七十七《釋迦譜序》「幢旄」注引《說文》：「從㫃、毛，毛亦聲。」

大徐本：「幢也。從㫃，從毛，毛亦聲。」小徐本作「從㫃毛聲」。

案：慧琳未引訓義。

旛　卷六《大般若經》「旛鐸」注引《說文》：「旛胡也。從㫃，番聲。」

二徐本：「幅胡也。從㫃，番聲。」

案：段注本依葉石林抄宋本及《韻會》訂正作「旛胡也」，正與慧琳引同，段氏之精密由此可見，二徐本「幅」字確爲「旛」字之誤。

旅　卷六《大般若經》「軍旅」注引《說文》：「軍之五百人也。從㫃從从。」卷十一引《說文》：「從㫃，從从。」卷十三引《說文》：「軍也，五百人也。」

大徐本：「軍之五百人爲旅。從㫃，從从。从，俱也。」

小徐本：「軍之五百人。從㫃，從从。旅，俱也。」

案：慧琳卷六引同小徐本，惟「從㫃」下未引「旅俱也」三字，卷十三引《說文》「之」字誤作「也」字。

族　卷六《大般若經》「大族」注引《說文》：「矢鋒也。從㫃，從矢。」

大徐本：「矢鋒也。束之族族也。從㫃，從矢。」

案：慧琳未引「束之族族也」五字。

旒　卷八十八《集沙門不拜俗議》「展旒」注引《說文》：「從㫃，充聲。」

二徐本無「旒」字。

案：「瑬」下小徐曰：「天子十有二旒，旒之言流也，自上而下動則逶迤若水流也。冕瑬當作此瑬字，今作旒假借字。」《廣韻》云：「今經典皆用旒字。」慧

琳引《毛詩傳》云：「旈，章也。」顧野王云：「旈，即斿也。」次引《說文》：「從㫃，充聲」。依小徐說「㬎㳫」當用「㳫」字，作「旈」爲假借，是許書本有「旈」字，故慧琳引及之。

冥　部

冥　卷一《大般若經》「盲冥」注引《說文》：「幽也。從日。日數十六，每月十六日，月始虧，漸幽暗也。從冖，亦聲。」

二徐本：「幽也。從日，從六，冖聲。日數十，十六日而月始虧幽也。」

案：《音義》凡七引，卷一、卷四、卷十五、卷三十三、卷四十一、卷七十七、卷八十八皆引與二徐本大同小異，卷一引《說文》：「冖亦聲。」小徐亦曰：「當言『冖亦聲』，傳寫脫誤。」說與慧琳引《說文》合。

晶　部

疊　卷五十三《起世因本經》「疊磑」注引《說文》：「從三日作疊，新改爲三田。下從宜，會意字。」

二徐本：「楊雄說以爲，古理官決罪，三日得其宜，乃行之。從晶，從宜。亡新以爲，從疊三日太盛，改爲三田。」

案：慧琳未引全文，當從二徐本。

朙　部

朙　卷二十九《金光明經》「金光朙」注引《說文》：「從囧。囧象窗，月光入窗，明也，亦會意字。」

卷四十一引《說文》：「從囧，從月。囧，象窗也。」

大徐本：「照也。從月，從囧。」

小徐本：「昭也。從囧，月聲。」

案：《韻會》引小徐本作「從月、囧。」可證今本、小徐本之誤。囧，象窗牖麗廔闓明也，慧琳兩引皆有「囧象窗」三字，今本奪失，惟慧琳引《說文》有「月光入窗明也」六字，當爲慧琳加釋之語，非古本如是。

囧　部

囧　卷八十《大唐內典錄》「道囧」注引《說文》：「窗牖間開明也，象形。」

二徐本：「窗牖麗廔闓明。象形。凡囧之屬皆從囧，讀若獷。賈侍中說，讀與明

同。」

案：「闓明」即「開明」也，小徐曰：「麗廔，言其明也。」慧琳「間」字當係誤衍，又奪「麗廔」二字。

束 部

棘　卷三十二《彌勒下生成佛經》「棘束」注引《說文》：「似棗叢生也。從二束也。」卷十、卷五十一、卷八十九、卷三十引同。

二徐本：「小棗叢生者。從竝、束。」

案：《詩話》：「棘如棗而多刺，木堅色赤，人多以爲藩。」《通鑑》：「矣景幽帝於永福省，牆垣悉布枳棘。」注云：「棘似棗而多刺。」慧琳屢引皆作「似棗叢生也」，據此可證二徐本「小」字確係「似」字之誤。

片 部

牖　卷十二《大寶積經》「戶牖」注引《說文》：「穿壁以木爲交窗也。從片、從戶、甫。」

二徐本：「穿壁以木爲交窗也。從片、戶、甫。譚長以爲，甫上日也，非戶也，牖所以見日。」

案：慧琳未引「譚長」以下十六字。

禾 部

穡　卷十八《十輪經》「稼穡」注引《說文》：「從禾，嗇聲。」

案：二徐本：「穀可收曰穡。」慧琳未引訓義。

穆　卷六《大般若經》「肅穆」注引《說文》：「和也。從禾，㣎聲。」

二徐本：「禾也。從禾，㣎聲。」

案：《詩·蒸民》「穆如清風」鄭箋：「和也。」《淮南·覽冥》：「宓穆休於太祖之下」；《集解》：「穆，和也。」《漢書·揚雄傳上》集注：「雍穆，和也。」又《玉篇》云：「和也。」二徐本誤作「禾也」非是。

穄　卷五十八《十誦律》「穄米」注引《說文》：「䵘也，似黍而不黏者，關西謂之䵗。」卷七十四引同。

二徐本：「䵘也。從禾，祭聲。」

案：《呂氏春秋》：「飯之美者，陽山之穄。」高注「關西謂之䵗，冀州謂之䵪？」《九穀考》曰：「據《說文》禾屬而黏者黍，則禾屬而不黏者䵘。」又玄應《音

義》卷十五、卷十七亦皆引同慧琳《音義》，可證《說文》古本確有「似黍」二語，今本奪失宜補。

稌　卷九十五《弘明集》「多稌」注引《說文》：「牛宜稌。從禾，余聲。」

　　二徐本：「稻也。從禾，余聲。《周禮》曰：牛宜稌。」

　　案：慧琳節引《說文》未及全文，非以「牛宜稌」爲許書本訓也，應以二徐本爲是。

秔　卷八《大般若經》「秔米」注引《說文》：「稻屬。從禾，亢聲。」卷十五、卷四十四、卷八十三引同。

　　卷二十四《方廣大莊嚴經》「秔米」注引《說文》：「不黏稻也。從禾，亢聲。」

　　大徐本：「稻屬。從禾，亢聲。」

　　小徐本：「稻也。從禾，亢聲。」

　　案：慧琳《音義》卷八、卷十五、卷四十四、卷八十三皆引同大徐本，小徐本作「稻也」當係「稻屬」之誤。又卷二十四引作「不黏稻也」與《聲類》訓合，《字林》作「秔，稻之不黏者也。」亦與之相合，顏注《急就篇》亦云：「秔，謂稻之不黏者，以別於稬也。」《韻會》八庚引稻屬下有「一曰稻不黏者」六字，可證今本奪失「一曰」又一義。

穬　卷十五《大寶積經》「穬麥」注引《說文》：「芒穀也。從禾，廣聲。」卷三十五、卷五十二引同。

　　二徐本：「芒粟也。從禾，廣聲。」

　　案：慧琳先引《蒼頡篇》云：「穬，穀之有芒者也。」次引《說文》作「芒穀也」，玄應《音義》卷十一引同，可證二徐本「穀」誤作「粟」。

采　卷三十四《稻稈經》「生穗」注引《說文》：「禾成秀，人所收也。」

　　卷七十四引同。

　　大徐本：「禾成秀也，人所以收。從爪、禾。」

　　小徐本：「禾成秀。從禾，爪聲。」

　　案：考玄應《音義》三引與慧琳同，《爾雅·釋艸·釋文》引亦同，大徐本微誤，小徐本奪失甚多，宜據慧琳《音義》補。

秫　卷三十四《大方廣如來藏經》「粟秫」注引《說文》：「從禾，朮聲。」

　　案：二徐訓「稷之黏者」，慧琳未引訓義。

穫　卷三十八《海龍王經》「刈穫」注引《說文》：「刈禾也。」卷十、卷四十六、卷七十五、卷八十四引同。

　　卷四十一《六波羅蜜多經》「霜穫」注引《說文》：「刈穀也。從禾，隻聲。」

二徐本：「刈穀也。從禾，蒦聲。」

案：《御覽》八百二十四〈資產部〉及玄應《音義》卷三、卷五、卷九、卷十二皆引作「刈禾也」，二徐本作「刈穀也」，慧琳卷四十一亦引作「刈穀也」，是知許書傳寫本紛然，故所據各異，而慧琳所引及之許書亦不一種，惟作「禾」者多而義近，宜從之。

稈　卷三十《緣生經》「稻稈」注引《說文》：「從禾，旱聲。」

二徐本：「禾莖也。從禾，旱聲。《春秋傳》曰：或投一秉稈。」

案：慧琳未引訓義。

秸　卷五十七《護淨經》「秸稾」注：「《說文》：稾亦秸也。並從禾，吉、高皆聲。」

卷九十二引《說文》：「又作稭，古文秸字也。」

二徐本「稾」下：「稈也。從禾，高聲。」二徐本無「秸」字。

二徐本「稭」下：「禾稾。去其皮，祭天以爲席。從禾，皆聲。」

案：慧琳引孔注《尚書》云：「秸，亦稾也。」引《玉篇》云：「秸，禾穀稾草也。」今經典「稭」皆作「秸」，《書‧禹貢》：「三百里納秸服」。又作稾秠。〈郊特牲〉：「而蒲越稾秠之尚。」又〈禮器〉鄭注引〈禹貢〉亦作「三百里納秠服」，《禹貢》釋文：「秸本亦作稭。」又《韻會》十九皓稾引《說文》：「禾稈也」引小徐本：「又一曰：禾莖爲稾。去皮爲秸。」此「稾」訓「稈」亦訓「秸」之證，又《說文》鳥部「鶛」、「稭鶛，尸鳩也。」是許書說解中尚存「秸」字之證，竊疑古本當有此重文。

穰　卷三十《寶雲經》「穰草」注引《說文》：「黍𥢔治鬼者也。」

二徐本：「黍𥢔已治者。從禾，襄聲。」

案：考《左傳‧襄二十九年》「乃使巫以桃𥢔先拔殯」杜注云：「𥢔，黍穰。」本書上文「𥢔，黍穰也」，𥢔、穰互訓，小徐曰：「巫祝桃𥢔謂以黍穰爲帚氾灑桃湯以除不祥也。」足徵許書古本如是，今本奪「鬼」字。又玄應《音義》卷四引作：「黍治竟者也。」是「鬼」字誤作「竟」。

稔　卷二十九《金光明經》「豐稔」注引《說文》：「穀熟曰稔。」

二徐本：「穀熟也。從禾，念聲。《春秋傳》曰：鮮不五稔。」

案：慧琳未引全文。

稍　卷二十八《法花三昧經》「稍稍」注引《說文》：「從禾，肖聲。」

案：二徐本：「出物有漸也。從禾，肖聲。」慧琳未引訓義。

穢　卷三《大般若經》「臭穢」注引《說文》：「從禾，歲聲。」卷三十四引同。

二徐本無「穢」字。

案：艸部「葳，蕪也」，蕪、葳二字互訓，耒部「耤，除草間穢也」，不作「葳」
而作「穢」，慧琳引《字書》曰：「穢不清潔也，惡也。」《玉篇》云：「不淨也。」
《韻會》引《廣韻》云：「惡也。」其義甚廣，《說文》禾部應有「穢」字與「蕪」
同義而通用。

禾　部（引同二徐本，存而不論）

稗　卷二十四《金剛髻珠菩薩修行經》「稗子」注引《說文》：「禾別也。從禾，卑聲。」

稠　卷十五《大寶積經》「稠林」注引《說文》：「多也。從禾，周聲。」

穭　卷十四《大寶積經》「穭穭」注引《說文》：「穭也。從禾，會聲。」

穀　卷十六《大方廣三戒經》「雜穀」注引《說文》：「百穀之總名也。從禾殼聲。」
卷二十七引《說文》：「續也，百穀總名。」（二徐本：「續也，百穀之總名也。
從禾，殼聲。」）

稱　卷十七《善住意天子經》「稱稱」注引《說文》：「銓也。從禾，爯聲。」

稀　卷三十四《大乘百福莊嚴相經》「稀概」注引《說文》：「疏也。從禾，希聲。」

概　卷三十四《大乘百福莊嚴相經》「稀概」注引《說文》：「稠也。從禾，既聲。」

穟　卷六十二《根本毘奈耶雜事律》「赤穟」注引《說文》：「禾采之皃也。從禾，遂
聲。」

穅　卷六十六《集異門足論》「穅秕」注引《說文》：「穀皮也。從禾，從米，庚聲。」

秕　卷六十六《集異門足論》「穅秕」注引《說文》：「穀不成粟也。從禾，比聲。」

黍　部

黏　卷十九《大方等念佛三昧經》「黏污」注引《說文》：「相箸也。從黍，占聲。」
案：引同二徐本。

黐　卷三十一《佛說觀普賢菩薩行法經》「黐膠」注引《說文》：「從黍，离聲。」
二徐本無「黐」字。
案：慧琳先引《考聲》云：「黐膠檮雜木皮煎之為膠，可以捕鳥也。」《博雅》
云「黐，黏也。」次引《說文》並言「經文作糍，誤也」，可證所據《說文》確
有此字，其訓與「黏」同，竊疑為「黏」之重文，《玉篇》「粘」為「𪉷」之重
文，據此則「黏」下重文「粘」當移於「𪉷」下。

香　部

香　卷二十九《金光明經》「香篋」注引《說文》：「芳也。從黍，從甘。」卷三十七

引《說文》：「香，芬也。從黍，從甘。謂：黍稷馨香。」

二徐本：「芳也。從黍，從甘。《春秋傳》曰：黍稷馨香。」

案：慧琳卷二十九引與二徐本合，卷三十七引作「芬也」，當係形近傳寫譌誤，又奪「春秋傳曰」四字。

馨　卷三十《證契大乘經》「馨馥」注引《說文》：「香之遠聞也。從香，殸聲。」

案：引與二徐本合。

馥　卷二十九《金光明最勝王經》「芬馥」注引《說文》：「香皃。從香，從復，省聲。」

卷三十二引《說文》：「從香，復聲。」大徐新附：「香气芬馥也。從黍，甘，复聲。」

案：慧琳兩引皆在芬馥二字連文下，慧琳一引《韓詩》云：「馥，亦芬也。」一引《毛詩傳》云：「香皃。」是所據毛、韓《詩傳》皆有此字，大徐校定《說文》其字尚存故列入新附。

米　部

糒　卷九十三《高僧傳》「糒食」注引《說文》：「從米，萬聲。」

二徐本：「粟重一䄷，為十六斗大半斗，舂為米一斛，曰糒。從米，萬聲。」

案：慧琳未引訓義。

糂　卷三十七《牟梨曼陀羅呪經》「糂胡」注引《說文》：「從米，甚聲。」

案：二徐本：「以米和羹也。一曰：粒也。從米，甚聲。」慧琳未引訓義。

糒　卷五十八《十誦律》「麨糒」注引《說文》：「乾飯也。一曰：熬大豆與米也。」

二徐本：「乾也。從米，葡聲。」

案：李賢〈明帝紀〉注、〈隗囂傳〉注、《文選》陸士衡〈弔魏武文〉注、《御覽》卷八百六十皆引作「乾飯也。」可證今本奪「飯」字，又玄應《音義》卷十五引同慧琳卷五十八引，可證二徐又奪「一曰」之義。

糧　卷三《大般若經》「資糧」注引《說文》：「穀也。從米，量聲。」卷七、卷十五引同。

案：慧琳引與大徐本同，小徐本作「穀食也」衍一「食」字宜刪。

米　部（粗、粹引同二徐本，存而不論）

粗　卷八十四《古今佛道論衡》「雜粗」注引《說文》：「雜飯也。從米，丑聲。」

粹　卷八十三《玄奘傳》「譯粹」注引《說文》：「不雜也。從米，卒聲。」卷四十二、卷九十、卷九十二、卷九十五引同。

臼　部

臼　卷四十一《六波羅蜜多經》「鐵臼」注引《說文》:「古者掘地爲臼,其後穿木石
　　作之。中點象米。」卷一百《法顯傳》「碓臼」注引《說文》:「舂穀也。古者掘
　　地爲臼,其後鑿木或石而作。中點象形也。」
　　二徐本:「舂也,古者掘地爲臼,其後穿木石,象形。中,米也。」
　　案:慧琳兩引與二徐本大同小異,而字義無殊,其兩引文字略異,當從二徐本
　　爲是。

舂　卷七十八《經律異相》「舂炊」注引《說文》:「擣粟也。從廾。持杵臨臼也。」
　　卷六十引同。
　　大徐本:「擣粟也。從廾。持杵臨臼上。午,杵省也。古者雝父初作舂。」
　　小徐本作「擣米也。」
　　案:慧琳兩引皆作「擣粟也」與大徐本同,言粟可以晐他穀亦可晐米,小徐作
　　「擣米也」宜據《音義》正作「擣粟也」。

舀　卷三十九《不空羂索經》「舀大海水」注引《說文》:「抒臼也。從爪,從臼,或
　　作枕。」
　　案:引同二徐本。

臿　卷五十四《佛說兜調經》「臿牀」注引《說文》:「從干,從臼。象形。」
　　大徐本:「舂去麥皮也。從臼,干所以臿之。」
　　小徐本:「舂去麥皮。從臼,干聲。」
　　案:慧琳未引訓義,《韻會》十七洽引作「從臼,干聲。一曰:干所以臿之。」
　　是小徐本奪「一曰」以下七字,今段注本即依《韻會》所引正作「舂去麥皮也。
　　從臼,干聲。一曰:干所以臿之。」

臽　卷七十九《經律異相》「掘除臽」注引《說文》:「小阱也。從人在臼上。」
　　案:引同二徐本。

凶　部

兇　卷二《大般若經》「兇悖」注引《說文》:「惡也。從人在凶下。」
　　卷三、卷六引《說文》:「從人在凶下。」卷十八引《說文》:「擾也。從人在凶
　　下。」
　　卷八《大般若經》「兇勃」注引《說文》:「擾恐也。從人在凶下。《春秋傳》曰:
　　曹人兇懼。」
　　案:卷八引與二徐本同,卷二訓「惡也」,竊疑係涉上文「凶」字訓義而譌。

木　部

枲　卷六十六《集異門足論》「麻枲」注引《說文》:「麻也。從朩,台聲。」
案:慧琳引同大徐本。小徐本作「麻子也。從木台者,從辝省聲。」非是。

月　部

霸　卷十九《大哀經》「強霸」注引《說文》:「月始生魄也。」
大徐本:「月始生霸然也。承大月,二日、承小月,三日。從月,䨣聲。《周書》曰:哉生霸。」
小徐本作「月始生魄然也」,餘同大徐本。
案:《御覽》四天部,《文選》〈月賦〉注、曹植〈應詔讌曲永詩〉注皆引作「魄然」,與慧琳引同,是所據本作「魄」字。

瓠部(引同二徐本,存而不論)

瓠　卷十四《大寶積經》「苦瓠」注引《說文》:「匏也。從瓜,夸聲。」
案:引同二徐本。
瓢　卷十六《得無垢女經》「一瓢」注引《說文》:「蠡也。」大徐本:「蠡也。從瓠省,㶒聲。」小徐本同大徐本,二徐本訓合。
案:慧琳引與二徐本訓合。

宀　部

奧　卷七《大般若經》「深奧」注引《說文》:「究也,室之西南隅也。」卷三十一引同。
二徐本:「宛也,室之西南隅。從宀𠔉聲。」
案:玄應《音義》卷六引同,《詩・常棣》傳曰:「究,深也。」小徐曰:「宛深也。」「宛」係「究」形近之筆誤,據此知今本之謬,確無疑義矣。
宸　卷八十四《古今佛道論衡》「宸鑒」注引《說文》:「從宀,辰聲。」卷八十八、卷九十九引同。
案:二徐本訓「屋宇也」,慧琳凡三引皆未引訓義,引《說文》:「從宀,辰聲」與大徐本及《韻會》皆同。小徐本奪「聲」字宜補。
宇　卷七十七《釋迦譜序》「寰禹」注引說文:「從宀,于聲。」慧琳注云:「籀文寓字也,今正作宇。」卷二十四、卷八十引《說文》:「從宀,禹聲。」
二徐本:「屋邊也。從宀,于聲。《易》曰:上棟下宇。寓籀文宇從禹。」

案：慧琳凡三引皆未引訓義。

宓　卷五十四《治禪病秘要法經》「密緻」注引《說文》：「安靜也。從宀，必聲。」
二徐本：「安也。從宀，必聲。」
案：《爾雅·釋詁》：「宓，康靜也。」慧琳引《廣雅》云：「靜也。」說文本部上文「安」，大徐本作「靜也」，下文「窫，靜也。」又《音義》引亦有「靜」之訓，是「宓」字上下文皆有「靜字」之義，可證「宓」字當有靜訓。

宴　卷十七《如幻三昧經》「宴居」注引《說文》：「安也，又靜也。從宀，晏聲。」
卷四十五引《說文》：「從宀，晏聲。」
二徐本：「安也。從宀，晏聲。」
案：慧琳卷四十五先引《桂苑珠叢》云：「安也。」《毛詩傳》云：「居息也。」復引《說文》：「從宀，晏聲。」卷七十引《爾雅》云：「優閒也。」是其旁徵博引皆有所本，竊疑古本確有「靜也」一訓。今本奪失。

寵　卷三十六《金剛頂瑜伽大樂金剛薩埵念誦法》「寵遇」注引《說文》：「位也。從宀，龍聲。」
二徐本：「尊居也。從宀，龍聲。」
案：田潛曰：「列中庭之左右謂之位，聖人之大寶曰位，《詩》所謂何天之寵是也。慧琳所引『位也』二字確為許書古本，尊居即蹲踞，以解寵字決非古義，段氏易『居』為『尻』，以未得慧琳所引之證也。」此說極是，宜據慧琳所引正作「位也」。

寠　卷十四《大寶積經》「貧寠」注引《說文》：「貧無財以備禮曰寠。」卷六十一《根本毗奈耶律》「貧寠」注引《說文》：「無禮居也。從宀，婁聲。」卷六十四引《說文》：「貧無禮居也。」卷八十一、卷九十七引《說文》：「從宀，婁聲。」
二徐本：「無禮居也。從宀，婁聲。」
案：慧琳卷六十一引與二徐本合，卷六十四誤衍一「貧」字，卷六十一、卷十四、卷八十一皆先引《考聲》云：「貧無財以備禮也。」次引《說文》如前，可證卷十四引係誤以《考聲》為《說文》者。

寒　卷一《大唐三藏聖教序》「潛寒暑」注引《說文》：「凍也。從宀，從人，從茻，下從仌。」
大徐本：「凍也。從人在宀下，以茻薦覆之。下有仌。」
小徐本：「凍也。從人在宀下，以茻上下為覆。下有仌也。」
案：慧琳所據古本，字義甚明，二徐恐人不識各異其詞，益令人不解矣。

害　卷四十一《六波羅蜜多經》「儜害」注引《說文》：「傷也。從宀，從口，言從家

中起也。從丰省聲也。」

大徐本：「傷也。從宀，從口。宀、口，言從家起也。丰聲。」

小徐本：「傷也。從宀口，言從家起也，丰聲。」

案：大徐本衍「宀口」二字，二徐皆奪一「中」字，訓義皆無殊也。

索　卷十《新譯仁王經序》「鉤索」注引《說文》：「入家搜也。從宀，索聲。」希麟《續音義》卷五「鉤索」注引同。

案：慧琳、希麟《音義》引與大徐本合，小徐本作「入家搜按之兒」非是。

宕　卷八十八《集沙門不拜俗議》「宕」注引《說文》：「度於所往也。又過也。從宀，石聲。」

卷九十四《高僧傳》「流宕」注引《說文》：「過也。一曰：洞屋也。從宀，從碭，省聲。」

二徐本：「過也。一曰：洞屋。從宀，碭省聲。汝南項有宕鄉。」

案：卷九十四引與二徐本合，卷八十八引作「度於所往也」，文義深奧或爲古本所有，惜無可考，存疑可也。

寰　卷八十八《集沙門不拜俗議》「寰中」注引《說文》：「從宀，睘聲。」

大徐新附：「王者封畿內縣也。從宀，睘聲。」

案：慧琳又引劉兆注《穀梁傳》：「寰，王者千里內封域也。」說與大徐所據義同，可證《說文》古本有此字。

寀　卷八十八《集沙門不拜俗議》「寮寀」注引《說文》：「從宀，采聲。」

大徐新附：「同地爲寀。從宀，采聲。」

案：慧琳引《爾雅》：「寀，官也。」與「寮」訓同，大徐訓「同地爲寀」。

宀　部（以下諸字引同二徐本）

室　卷二十七《妙法蓮華經》「如來室」注引《說文》：「實也。」

宏　卷七十七《釋迦方志》「宏敞」注引《說文》：「屋深響也。從宀，厷聲。」

寔　卷五十一《成唯識論》「寔繁」注引《說文》：「止也。從宀，是聲。」

宋　卷二十《寶星經》「宋靜」注引《說文》：「無人聲。從宀，未聲。」

完　卷三十二《藥師瑠璃功德經》「完具」注引《說文》：「全也。從宀，元聲。」

宿　卷二《大般若經》「宿殖」注引《說文》：「止也。從宀，佰聲。」

寬　卷十五《大寶積經》「寬壙」注引《說文》：「屋寬大也。從宀，莧聲。」

寢　卷二《大般若經》「寤寢」注引《說文》：「臥也。從宀，帚聲。」

穴　部

窯　卷七十九《經律異相》「窯冢」注引《說文》：「燒瓦窯竈也。」

大徐本：「燒瓦竈也。從穴，羔聲。」

小徐本：「燒瓦窯竈也。從穴，羔聲。」

案：慧琳《音義》卷十六、卷四十三、卷四十六、卷十七、卷五十五、卷六十八皆引同大徐本，卷七十九引同小徐本，《玉篇》、玄應《音義》皆同大徐本無「窯」字，可證古本如是，卷七十九引或係後人據小徐本改。

窠　卷三十六《掬呬耶亶怛囉經》「蟲窠」注引《說文》：「空也。在穴曰窠，樹上曰巢。從穴，果聲。」

大徐本：「空也。穴中曰窠，樹上曰巢。從穴，果聲。」

小徐本：「空也。從穴，果聲。一曰：鳥巢也；一曰：在穴曰窠，在樹曰巢。」

案：慧琳引與二徐本訓義無殊，而較爲簡明，當爲古本，大徐本「穴中」二字應爲「在穴」之誤。

竅　卷十四《大寶積經》「孔竅」注引《說文》：「空也，隙也。從穴，敫聲。」卷十五《大寶積經》「七竅」注引《說文》：「空也。從穴，敫聲。」卷三十一、卷三十四、卷三十六、卷四十二、卷九十六引同。

二徐本：「空也。從穴，敫聲。」

案：慧琳卷十五等六引皆引同二徐本，卷十四引有「隙也」一訓，竊疑係慧琳綴加己意者。

窒　卷四十六《大智度論》「罄竭」注引《說文》：「器中空也。」卷五十七、卷一百引同。

二徐本：「空也。從穴，巠聲。《詩》曰：瓶之窒矣。」

案：《音義》引《爾雅》：「罄，盡也。」孫炎曰：「罄，竭之盡。」是「窒」即「罄」字，以引《詩》證之，應有「器中」二字。

窬　卷四十六《大智度論》「穿窬」注引《說文》：「門旁穿木戶也。」

二徐本：「穿木戶也。從穴，俞聲。一曰：空中也。」

案：《音義》引《三蒼》云：「窬，門邊小竇也。」《禮記》：「蓽門圭窬」鄭玄曰：「窬，門旁窬也。穿牆爲之，其形如圭是也。」可證今本奪「門旁」二字。

窋　卷八十六《辯正論》「不窋」注引《說文》：「從穴，出聲。」

案：二徐本：「物在穴中皃。從穴，出聲。」慧琳未引訓義。

突　卷十六《無量清淨平等覺經》「抵突」注引《說文》：「犬從穴中忽出。從犬在穴中。會意。」

二徐本：「犬從穴中暫出也。從犬在穴中。一曰：滑也。」

案：突、忽叠韻爲訓。暫，不久也，與「突」字義不相應，二徐本「忽」誤作「暫」宜改。

竄　卷十九《大集大虛空藏經》「流竄」注引《說文》：「隱也。」

卷二十《寶星經》「逃竄」注引《說文》：「匿也。從鼠在穴中。」卷六十二、引同。

大徐本：「墜也。從鼠在穴中。」

小徐本：「匿也。從鼠在穴中。」

案：慧琳引顧野王云：「猶逃也。」《廣雅》：「投也。」《爾雅》：「蔽也。」皆無「墜」之義，大徐本「墜」字當係「隱」字形近之誤，又奪下一訓，小徐奪上一訓，宜據慧琳所引補作二訓。

窟　卷三十七《大摩尼廣博樓閣善住秘密經》「仙窟」注引《說文》：「窠也。從穴，屈聲。」慧琳云：「或從土作堀，亦通俗字。」卷六十、卷三十二、卷三十、卷十六引《說文》：「從穴，屈聲。」

二徐本無「窟」字。土部有「堀」：「突也。從土，屈省聲。《詩》曰：蜉蝣堀閱。」又有堀字解作「兔堀也。從土，屈聲。」

案：窟爲俗字，段注本「堀」字注云：「突爲犬從穴中暫出，因謂穴中可居曰突，亦曰堀，俗字作窟。」段氏又云：「各本篆作堀，解作：堀省聲。而別有堀篆綴於部末，解云：兔堀也。從土，屈聲。此化一字爲二字，兔堀非有異議也，篆從堀，隸省作屈，此其常也，豈有篆文一省一不省，分別其義者。」此說洵然，宜從之。

穴　部（以下諸字引同二徐本）

穴　卷六十三《根本律攝》「無穴」注引《說文》：「土室也。從宀，八聲。」

穿　卷十五《大寶積經》「穿鑿」注引《說文》：「通也。從牙在穴中。」

窊　卷三十五《一字頂輪王經》「窊陝」注引《說文》：「污衺下也。從穴，瓜聲。」

窖　卷二十《寶星經》「倉窖」注引《說文》：「地藏也。從穴，告聲。」

窺　卷三十一《新翻密嚴經》「窺鑒」注引《說文》：「小視也。從穴，規聲。」

窴　卷九十四《高僧傳》「窴噎」注引《說文》：「塞也。從穴，眞聲。」

窘　卷九十一《高僧傳》「凋窘」注引《說文》：「迫也。從穴，君聲。」

究　卷六《大般若經》「推究」注引《說文》：「窮也。從穴，九聲。」

窈　卷七十七《釋迦譜序》「窈窈」注引《說文》：「深遠也。從穴，幼聲。」

窺　卷八十三《玄奘傳》「窺基」注引《說文》：「正視也。從穴正見，正亦聲。」

窨　卷四十《金剛手光明灌頂經中無動尊念誦法》「窨惡」注引《說文》：「地室也。從穴，音聲。」

穹　卷八十三《玄奘傳》「圓穹」注引《說文》：「從穴，弓聲。」
　　案：二徐本訓「窮也」，慧琳未引訓義。

窆　卷九十《高僧傳》「窆于」注引《說文》：「從穴，乏聲。」
　　案：二徐本訓「葬下棺也」，並引《周禮》曰：及窆執斧。慧琳未引訓義。

癘　部

寤　卷十四《大寶積經》「睡寤」注引《說文》：「寐覺而有言曰寤。」
　　卷二、卷十一、引《說文》：「從癘省，吾聲。」卷十九引《說文》：「從省。」
　　大徐本：「寐覺而有信曰寤。從癘省，吾聲。一曰：晝見而夜寤也。」
　　小徐本：「寤覺而省信曰寤。從癘省，吾聲。一曰：晝見而夜寤也。」
　　案：《韻會》七遇引《說文》作「有言」與慧琳引同，玄應《音義》卷二、卷三引《蒼頡篇》云：「覺而有言曰寤。」《左傳》定八年：季寤，字子言。《淮南‧要略》：「欲一言而寤。」字皆作「言」，無作「信」者，可證慧琳所引確爲古本，今二徐本并誤作「信」。

癘　部（以下引同二徐本，存而不論）

寐　卷十九《大哀經》「寤寐」注引《說文》：「臥也。從癘省，未聲。」

寱　卷十四《大寶積經》「語」注引《說文》：「瞑言也。從癘省，臬聲。」

疒　部

療　卷八十八《釋法琳本傳》「蕩療」注引《說文》：「從疒，祭聲。」
　　案：二徐本：「病也。從疒，祭聲。」慧琳未引訓義。

瘨　卷六十四《四分尼羯磨》「瘨狂」注引《說文》：「腹脹也。」卷六十三引《說文》：「從疒，真聲。」
　　小徐本：「病也。從疒，真聲。一曰：腹脹也。」大徐本無「也」字，「脹」作「張」。
　　案：慧琳此兩引皆未引全文。二徐「腹張」字一作「張」，一作「脹」。考《左傳》：「晉侯獳將食張如廁。」注云：「張，腹滿也。」戴侗曰：「脹本作張，腹滿也。」段氏云：「古無脹字。」據此可知應從大徐本以作「張」爲是。

癇　卷六《大般若經》「癲癇」注引《說文》:「風病也。從疒,閒聲。」卷三十七引
　　《說文》:「風病也。」卷五十三引《說文》:「從疒,閒聲。」
　　二徐本:「病也。從疒,閒聲。」
　　案:玄應《音義》卷十二引《說文》:「癇,風病。」正與慧琳卷六、卷三十七
　　引同,是所據本作「風病也」。

癈　卷三十三《佛說大乘造像功德經》「癈瘕」注引《說文》:「癈,固疾也。從疒,
　　發聲。」
　　大徐本:「固病也。從疒,發聲。」
　　小徐本:「痼疾也。從疒,發聲。」
　　案:《六書故》:「病不可事謂之癈疾。」《五經文字》云:「癈,疾也。」又經傳
　　皆作廢疾,可證應以訓作「固疾」為是。又《說文》無「痼」,小徐本「痼」字
　　當為「固」之誤。

痟　卷七十八《經律異相》「肉痟」注引《說文》:「首病也。從疒,肖聲。」
　　二徐本:「酸痟,頭痛。從疒,肖聲。《周禮》曰:春時有痟首疾。」
　　案:丁福保云:「《周禮》鄭注:首疾,頭痛也。今二徐本刪首病,而以鄭注頭
　　痛語代之,非是。」此說洵然,宜從之。

瘍　卷三十七《陀羅尼集》「瘍癬」注引《說文》:「頭瘡也。從疒,易聲。」卷十四
　　引同。
　　大徐本:「頭創也。從疒,易聲。」
　　小徐本:「頭瘡也。從疒,易聲。」
　　案:慧琳引同小徐本,《廣韻》引《說文》亦同,可證古本作「瘡」字,非是「創」
　　字。

癬　卷三十《寶雨經》「癬嘎」注引《說文》:「從疒,斯聲。」
　　大徐本:「散聲。從疒,斯聲。」
　　小徐本「散聲」下有「也」字。
　　案:慧琳未引訓義。

癭　卷七十七《釋迦方志》「俗癭」注引《說文》:「頸瘤也。從疒,嬰聲。」卷五十
　　四《餓鬼報應經》「項嬰」注引《說文》:「瘤也,亦頸腫也。從疒,嬰聲。」卷
　　二十四、卷三十三引《說文》:「頸腫也。」
　　二徐本:「頸瘤也。從疒,嬰聲。」
　　案:《莊子・德充符・釋文》、《御覽》七百四十〈疾病部〉引《說文》:「瘤也。」
　　無「頸」字。與慧琳卷五十四引《說文》作「瘤也」同,《莊子・釋文》別引《字

林》作「頸瘤也」，是今本乃涉《字林》而誤，又奪「頸腫也」一訓。慧琳卷七十七引同二徐本，竊疑亦係涉《字林》而誤。

疽　卷二十九《金光明經》「癰疽」注引《說文》：「久癰也。從疒，且聲。」卷四十、卷五十五、卷六十四、卷九十五引同。

　　大徐本：「癰也。從疒，且聲。」

　　小徐本訓「久癰也」。

　　案：慧琳凡五引皆同小徐本，又《後漢書・劉馬傳》、《韻會》及玄應《音義》卷五、卷十、卷十八、卷二十皆引作「久癰也」，可證大徐本奪一「久」字。

瘜　卷二十六《大般涅槃經》「瘜肉」注引《說文》：「奇肉也。」卷七十二引同。

　　二徐本：「寄肉也。從疒，息聲。」

　　案：《三蒼》、《廣韻》皆云：「惡肉也」，即所謂奇異之肉，玄應卷二亦引作「奇肉也」，玄應《音義》卷二十五引同今本，田潛、丁福保並云乃孫氏據今本所改，可證應以慧琳所引為是。

瘕　卷三十三《佛說造像功德經》「癈瘕」注引《說文》：「從疒，叚聲。」卷四十七引同。

　　案：二徐本：「女病也。從疒，叚聲。」慧琳未引訓義。

癘　卷十三《大寶積經》「惡癘」注引《說文》：「惡病也。」

　　大徐本：「惡疾也。從疒，蠆省聲。」

　　小徐本：「惡瘡疾也。從疒，厲省聲。」

　　案：小徐云：「《史記》曰：豫讓漆身為厲，人體著漆多生瘡。」可證許書原本無「瘡」字，小徐以豫讓事增「瘡」字而用厲省聲，應以大徐本為是，慧琳所引可為證也。

痳　卷四十三《陀羅尼雜集》「痳鬼」注引《說文》：「小便病也。」卷七十六引《說文》：「從疒，林聲。」

　　二徐本：「疝病。從疒，林聲。」

　　案：《聲類》云：「小便數也。」《玉篇》：「小便難。」《釋名・釋疾病》：「疝，詵也。詵詵然上入而痛也；痳，懍也，小便難，懍懍然也。」是痳、疝為二症，可證二徐本誤作「疝病」宜改。

疼　卷五十九《四分律》「疼痛」注引《說文》：「疼，動痛也。」卷七十三「疼痺」注引《說文》云：「動痛也。」

　　二徐本：「動病也。從疒，蟲省聲。」

　　案：今之「疼」字即「疼」字之俗，自應作「痛」不應作「病」，玄應《音義》

卷七、卷十四、卷十八皆引作「動痛也」，與慧琳引同，可證古本如是。

𤻲　卷二十九《金光明經》「療諸」注引《說文》：「療毉又治病。從疒，尞聲。」卷二十七療注：「《三蒼》療治病，《說文》作𤻲同。」

二徐本：「治也。從疒，樂聲。」

案：慧琳引《周禮》鄭注：「止病曰療，吳會江湘謂毉病曰療。」可證許書不專訓「治」。

疒　部（以下引同二徐本，存而不論）

疴　卷七十七《釋迦譜序》「疴耆」注引《說文》：「病也。從疒，可聲。」

疵　卷三十三《佛說決定總持經》「瑕疵」注引《說文》：「病也。從疒，此聲。」

痒　卷六十三《根本律攝》「瘙痒」注引《說文》：「瘍也。從疒，羊聲。」

瘀　卷六十九《大毗婆沙論》「青瘀」注引《說文》：「積血也。從疒，於聲。」

疝　卷五十九《四分律》「疝病」注引《說文》：「腹痛也。」

瘻　卷三十九《不空羂索陀羅尼經》「油瘻」注引《說文》：「頸腫也。從疒，婁聲。」

痔　卷三十九《不空羂索自在呪經》「痔瘻」注引《說文》：「後病也。從疒，寺聲。」

痤　卷二十七《妙法蓮花經》「痤陋」注引《說文》：「小腫也。」卷六十二引同。

瘖　卷九十八《廣弘明集》「瘖聾」注引《說文》：「不能言也。從疒，音聲。」

瘤　卷九十九《廣弘明集》「是瘤」注引《說文》：「腫也。從疒，留聲。」

疥　卷二十《寶星經》「癬疥」注引《說文》：「搔也。從疒，介聲。」

癬　卷二十《寶星經》「癬疥」注引《說文》：「乾瘍也。從疒，鮮聲。」

痿　卷三十三《佛說大乘造像功德經》「痿躄」注引《說文》：「痺也。從疒，委聲。」

瘇　卷七十七《釋迦方志》「且尰」注引《說文》：「脛气足腫也。從疒，童聲。」

癰　卷九十五《弘明集》「癰疽」注引《說文》：「腫也。從疒，雝聲。」

痏　卷九十五《弘明集》「瘡痏」注引《說文》：「疻痏也。從疒，有聲。」

瘢　卷四十《金剛手光明灌頂經》「瘢痕」注引《說文》：「痍也。從疒，般聲。」

疫　卷五十七《木患子經》「疫疾」注引《說文》：「民皆疾也。從疒，役省聲。」

疲　卷八十三《玄奘傳》「疲注」引《說文》：「勞也。」卷三十三引《說文》：「從疒，皮聲。」

瘉　卷九十二《高僧傳》「疾瘉」注引《說文》：「病瘳也。從疒，俞聲。」

瘳　卷八十六〈辯正論〉「疾瘳」注引《說文》：「病瘉也。從疒，翏聲。」

癃　卷七十八《經律異相》「疥癃」注引《說文》：「罷病也。」卷八十八引《說文》：「從疒，隆聲。」

癡 卷六十七《集異門足論》「愚癡」注引《說文》:「不慧也。從广,疑聲。」

广 部（疚,二徐本無此字）

疚 卷八十三《玄奘傳》「益疚」注、卷八十四《論衡》「疚心」注引《說文》:「從广,久聲。」
案:二徐本無「疚」字,慧琳引《爾雅》:「疾病也。」《左傳》:「君子不為利不為義疚。」《韻會》云:「病也。一曰:久病」。未著所出或係小徐本文,考《說文》女部「嫚」下引《春秋》:嫚嫚在疚,是說解中尚存此字。

冖 部

冠 卷七十七《釋迦譜序》「冠幘」注引《說文》:「絭也,所以絭髮,弁冕之總名也。從冖、從元、從寸。冠有法度,故從寸。」
二徐本:「絭也,所以絭髮,弁冕之總名也。從冖,從元,元亦聲。冠有法制,從寸。」
案:慧琳奪「元亦聲」三字,餘皆引與二徐本合。

冃 部

冕 卷三十一《大乘密嚴經》「冕服」注引《說文》:「從冃,免聲。」卷九十二引同。
二徐本:「大夫以上冠也。邃延,垂瑬,紞纊。從冃,免聲。古者皇帝初作冕。」
案:慧琳未引訓義。

最 卷二十九《金光明最勝王經》「最勝」注引《說文》:「總計也。從冃、取。」
大徐本:「犯而取也。從冃,從取。」
小徐本:「犯取,又曰會。從冃,取聲。」
案:《韻會》引小徐本無「又曰會」三字,《說文》冖部:「冣,積也」。《公羊傳》曰:會猶取也。小徐此「又曰會」三字之義乃「冣」字訓解,與「最」字訓解不合,蓋淺人增之無疑。慧琳所引「總計」一訓與「冣,積也」義相合,確非訓「犯取」之「最」字也,其引《韻詮》云:「甚也」。《考聲》:「勝也,耍也。」《史記》:「功極多也。」皆「犯取」之「最」,非「冣積」之「冣」,是「最」、「冣」不分相沿久矣,慧琳亦誤以「總計」一義加於「最」字。

网 部

兩 卷十五《大寶積經》「掬滿」注引《說文》:「平也。從廿。凡五行之數,廿分為

一辰。丑，兩平也，故從兩。」

大徐本：「平也。從廿。五行之數，二十分爲一辰。兩，平也。讀若蠻。」

小徐本：「平也。從廿。十五行之數，二十分爲一辰。兩，平也。讀若蠻。」

案：此字僅見《周禮》：「鼈人掌取互物」注云：「互物，謂有甲兩胡龜鼈之屬。」兩甲，蓋是時恆言龜鼈腹背皆平，與兩平也合，二十分爲一辰。兩平也者，與「兩」下云：「兩，平分也」同意。謂五行之數凡十，而一辰之數則廿，分廿爲二十，則兩兩相當而兩平也。今二徐本奪「凡及故從」四字，又誤合「廿」、「兩」二字爲一，大徐本且衍一「兩」字。

网 部

网　卷六十六《法蘊足論》「罩网」注引《說文》：「庖羲所結繩以田以漁也。從冂，象网交文也。」卷七十六引同。

小徐本：「庖犧所結繩，以漁也。從网，下象交文也。」大徐本「漁」下、「文」下並無「也」字。

案：《御覽》八百三十四資產部、《廣韻》三十六養引皆有「以田」二字，小徐引《周易》曰：「始作网罟以畋以漁。」可證今本奪失「以田」二字，大徐本並奪二字。

罿　卷九十八《廣弘明集》「罿網」注引《說文》：「從网，童聲。」

案：二徐本訓「罬也」，慧琳未引訓義。

罻　卷九十五《弘明集》「罻羅」注引《說文》：「從肉，尉聲。」

二徐本：「捕鳥网也。從网，尉聲。」

案：慧琳未引訓義，「网」又誤作「肉」字。

罣　卷一《大般若經》「罣礙」注引《說文》：「網礙也。」卷四十一引同。

案：二徐本無「罣」字，經典多用「絓」字，不作「罣」字，藏經多用「罣」字不用「絓」字，例《心經》云：「依般若波羅蜜多故，心無罣礙；心無罣礙，故無有恐怖。」竊疑慧琳此引係誤以他書爲《說文》者。

罭　卷九十九《廣弘明集》「網罭」注引《說文》：「從网，或聲。」

大徐新附：「魚網也。從网、或，或聲。」

案：慧琳引《爾雅》云：「九罭，魚網也。」郭注云：「即今之百囊网也。」《詩·豳風》：「九罭之魚，鱒魴」《毛傳》：「九罭，緵罟小魚之網也。」是古有此字，不知何以未入正文。

罟　卷九十五《弘明集》「數罟」注引《說文》：「网也。從网，古聲。」

案：引同二徐本。

襾　部

覈　卷四十一《六波羅蜜多經》「研覈」注引《說文》：「實也。考事得其實也。從西，敫聲。」

卷六十二《根本毗奈耶雜事律》「談覈」注引《說文》：「考實事也。從襾，敫聲。」

卷六十三、卷八十、卷八十四、卷八十八、卷八十九、卷一百引同。

大徐本：「實也，考事襾笮邀遮其辭得實，曰覈。從襾，敫聲。」

小徐本：「笮邀遮其辭得實，曰覈也。從襾，敫聲。」

案：慧琳《音義》卷六十等八卷凡十引（卷八十八、卷八十九各有兩引）皆引作「考實事也」，《後漢書‧和帝紀注》、《文選‧長笛賦注》、玄應《音義》注亦皆引同，可證古本如是。《說文句讀》疑西笮句似庾注，考慧琳《音義》卷六十引《說文》：「覈，考實事也」，次引《文字典說》：「凡考事於襾笮之處，邀遮得其實，覈也。」可證「襾笮」句非許書所有，此字訓解當從慧琳卷六十等十引爲是。

覆　卷六十六《阿毗達磨發智論》「有覆」注引《說文》：「罨也。從襾，復聲。」卷三十二引同。

案：二徐本有「一曰：蓋也」，慧琳未引及之。

巾　部

帶　卷五《大般若經》「摍帶」注引《說文》：「紳也，男子服革，婦女服絲，象繫佩之形而有巾，故帶字從巾。」卷八引同。

大徐本：「紳也，男子鞶帶，婦人帶絲。象繫佩之形。佩必有巾，從巾。」小徐本：「紳也，男子鞶革，婦人鞶絲，象繫佩之形，佩必有巾。」

案：革部「鞶，大帶也」，《易》曰：「或錫之鞶帶，男子帶鞶，婦人帶絲。」以此帶鞶、帶絲證之，慧琳作「服」爲是，丁福保云：「二徐本均以『服』、『革』二字謬併爲『鞶』字，而又各有所竄改也。」此言洵然。

帔　卷六十三《百一羯磨》「被帔」注引《說文》：「弘農人謂帬曰帔也。從巾，皮聲。」

案：二徐本「農」下無「人」字，竊疑係慧琳誤衍。

帷　卷九十三《高僧傳》「帷戾」注引《說文》：「從巾，隹聲。」

案：二徐本訓「在旁曰帷」，慧琳未引訓義。

幕　卷三十八《金剛光焰止風雨經》「幔幕」注引《說文》：「帷在上曰幕，猶覆也。

從巾，莫聲。」

大徐本：「帷在上曰幕，覆食案亦曰幕。從巾，莫聲。」

小徐本：「帷在上曰幕。從巾，莫聲。」

案：《韻會》引《說文》有「案《爾雅》：覆食亦曰幕」句，汪刻《繫傳》猶存「案《爾雅》」三字，祁刻本已無，是知《韻會》所引確係小徐案語，大徐誤爲「覆食案亦曰幕」六字，並節去「猶覆也」一訓。

飾　卷一《大般若經》「綺飾」注引《說文》：「刷也。從巾，飤聲。」卷十五、卷三十九、卷四十一引同。

二徐本：「㕞也。從巾從人，食聲。讀若式。一曰：襐飾。」

案：刀部「刷」：「刮也。從刀，㕞省聲。禮有刷巾。」又部「㕞，拭也。從又持巾在尸下。」〈地官・封人〉「飾其牛牲」注：「飾，謂刷治潔清之也。」《左・宣十二年傳》：「御下兩馬」注：「兩，飾也。」《正義》云：「飾馬者，謂隨宜刷刮馬。」慧琳凡四引皆作「刷也」，可證古本如是。丁福保亦云：「二徐本『刷』誤作『㕞』,『飤聲』誤作『人食聲』宜據改。」管禮耕〈釋飾〉云：「飾從飤爲聲，以巾爲意，今本《說文》巾部作從巾、從人食，此二徐不知古音而妄改也。」慧琳《音義》凡四引皆作「飤聲」，是其證也。

帚　卷九十三《高僧傳》「挾帚」注引《說文》：「除糞也。從又持巾埽冂內，會意字也。」

二徐本：「糞也。從又持巾埽冂內，古者少康初作箕帚、秫酒。少康，杜康也，葬長垣。」

案：李善注王景元詩引同今本，竊疑慧琳誤衍「除」字。

幃　卷四《大般若經》「幃帶」注引《說文》：「從巾，韋聲。」

案：二徐本訓「囊也」，慧琳未引訓義。

幢幟　卷三十《證契大乘經》「幢幟」注：「《說文》：並從巾，童、戠聲。」

大徐「幢」「幟」二字皆列於新附並訓爲「旌旗之屬」。

案：慧琳引《考聲》云：「幢亦幡也。」《廣雅》云：「幟亦幡也。」《音義》引《說文》幡有旌旗總名一訓，今本奪失，㫃部「旄」下云：「幢也。」是「幢」字尚存於《說文》說解中，可證本有此字。又巾部「幝」下、「徽」下，糸部「綮」下皆有「幟」字，亦可證「幟」字爲許書本有。

帊　卷九十七《廣弘明集》「眠帊」注引《說文》：「幞也。從巾，巴聲。」

大徐新附：「帛三幅曰帊。從巾，巴聲。」

案：大徐新附「幞，帊也」，慧琳引《廣雅》云：「帊，幞也」故引《說文》「亦

幭也」，「亦」字承《廣雅》訓「幭」而言，據此「幭」、「帊」二字互訓，《通俗文》：「帛三幅曰帊。帊，衣幭也。」許書原訓幭已逸，大徐校乃據《通俗文》列於新附。

幰　卷三十一《大乘入楞伽經》「幰蓋」注引《說文》：「從巾，憲聲。」卷七「幰蓋」注云：「《說文》闕也。」

大徐新附：「車幔也。從巾，憲聲。」

案：慧琳引《釋名》云：「車幰所以禦熱也。」《考聲》云：「車蓋也。」顧野王云：「今謂布幔，張車上為幰也。」其所引各訓皆與大徐本合，卷七引說闕也，是其所據本僅存其字而闕其義故未引之。

巾部（以下引同二徐本，存而不論）

幘　卷九十《高僧傳》「戴幘」注引《說文》：「髮有巾曰幘。從巾，責聲。」

帬　卷八十一《三寶感通錄》「五帬」注引《說文》：「下裳也。從巾，君聲。」

幔　卷三十八《金剛光焰止風雨經》「幔幕」注引《說文》：「幕也。從巾，曼聲。」

幬　卷六十二《根本毘奈耶雜事律》「蚊幬」注引《說文》：「禪帳也。從巾，壽聲。」

幖　卷六十四《四分尼羯磨》「幖幟」注引《說文》：「幟也。從巾，票聲。」

帖　卷五十九《四分律》「應帖」注引《說文》：「帛書署也。」

白　部

皎　卷四十一《六波羅蜜多經》「皎日」注引《說文》：「從白，交聲。」

二徐本：「月之白也。從白，交聲。《詩》曰：月出皎兮。」

案：慧琳未引訓義。

皅　卷七十六《大阿羅漢所說法住記》「囊皅」注引《說文》：「草花之皃也。從白，巴聲。」

案：二徐本訓「草花之白也」，慧琳「白」誤作「皃」。

皪　卷九十三《高僧傳》「皪法師」注引《說文》：「青白色，從爵從白。」

案：二徐本無「皪」字，慧琳引徐廣《史記》注云：「白浮皃。」

〈屈原傳〉：「皪然泥而不滓。」此字許書不應失載，慧琳所據本有此一字。

白　部（以下引同二徐本，存而不論）

皤　卷九十八《廣弘明集》「皤皤」注引《說文》：「老人白也。從白，番聲。」

皦　卷九十六《弘明集》「皦潔」注引《說文》：「玉石白也。從白，敫聲。」

皚　卷八十三《玄奘傳》「皚然」注引《說文》：「霜雪之白也。從白，豈聲。」

㡀　部

㡀　卷三《大般若經》「敝壞」注引《說文》：「敗衣也。從巾。象敝破衣也。」
　　二徐本：「敗衣也。從巾。象衣敗之形。」
　　案：慧琳引與二徐本訓合，而文有小異。

黹　部（以下引同二徐本存而不論。）

黼　卷八十八《集沙門不拜俗議》「黼穀」注引《說文》：「從黹，甫聲。」卷七十四引同。
　　案：二徐本訓「白與黑相次文」，慧琳未引訓義。

黻　卷七十四《佛本行讚傳》「黼黻」注引《說文》：「從黹，犮聲。」
　　案：二徐本訓「黑與青相次文」，慧琳未引訓義。